不要阻挡我

[日] 真梨幸子　著

梁之栋　译

台海出版社

◇千本樱文库◇

◇前言 PREFACE

文库，原本是指收纳书物的仓库和书库，也指收纳书与记事簿，以及不常用物品的小箱子。以前者为例，京浜急行线的“金泽文库站”就是以前镰仓时代北条氏用来收藏汉书用的，“金泽文库”名字的由来便是如此。东京都的世田谷区也存在着收集着珍贵汉书的“静嘉堂文库”。后者则更多地被称为“手文库”。

江户时代以来，可以放入袖袂的小开本书籍逐渐流行起来，被称为“袖珍本”。明治三十六年（1903 年），富山房发行了小开本的丛书，起名“袖珍名著文库”。随后，明治四十四年（1911 年），讲述战国时代的猿飞佐助和雾隐才藏系列故事的讲谈社“立川文库”发行出版。讲谈是日本民间艺术，以口语化的方式讲述历史故事的形式。而“立川文库”则是将讲谈收录成册集中出版的丛书，据统计，当时刊行量为 200 册左右。从那时起，文库就脱离了原本的释意，逐渐演变成了现在的类书集丛。

文库说法借鉴了日本出版业界的传统说法。而千本樱源自日本奈良县吉野山樱花盛开的奇景，世人皆称“一目千本樱”来形容樱花美景。千本樱文库的纳入作品皆为日系作品，题材包括推理、悬疑、幻想、青春、文化等类型，正如千本樱满山盛开的绝景。

现代日本，以“文库”命名刊行的丛书系列有200种以上，所谓“文库本”只不过是统称而已。日本传统的“文库本”常用的是A6尺寸的148mm×105mm，也叫“A6判”。千本樱文库的所有书籍将在“文库本”的基础上提升，达到148mm×210mm的开本标准。追求还原的前提下，力图带给读者更清晰的阅读体验。

发自莫格街的推理火种，经由贝克街的名侦探，扬起本格黄金时代的风帆，乘风破浪驶向远东。孤悬海外的极东岛国，汲取欧洲推理特长的同时，也推出了很多本土化的推理小说类型。比如，以松本清张为代表作家的社会派推理类型，基于本格推理再创作的新本格类型，探查普通生活中奇怪琐事的日常之谜类型等。2007年，月刊《书的杂志》打出“致郁推理”的标题，后来人们就将读完令人心情压抑的推理小说归纳进了“致郁推理”的类型。一年以后，凑佳苗创作的人气小说《告白》引起轩然大波，“致郁推理”类小说就此深入人心。其实，《告白》尚未出版之前，沼田真帆香留便已经开始创作此类作品。当《摇摆的心》大获成功以后，其出道作品《如果九月可以永存》也取得了佳绩。但是，“致郁推理”类小说的旗手不仅限于这两位作家。2005年，凭借《孤虫症》斩获第32届梅菲斯特奖出道的真梨幸子也是“致郁推理”的青睐者。

所谓“致郁推理”，顾名思义就是阅读之后受到冲击震撼，从而引发心理不适的小说类型。真梨幸子发表的《孤虫症》，尽情地挖掘人类内心深处潜藏的负面情感与黑暗，任其暴走。全书营造出了只属于她自己的狂放风格，相当多的读者都被“不想读”却又忍不住读下去的欲望所俘虏。至今，出道十六年的真梨幸子已经创作出了三十余部作品。《不要阻挡我》是千本樱文库引进并出版的真梨幸子的第二部作品，该作同样属于短篇合集。一部年少时期的少女漫画，将六位成年人紧密地联系在了一起，看似优雅的伪装之下，令人咋舌的私生活被作者以荒诞不经的笔触一一揭露。

千本樱文库编辑部

千本樱文库

本格

《巫女馆的密室》
《圣女的毒杯》
《哲学家的密室》
《衣更月一族》
《美浓牛》
《少年检阅官》
《宛如碧风吹过》

日常

《推理要在早餐时》
《会错意的冬日》
《喜鹊的计谋》
《午夜零点的灰姑娘》
《谷中复古相机店的日常之谜》

科幻

《电子脑叶》
《复写》
《蒸汽歌剧》
《巴比伦》
《里世界郊游》

悬疑

《千年图书馆》
《鲁邦的女儿》
《狂乱连锁》
《神的标价》
《恶意的兔子》
《癌症消失的陷阱》
《沉默的声音》
《死之泉》

轻文艺

《戏言系列》
《忘却侦探系列》
《弹丸论破雾切》
《这个不可以报销》
《天久鹰央的事件病历表》
《吹响吧！上低音号》
《宝石商人理查德的谜鉴定》

CONTENTS 目录

艾米丽（41岁）

渴望成为漫画家的家庭主妇。

苦恼来自丈夫的家庭暴力。

吉赛尔（42岁）

名流之妻。

因面临意外的高龄产子而同时

怀揣着希望与不安。

希尔维娅（53岁）

离过婚，独自抚养儿子。

为维系母子家庭的生活而背负了

大量债务。

加百列（32岁）

偶像般的存在。

致力于蓝色六人会之间的关系调节。

米蕾尤（49岁）

无业、单身。

独自肩负着赡养母亲的重担。

玛尔格丽特（46岁）

蓝色六人会的领袖。

苦恼于家庭不睦及胃病。

—— 蓝色六人会 ——

《蓝眸的贞德》

于一九七六年（昭和五十一年）二月到一九七七年（昭和五十二年）十二月期间在《少女朱丽叶》（水阳社）上刊载的少女漫画。秋月美有里原作。

该作品以十八世纪的法国为舞台，是一部历史题材的鸿篇巨制，讲述了伯爵千金贞德波澜壮阔的半生。海盗、女修道士、旅行艺人、剧场演员……流转于各种身份的贞德怀揣友情、爱与希望，傲然挺立的身姿令全日本的少女为之心驰神迷。

但是，作品在尚未完成之际便宣布停刊，原作者秋月美有里也旋即从漫画业界匿去影踪。

蓝色六人会

“我家的孩子已经到叛逆期了呀。”

“哎呀，是这样吗——我的女儿也是。从不见她正眼去瞧父母的脸。”

“叛逆期也不过是和麻疹相似的病症而已，日子一久总归会转好的。”

“若是这样就好了。”

“最近的孩子只知道依赖父母。明明离开了父母连一天也挨不过去，却又偏爱逞嘴利。最近竟然开始用‘臭老太婆’什么的来称呼我——”

“噢，您也有这种烦恼呀，我家的孩子也是。女孩儿家也不知是怎么学会这些污言秽语的？”

关于子女的讨论仍在持续。未曾生产的枝美子却始终无法加入话题。而相比于这些——

气息又拂上了自己的面庞。

……这已经是第三次了。

乍然间，酱汁从枝美子的餐叉上滴落下来。

“艾米丽太太。”

突然被叫到网名的枝美子抬起头来，视线又溯回到了席中。

“您的奥马尔龙虾看起来可真诱人呀，早知我也该点这道菜的。”

“欸？”枝美子稍作讶声，旋即又应道，“是的，真的非常美味。若您不介意，就请尝一尝吧？”

“哎呀，可以吗？真是不好意思。那我可却之不恭了。”

餐叉倏地自桌子的对面递出，又于刹那间停顿在枝美子的胸前。紧接着，对方的身体也猛然贴近过来。

叉子仅仅是掠过了枝美子的胸口，便转而伸进装有龙虾的餐盘，将盘里的虾肉毫无蜘蹰地剜走。那份自己还一口未动的龙虾，眼见已经是所剩无几。

“我的这一份也请您来品尝一下如何？煎烤的鸭肉总也不见得差在哪里——里面的橘子酱汁更是尤其美味呢。”

“非常感谢。”

枝美子切下了薄薄一片鸭肉，蘸了酱汁向口中送去。可是，那片鸭肉却在半途突然掉落，橙色的酱汁晕染开来，弄脏了纯白的桌布。

“哎哟。”

不知是谁摇响了铃。听到铃声的侍者立刻默不作声地走上前，将那片可怜的鸭肉与酱汁一并擦拭了去。

众人的视线一齐转向了这边。

玛尔格丽特、加百列、吉赛尔、米蕾尤以及正将枝美子的奥马尔龙虾送向嘴中的希尔维娅。

“嗯，这个奥马尔龙虾可真是鲜美。”希尔维娅舔舐起嘴唇，将唇角的污秽连同粘连在唇上的一根飘摇不定的头发一并吸进了嘴里。“恰到好处的口感实在是令人享受。”

“希尔维娅太太，您可真是能说会道。听到您这样夸赞，‘那就再来一口如何’——不就得再像这样招呼上来了吗？对吧，艾米丽太太？”

“啊，是。请、请再来一口吧？”

被坐在自己左边的玛尔格丽特叫到名字的枝美子急忙回应道，挂在鼻梁上的眼镜也在慌乱中滑落了少许。

“哟，我可不要。”希尔维娅晃动起她那卷成参差不齐的波浪状的长发来，“哪里能这么贪嘴呀。”

她像是不知从哪里来的女明星般摇晃身体，丰腴的胸部也随之抖动。

“我说，希尔维娅太太——”深刻的皱纹爬上玛尔格丽特紧锁着的眉间，突出的青筋以几乎让人感到幻痛的程度勒紧了她过于干瘦的脖颈，掺杂着些许白色的头发更加深了她“神经质”的外观印象，“您可真是风趣。”

可就连这样的她似乎也没忘记该怎样去与他人调笑。接着，各色的笑声便自桌子的四周相继响起。为了迎合众人，枝美子也强行牵动起两颊的肌肉，试着做出了笑脸。

“艾米丽太太，您今天似乎没什么精神呢。是有什么心事吗？”

被右侧的加百列问道的枝美子又再度慌张地做出回应。

“不，完全没有这回事，我很好。只是被这家店高雅的装潢晃了神罢了。”在这样说着的同时，枝美子用右手食指和中指将滑脱的眼镜推回原处。

“这样倒是还好……”

啊……气息又……这已经是第四次了。

“是发生了什么不顺心的事情吗？我很担心您。”

突然，加百列的手指攀上枝美子的大腿。枝美子的心脏猛烈地跳动起来。

桌子对面的吉赛尔悄悄递来视线。她摇晃起如同理发店的宣传画册上的模特般漂亮的栗色头发，一边恣意撕扯着手中的面包。像是在向谁寻衅一般，面包的碎屑被撒向了整个桌子。

“啧，真讨厌。”吉赛尔摇响了铃，先前的侍者旋踵走上前来。吉赛尔则用下巴指给他看：“能帮忙把面包屑收拾干净吗？”

以此作为信号，其余的客人也七嘴八舌地提出了各自的要求。

“之后能再拿来一些面包吗？”

“啊，请再给我一份黄油。”

“请帮忙添水。”

“有湿毛巾吗？”

“对了——请问可以更换甜品吗？”

“哎呀，可以更换吗？这样的话，请帮我换成由主厨定制的烘焙点心与冰点心搭配的组合甜品。还有，不要上红茶，请换成用野玫果制成的香草茶——野玫果有保养肌肤的功效呢。”

“对皮肤有好处吗？请帮我也换成这个。”

“啊，那我也——”

不知这些喧闹的女人们，是如何被年轻的侍者看进眼中的呢？虽然想要探知他的想法，可侍者完美无缺的扑克脸却让枝美子难以见出端倪。到底是一顿正餐需要花费五千日元的餐厅，想必侍者们都经历过严格的训练吧。记得之后要去的茶室也是，连最便宜的红茶也需要花费一千五百日元。枝美子突然担心起钱包的丰裕与否了。

但即便如此，这段时间对枝美子来说也依然分外宝贵。是好不容易才寻觅到的能够让自己安心休憩的狭小罅隙。是可以让枝美子从日常中解脱出来的仅有的时间。若是能让这段时间延续的话，即便令家计吃紧，甚至背上负债，枝美子也全然不在乎。若真是如此的话，却不知那个男人又会怎样对待自己呢?

给我好好拾掇家事——这是丈夫的口头禅。以前两人倒还相安无事；但当枝美子开始热衷于自己的兴趣时，丈夫便像是被触到了逆鳞一般，突然变得粗暴起来。

那没用的男人嘴上大话连篇，半辈子下来却连半个子儿都没赚到。啊啊……真令人心烦。丈夫那蕴含嗔怒的面孔像是只赶不走的苍蝇般在脑袋里打起转儿。若是惹他生气就不妙了，那个人挥起拳头来可容不得半点商量。所以，现在还只能忍耐。

“艾米丽太太，您真的没关系吗？”

加百列的吐息搔弄着枝美子的面颊。

……这是第五次。

“是，没关系。让您担心了。什么也没有，真的。”

枝美子说道。她感到自己的脸颊变得异常滚烫。

“是吗？那就好。”

加百列的笑靥近在咫尺，那股一如往常的香味萦绕在鼻端。自己的心脏也难以遏制地开始了高鸣。坐在对面的希尔维娅一边摆弄着发梢，一边有意无意地打量起枝美子。

——得冷静下来才行。

枝美子装成擦拭嘴角的样子，用餐巾遮住了自己通红的面颊。

主菜的餐盘被撤下，转而换上了装着甜品的盘子。

“说起来有这么一桩事呢。”

仿佛一直在等待着这个出场的好时机一般，希尔维娅张开了口。

掉舌鼓唇是她的专长。明星丑闻、传闻逸话乃至逗趣笑谈，无论什么话题她均能信手拈来。可这些内容到底是难登大雅之堂的粗鄙桥段，所以她的登场通常要等到正餐结束甜品上桌的时候。

在开胃菜上桌时先由吉赛尔讲解杂学知识；前汤时则轮到加百列

讲述戏剧和音乐的话题；主菜时是玛尔格丽特对社会形势的讨论；挨至享用甜品的阶段，便到了希尔维娅搬出她的闲碎话题的时候；而当她用诙谐的语调将气氛推至最高潮后，最后登场的米蕾尤就会谈起平淡无奇的家常话，以此为聚会作结——她们的流程一向如此，从未有过改变。尽管每一个人都想要由自己来占据话题主导，只想让自己受到瞩目，但却无不是努力按捺住自己的欲望，以创造出能让所有人平等交往的平台。

至于作为新人的枝美子，则扮演起了观众的角色。她负责聆听每位讲述者的话题。时而鼓掌叫好，时而颔首赞许，又或是适时发出笑声，以此来调动讲述者的热情。若是被旁人问到了什么问题，则再说些模棱两可的车轱辘话。尽管看上去仿佛是个无足轻重的角色，但对枝美子来说，这却刚好符合她的性格。

希尔维娅的话题恰如其分地带动着气氛。

枝美子一边应和，一边不偏不倚地环视过每个成员的脸。

“女帝”玛尔格丽特。“女教皇”吉赛尔。“小丑”米蕾尤。“魔术师”希尔维娅以及“恋人”加百列。

枝美子在私底下为每个人都起了绰号。当然——也包括自己。自己是“愚者”艾米丽。

绰号的灵感来自塔罗牌。某日当同事为自己进行塔罗牌占卜时，被选中的便是这六张。

最先翻过来的是愚者。枝美子一下子就将那副飘荡在荒野上的旅人的绘图与自己的形象重合在一起。毫无疑问，那正是自己的模样。对脚边的悬崖视若无睹，满不在乎地穿着残破不堪的裤子，仅仅是漫无目的地随波逐流的流浪者。接着再将余下的卡片翻开后，那些图画便和这里的成员的面容一一重合在了一起。最后翻开的卡片是“恋人”。枝美子幻想着加百列的容貌，面颊又在悄然间红了起来。

枝美子偷偷向坐在自己右边的加百列递去视线。

何等端庄的侧颜。自额头连通鼻梁，继而延向下颚——堪称是毫无瑕疵的完美曲线。瓷白的肌肤则更叫人叹为观止。

加百列是这个聚会里年纪最轻的。可与年纪相反，加百列却具备着其他成员所没有的理性和知性，散发着宛如剧目中的角色一般的中性美感。发丝如绢丝般柔和亮丽，肌肤白皙娇嫩，犹似少女。

曾有传闻说加百列出众的容姿是遗传带俄罗斯血统的法国祖父；又听闻其曾借由美丽的外表活跃于舞台之上，却因身体原因结束了演艺生涯，从此开始专心于剧本的创作；等等。关于加百列的流言蜚语虽多，却终归没有经由本人之口印证，加百列的神秘也因之更甚。枝美子心想，四分之一的俄罗斯及法国血统固然优秀，但加百列一定有着更加高贵的身份才对。

加百列一定就是那位一直对贞德不离不弃，甚至为了守护贞德而被愚昧粗鄙的平民们杀害，如玫瑰般傲然挺立的红蔷薇君——枝美子曾对加百列说过这样的话。而加百列则眯细了狭长的眼眸，对枝美子作出回应。

“谢谢。那您一定就是嫣然绽放的纯白蔷薇——贞德了。”

“像、像我这种人才……”

加百列突地伸出手，摘下了慌张失措的枝美子的眼镜。她艳丽的唇旋即绽开。

“您摘下眼镜后的模样，可要漂亮多了。”

在那一刻，枝美子的心中掀起了人生第二度的狂澜。

第一次是在昏黑的学习室里。

小学四年级的新学期，刚刚交换完班级的第二天，身边的同学仍处在交新朋友的热潮中。不知姓名的同级生向不属于任何团体的枝美子搭上了话，顺势将枝美子邀去了她的家里。

不合时宜的圣诞树被搁置在门口，上面积了厚厚一层灰尘，旁边则是堆得像小山一样高的旧报纸。为了不碰倒它，枝美子小心翼翼地脱掉了鞋，跟在同级生的后面走进了她的房间。榻榻米的潮湿味道钻进鼻腔，北风透过了仅有的一扇窗户的缝隙，带来不似四月天气的刺骨寒意。

枝美子突地有些害怕起来。她环目四顾，想要找一个离开这里的理由，可目光却不由得落到了书桌上的漫画杂志上。

“是《少女朱丽叶》，你平时有在读吗？”

枝美子摇了摇头。自己定期订阅的杂志不过只有学年杂志一类。虽然上面也刊载漫画，但寻找母亲的芭蕾舞者和魔法少女的故事却几乎占了大半，实在让人感到有些无聊。即便枝美子想要看些更为跌宕起伏的故事，母亲也没有允许自己购买别的漫画杂志。

“这个，你一直在读吗？”枝美子小心翼翼地将杂志拿在了手里。

“嗯，从三年级开始就一直在读了。”

“我可以……稍微看一下吗？”

封面上精美华丽的插图，早已令枝美子心驰目眩。

璀璨的金发与靛蓝的瞳眸，漫舞在少女身侧的赤红玫瑰，如此熠熠生辉的漫画自己还是第一次见。

“封面是《蓝眸的贞德》。这个漫画很有趣哦。背景是十八世纪的欧洲，出生在贵族家室的女儿贞德被海盗掳走，结果却作为海盗头领的儿子被抚养长大——”

“是吗……好像很有趣呢。”

枝美子的心脏像刚刚跑完五次往返跑一般，以让人感到疼痛的程度剧烈跳动起来。

将书页翻开的瞬间，从未体验过的热风陡然席卷而来，阴冷潮湿的狭小房间顿时变作丹楹刻桷的宫殿。迷失其中的枝美子浑然忘我，只是出神地翻起了书页——

丁零，丁零。

“女帝”玛尔格丽特收紧下巴、端正坐姿，继而鸣响了手中的摇铃。待到侍者赶来后，她又用双手的食指比画出“×”的形状。

啊，已经结束了吗？枝美子将餐巾沿折痕叠好，不动声色地放回了桌上。

坐在桌子对面的“女教皇”吉赛尔敲起了计算器。

“餐点和酒水，再加上消费税，每人是六千四百三十二日元。”

以贵妇人自居的女士们各自从包中取出钱包，将正正好好的六千四百三十二日元放在了自己的面前。拿了发票回来的侍者——发票上的金额和吉赛尔的计算分毫不差——将千元钞、五千元钞和大量的细碎零钱攥在手里，那副扑克脸到底是维持不住了。

“多谢款待，真的很美味哦。”

眼见以玛尔格丽特为首的六人依此从前台取出寄存的拉杆箱的光景，侍者的扑克脸又进一步崩解，再也无法回到之前的模样。这个年轻的男人，回头一定会把这幅场景当作趣谈讲给别人听吧。

“说起来，今天店里来了一伙大妈军团呢。不知是把自己当成了法国的名流太太还是怎么，叫嚷着‘哎呀讨厌，沾上面包屑了，能帮我掸掉吗’要我帮她弄干净——这是什么惩罚游戏吗？要是模样还像样的话倒还说得过去，但那群女人，却还都穿着一身颜色鲜艳又土气的地摊货色，顶着一张老土的脸——其中一人倒是像黑木瞳[1]一样的美人，她是例外——根本就是些又肥又丑的老女人，加龄臭[2]肯定重得不

1 黑木瞳，日本知名女演员，毕业于宝冢音乐学校。——译者注

2 “加龄臭”这一单词源自日语，是指中老年特有的体臭的俗称，也就是我们常说的“老人味”。——译者注

得了。结果到了最后，那些人又人手拖着一个拉杆箱回去了。”

“所谓的老年宅，就是指那些家伙吧——什么，你不知道吗？是指那些年届四十还终日游手好闲的老女人们，去池袋的时候偶尔会遇到一些，真是滑稽得令人发笑。”

一边默然承受着年轻侍者隐含着轻蔑的笑容，枝美子一边走出了餐厅的前门。没有为那种嘲弄的笑容感到羞窘的必要。对于自己从容的态度，一股不可思议的优越感油然而生。想笑的话就随便你们笑个够吧。但是，我们可不会去在意你们的看法。只要按照自己喜爱的方式，随心所欲地在自己的世界中生活就足够了——多令人称许的决心呀。枝美子用力推了一下从鼻梁上滑落的眼镜，用穿着新靴子的脚踏出步子。

初夏时节的干燥热风撩过裙摆。自己穿着的喇叭裙是最近流行的款式，却不知道会不会显得太花哨了？

身后响起自行车急躁的鸣笛。但是中年女性的队列却仿佛在强调“让自行车驶进人行道的家伙才不正常”一般，没有任何一人为妥协而改变自己的步调。

枝美子也效仿着她们的做法。

挨过一会儿之后，自行车终于驶到了车道上。“去死吧，臭八婆！”撂下这句话的同时，自行车从身旁疾驰而过。穿着学生服的男孩显露出的尖锐恶意不禁让枝美子想起了丈夫，一股迷蒙的痛感乍然窜过背脊，但下一刻，攀上了自己的肩的加百列的手，便在转瞬间将疼痛弭除得一干二净。

“刚才，您把餐巾折好放回了桌子上，对吧？”

加百列在耳边嗫语道。枝美子的脸不禁又变得滚烫。

“是的。”她一边轻轻颔首，一边小声回应。

“从用餐礼仪上讲，那是错误的做法，是餐品不合口味的暗示。将使用过的餐巾放回桌上才是正确的做法。”

“啊，非常抱歉……那种高档的餐厅，实在让我难以适应……”枝美子过度的反应让对方一下子慌张起来，加百列急忙转圜道：“不，请您不要多心。毕竟其他几位也同样没有顾及周到呀。说到底，如果能挑拣些气氛更轻松的店就好了……那家店，收费也有些高过头了呢。”

挑选了那家餐厅的正是加百列。据说，加百列经常去那家店。是由于工作的原因时常光顾吗？相约的对象肯定都是些大牌艺人和有名制作人才对……真不得了。不愧是圈内人，全然不同于周围的那些浊骨凡胎，无论是外貌还是举止都透着超然的知慧与理性。反观其他几人又如何？吵闹不休的模样简直就与小学生没有区别。她们欢腾地扭动着身体，令拉杆箱也跟着一上一下地跳动起来。即便是想要奉承，也实在难以用知书达理来形容……到底不过是些平庸至极的中年妇女而已。当然，自己也是其中一员。脂肪在腰腹上层层堆积，怎么也掩藏不住。但即便如此，却又能如何呢？

池袋车站西出口，立教街道。浓烈得让人喘不过气的六月里的新绿的气息，以及行走在路人好奇的目光下的自己。

一切都和那时一样。

“喂、喂。真的吗？今天也可以去吗？”

“嗯，过来嘛。正好家里没人。一起来看吧。”

“这周的《蓝眸的贞德》讲了什么？”

“上周的连载正好卡断在阿尔贝尔向贞德告白的场景上。这样的话，这周一定会先从求爱场景开始才对。”

“求爱场景？那么……会接吻吗？”

“当然会有啦！”

《少女朱丽叶》发行的当天，幼时的自己也是像现在这般，一边将书包摇得咔嗒作响，一边和同级生一并前往对方的家中。即便偶有路过的行人朝喧嚣的自己咂起了嘴，枝美子也全然不会在意。就算被白眼相待，又或是恶语相向也好，即将看到《蓝眸的贞德》的兴奋感依然高涨到无以遏制的程度。对于枝美子来说，看到新一期的《蓝眸的贞德》便是她努力度过这一周的唯一理由。

途径池袋车站时，枝美子与两名拖着拉杆箱的女性擦肩而过。或许是同好之类的吧。尽管她们的年纪还轻，但箱子却似乎已经经历了相当长的年月。是要赶着参加哪里的集会吗？真不愧是池袋。枝美子曾经看过主题是《女性御宅族的圣地——池袋》的电视节目，却未曾想自己也会有踏足这个圣地的一天。

“看见了吗——头发稍长一些的。她戴着的串珠是和红蔷薇君送给贞德的礼物相同的款式吗？”希尔维娅朝那两人的方向回过头去，“那个，是现在正在贩售的商品吗？”

“应该是手工制作的吧，刚好和项链杂志上刊载的样品差不多的样子，不是那个吗？”米蕾尤也毫不避讳地投去视线。

“串珠制作……我也想挑战一下呢。就试着做一下阿尔贝尔做过的那款手镯好了。”

“呀，那可真棒。我也想要一个呀！”

“魔术师”希尔维娅和“小丑”米蕾尤拉扯住对方的手腕，相互嬉弄着。

乍一看上去，两人给别人的印象极为相似：她们都留着朴素的发型，穿着个性鲜明的衣裳，体型富态，可实际的性格却天差地别。

希尔维娅喜欢搬唇弄舌，说起话来没完没了，总是一门心思地想要占据人际圈的中心位置。米蕾尤则自我到了令人烦恶的程度，和别人交流时也经常是一副心不在焉的模样；但她一旦找到了什么感兴趣的话题，却又会成天到晚聊个没完，丝毫不会看他人的脸色。说起察言观色，希尔维娅也有着和米蕾尤相似的特质。尽管她善于讲述，却从不会认真聆听别人的话语……无论如何，这两人都是枝美子不擅长对付的角色。

另一方面，走在前头的两人又分别是“女帝”玛尔格丽特和“女教皇”吉赛尔。

她们是这个团体实质的领导，负责统合意见及担任平日活动的司仪。或许正因如此，这两人显得相当难以相处。玛尔格丽特总是将头发梳得整整齐齐，扮相宛如严厉的教师；吉赛尔一丝不苟的妆容和穿着则犹似冷淡又自大的飞机乘务员……即便到了互相已经熟稔的现在，枝美子在这两人面前也依然会变得紧张不已。

最后是走在自己斜前方的“恋人”加百列。年纪尚轻，容姿秀丽，深谙世故又性格温醇，是团体中如同偶像般的存在。无论是团体中的哪一名成员，都会与加百列保持恰到好处的距离以便时刻关注与其有关的动向。自然，枝美子也不例外。

玛尔格丽特和吉赛尔停下了脚步，看来是到了目的地的样子。

那是一间靠近阳光城[1]的咖啡厅。尽管收费昂贵，但可以预约到能让大家尽情畅谈的包间。

在众人入席，交付了饮料的点单之后，六人打开了自己的拉杆箱，分别取出了各自的宝物。枝美子也同样从箱中取出了到昨天才堪堪完成的原稿。

“各位，准备好了吗？”“女帝”玛尔格丽特出声说道，“那么，现在开始‘蓝色传说’俱乐部定例会报原稿检查会。请各位务必要小心对待原稿，毕竟是即将交稿的重要稿件呀。”

1　阳光城是位于池袋的复合式商业设施，是池袋著名的地标。——译者注在简明扼要的说明之后，便进入原稿交换的环节。此时的成员们不必再顾及之前的繁文缛节，午餐时的发言规则也不再适用。众人可以随心所欲地和想要交谈的对象搭话，亦可以自由选择坐席。

加百列坐在了枝美子的旁侧。枝美子像是初来宅院的女佣一般，她一边抬眼瞧着加百列的脸色，一边小心翼翼地递出了自己的原稿。那是自己花费两个月的时间完成的共计十五页的漫画。由于是时隔二十年重新提起笔的缘故，一开始可谓是失误连连，但好歹是在昨日完成了最后一页网点的工作。

“真是有趣的图画，是喜剧吗？”

吐息又一次拂上面颊。汗水浸湿了枝美子的腋下。

“是的。贞德与阿尔贝尔在现代企业中工作，是按照这样的设定来画的。”

“平行世界的故事吗？相当优秀的点子呢。”

这次换作加百列将自己的原稿放在了枝美子的大腿上。

“是小说的原稿，请过目。”

枝美子用手帕仔细擦拭过自己的手指，继而慎重地翻开了搁置在大腿上的原稿。

“贞德小心翼翼地将手递向小腹，细小而孱弱的鼓动便自其中传来。‘神啊！’泪如雨下，从脸颊上滚落……”

仅是扫上一眼，原稿上的文字便像是附有魔力一般摄去了枝美子浑身的力气。啊……果然，加百列的文章实在是娟妙至极。这是何等优雅又美丽的文字!

枝美子的脸颊滚烫如受焦炭燎灼，心律不受控制地急遽升高。吸入肺里的空气，在吐出的瞬间变作了悲伤的叹息。为什么自己无法编织出如此优美的语言呢?

和贞德相遇的三十年，自己对贞德的憧憬逐渐在心底升腾发酵，变作无法排遣的忧忡烦郁——这种无以言喻的奇妙心绪，为什么加百列能够如此巧妙地用言语表现出来呢?简直是如梦似幻般的美妙。

枝美子用颤巍的手指捻起书页，万分谦兢地翻阅起了原稿。

“加百列是想要把这个故事写成小说呀。”

玛尔格丽特像公鸡般伸长脖颈，从桌子的对面探过头来。加百列则微笑着作出回应。

“是的，虽说不过是每页四百字，总共三十页稿纸的长度。我试着把贞德从远渡美国到回归法国为止的五年空白写成了小说。”

“哎呀。”对方发出了小小的惊叹，“那空白的五年一直是贞德最大的谜团。原作者到底为什么空出了五年的留白——这个话题一直到现在还争论不休呢。”

“我认为贞德是在这五年中孕育了孩子。综合考虑过每一种可能之后，果然还是这一说法最令人信服。”

“哎呀，加百列是生产说的支持者呢。那孩子的父亲当然是……”

“当然，是阿尔贝尔。”

啊啊——各式各样的惊叹声又再度响了起来。

其中米蕾尤不合时宜的嘶喊更是尤其显眼。

“阿尔贝尔！噢，阿尔贝尔！我杂乱的心绪到底是因何而起？这无法消解的烦闷又该如何名状？这就是爱吗？啊啊，这就是爱啊！我想见你，我想要见你，现在就想要见到你！若是做不到的话，这名为爱的苦痛一定会将我折磨致死吧！”

那是贞德终于察知自己对阿尔贝尔的爱意的名场景中的名台词。在各大名台词中也是最具人气的一个。作为这个漫画的粉丝，想必每一个人都会在听到这句台词时心跳加速吧。

室内的气氛马上变得喧闹起来。

“贞德的青梅竹马，同时又是命运的恋人阿尔贝尔。没错，贞德产下的孩子的父亲一定是阿尔贝尔！只有阿尔贝尔才配做贞德的恋人！”米蕾尤以像是在做选举拉票演说般的气势大声宣示起来，那便如同引爆剂一般，一下子引起了众人的讨论。

“明明应该是这样的，可偏偏总还有人说那是克洛特那个装腔作势的男人的孩子呢。”

“将贞德和克洛特凑在一起根本就是邪道，简直是在侮辱原作。真是的，那些人不但做出如此不堪的妄想，甚至还将之编成小说和漫画卖给别人，简直没有比这更深沉的罪孽了。”

“没有错。如果仅是在脑中想象的话，那倒是个人的自由。但那些家伙却将之作为正道，堂而皇之地印刷同人作品并卖给粉丝，实在是再下作不过了。真是寡廉鲜耻，令人作呕，简直不是人。”

“贞德的恋人只有阿尔贝尔一个。不可能再有其他的情侣组合。在我们的成员中，一定不会有赞同其他的情侣组合的人吧？”

“怎么会，这里才不会有呢——对吧？艾米丽太太？”

“欸？”

突然被问及的枝美子在一瞬间愣住。十只眼睛骤然集中在了她的身上。

“啊，是，当然了。贞德的爱人只能是阿尔贝尔才对。”

“就是这样！对了，艾米丽太太，您的原稿呢？”

“我正在拜读。”在开口的同时，加百列又扬了扬自己手中的原稿，“一如以往所见，是非常有趣的故事。绘图也漂亮得不得了。”

“是吗——让我也看一看呀。”

吉赛尔漫不经心地将手中的原稿搁在一旁，被撂下的是希尔维娅的画作，她不满地颦起眉头，可吉赛尔却全然没有在意，伸手取过了枝美子的原稿。

“哎呀，真的是非常漂亮。不愧是画技卓然的艾米丽太太。昨天上传到绘画论坛上的绘图固然出色，但这个却还要更胜一筹呢！话说回来，艾米丽太太，似乎是想要当漫画家来着？”

“已经是过去的事情了。”

“您要多多发扬自己的特长才是呀。这次试着画一下长篇漫画怎样？”

“承您盛赞。但只是画画倒还好说，脚本就……”

“那就试着给加百列的小说配上插图吧，加百列怎么说？”

玛尔格丽特摆出一如既往的领导架子，自顾推进着话题。

“荣幸之至。”

枝美子浑身一颤。

“您……愿意与我合作吗？”

“您可真是谦虚，我这边才是，要请您多多关照了。”

“事不宜迟。两位，请马上准备这次会报上的刊载吧。页码分配的问题也得考量一下才行。吉赛尔，可以调整一下吗？”

语声刚落，正看着分配表的吉赛尔便立刻开口回应道：“稍微削减一下插画数量的话，应该没有问题，这一张就割舍掉吧。”说话的同时，她又用红色的笔勾去了相应的页码，“但就算改变了计划，截稿日可不会推后。毕竟只要稍微耽搁几天，印刷费也会相应变高不少。可能的话，请尽量在下周前拿来原稿。”

“艾米丽太太，做得到吗？”

被加百列甘甜的气息撩骚着面颊，枝美子如端坐在婚床上不谙人事的新妇般，用微不可察的幅度轻轻点了下头。

“话说回来——加百列的小说配上艾米丽的插绘，这次的作品肯定会相当不得了。封面的设计也得下些功夫呢。”

玛尔格利特从她一直带在身边的厚实的资料夹中取出印刷费预算表。

“如果要加上贴箔工艺的话，不知要花多少钱，完成后试着贴上金箔怎样？”一边睨视着玛尔格利特手中的预算表，吉赛尔棕栗色的卷发轻快地跃动起来。

“衬纸也得再花点心思，换一家更好的印刷店好了。”

“干脆再在卷首加上插图页怎样？”

“好主意。虽说制作成本会上升一些。各位，没有异议吧？”

如同在房间里烧起了热炭一般，室内的温度没有止境地上升着。汗液不断从枝美子的腋下、脖颈处渗出。当枝美子试着脱掉上衣时，双手却在不经意间碰到了同样被汗水沁湿的加百列的两腕。在一瞬间的踌躇之后，枝美子使上力气，轻轻压住了加百列的手腕，些微的回应继而沿着对方的手臂传来。

与性欲截然不同的难以言喻的奇妙体验。

这掺杂着沉郁的甜蜜感触到底是什么呢？肯定是只能与拥有同样的心性和灵魂的朋友心灵交合的瞬间才能体会到的纯洁的共鸣所带来的愉悦吧。

枝美子斜着眼，偷瞧起“朋友”的侧颜。实在是令人惊叹的美貌。无论是革制的颈圈也好，纯白的衬衫也罢，无不透着精心搭配的洗练。那在自己心中重复过千百遍的台词，枝美子想在加百列的耳边轻声呢喃，她已无法按捺住这种冲动。

“我爱你，我命运的同伴。”

不行，不能说出来。枝美子用双手托着面颊低下了头。但、但是……好想说出来，好想将唇贴上那柔软的耳垂……

“但是——希尔维娅太太也是想要当漫画家的吧？”

米蕾尤的轻声细语，一下子将众人的视线引向了希尔维娅。那对标志性的粗短眉毛，正僵硬地倒垂着。在被她拿在手中的分配表上，被吉赛尔画上的消除线显得分外刺眼。

“啊！被删去的那页插画不是希尔维娅的画作吗？”米蕾尤一边瞅着希尔维娅手里的分配表，一边慢悠悠地说道，“但也是没法子的事，谁叫艾米丽太太的画技要更高一筹呢。”

她啜饮几口杯中的红茶，接着又轻轻打了个嗝。“扑哧”，米蕾尤轻笑出声来。

“请别放在心上。”

池袋车站，到检票口为止与枝美子同行的玛尔格丽特这样说道。

当只剩下两人的时候，玛尔格丽特的风格便变得和之前截然不同。当大家聚在一起时，她扮演的是神经质的领袖——实际在名义上也有着“代表”的头衔——但在私下相处时，她却不过只是个喜欢操心别人的普通主妇而已。

就算是时髦的束腰长裙，穿在她的身上也和土气的大妈衫无异；耳环和项链也明显是赝品。若是十几二十岁还好，但以她的年纪来说，这种穿衣搭配实在是有些勉强。

“但是……随便删掉希尔维娅的插画真的好吗？”枝美子轻声咕哝道。

“希尔维娅那边我来负责说服，请放心。但话说回来，吉赛尔也真是让人头痛，那种露骨的说法，任谁都会受不了吧。就不能采取更圆滑一些的措辞吗？吉赛尔虽然办事爽利又能力出众，却不擅长斡旋转圜呀。”

“哈啊……”枝美子佯作出模棱两可的叹息，以示应和。

“还有米蕾尤也是，那个人一直是这样。平时一副对他人爱答不理的模样，总是沉浸在自己的世界里，却又偏偏喜欢在微妙的场合说些不合时宜的话。结果每次都被她搞冷了场子。虽说我也想要提醒她让她注意一些，但那个人怎么说也是粉丝俱乐部最早的一批成员。也正因如此，她才总是会毫无忌惮地说出些失礼的言辞吧。”

“哈啊……”枝美子露出暧昧的微笑。

“简直就是一帮‘问题儿童’的集合，胃都要疼起来了。”

一边这样说着，玛尔格丽特按住了自己的腹部。“胃都要疼起来了”是她的口头禅。

“但最大的麻烦果然还是希尔维娅。那个人，明明才当上干部不久，却总像俱乐部的元老一样对别人颐指气使，对吧？”

“啊，是。我原以为她一定是资历深厚的老人……”

“是吧？虽然年龄上的确是最年长没错，实际却入会不过三年而已。像她那样的人真让人困扰呢……但是——最应该小心的，却是加百列呀。”

“欸？”枝美子的心脏猛地一跳，“最应该小心……是指？”

“啊，我不是这个意思。那个人的确很招人喜欢。但是，你看——加百列不是很受欢迎吗？所以在那个人周围，总会有些麻烦的事情。”

“请问……是怎么一回事？”

“总之，如果想要一直待在这个俱乐部的话，还是和那个人保持一定距离比较好哦。莫不是……加百列在私底下和你接触过了吗？”

在那短促的一刹那，玛尔格丽特的目光变得如同盯上垃圾袋的乌鸦般险恶又令人惊悸。

“我说，加百列邀请过你吗？”

“不……没有。”枝美子下意识地缩紧了身体。

“是吗？那就好。”

荫翳自玛尔格丽特的眸中散去，转而换上了安心的神色。突然，她拽住了枝美子的手腕，在她的耳边轻轻嗫语。

“艾米丽太太，我很中意你。你画的漫画我也非常喜欢。所以，我想要一直和你做朋友。没错，就像一直把友情放在第一位的贞德一样，让我们也一直要好下去吧。你是怎样想的？

“是、是的，我也想和大家一起，一直都……”

“哎呀。”

玛尔格丽特倏地停下了脚步，前面是开在检票口前的一家小书店。

“那是什么？”被玛尔格丽特拿在手里的是一册名为《秘密探

掘》的情报杂志。若要简单概括，不过是一类为粉丝群体提供情报的杂志而已。创刊时间相当早，是枝美子在学生时代经常购买的杂志。

“啧，这可真是——”几条青筋兀地爬上了玛尔格丽特的脖颈。可是，她却像是被什么物事吸引住了一样，毫无踟蹰地用手指翻动着书页。

不明就里的枝美子拿起了另外一册。封面上，写着“追寻秋月美有里的秘密”的LOGO赫然在目。

秋月美有里的秘密？说起秋月美有里，她可是《蓝眸的贞德》的原作者呀。

“真是愚蠢透顶！”

在枝美子翻开特辑书页之前，玛尔格丽特却粗暴地将杂志丢了回去。

枝美子忙慌慌张张地依样画起了葫芦。

×××

S：“话说回来，秋月美有里是什么时候出道来着？”

W：“根据资料来看是昭和四十六年，以名为《玛丽安的红靴子》的作品出道。出道的契机似乎是在《少女朱丽叶》上被入选最佳新人奖，出道时还依然是在校高中生。”

S：“在校高中生？不会引起很大的轰动吗？”

W：“似乎没什么动静呢。在少女漫画的圈子里，高中生出道也不是什么稀奇事。而且在她出道后的几年之内也一直没有什么拿得出手的热门作品，因此也根本得不到长篇连载的机会。说到底，不过是个不卖座的三流漫画家而已。”

S：“这样说的话，《蓝眸的贞德》就是她的成名作咯？”

W：“嗯，就是这样。最初似乎是短篇漫画，但因为读者反应热烈，所以才得以开始长篇连载。那也是秋月美有里这个笔名最初的长篇连载漫画。”

S：“那个最初的短篇版本，有收录在单行本里吗？”

W：“不，并没有。只有在当期的《少女朱丽叶》中有收录。但是我有向热衷收藏的同好借到哦。”

S：“（翻阅《少女朱丽叶》）嗯？画风不是完全不一样吗？虽然看起来很相似，但却要比连载的版本高上好几个等级——这是？”

W：“就是这样，这就是最大的谜题呀。‘秋月美有里两人说’也就因而诞生了呢。”

S：“如果秋月美有里真的是两个人的话，那其中一个就是代笔作家了。那么，哪个版本的《蓝眸的贞德》才是正牌的画作？想来一定是画得更好的那个吧？”

W：“不，似乎也并非如此。请看这一册的《少女朱丽叶》。这一册中刊载着秋月美有里在开始绘制《蓝眸的贞德》之前的短篇作品。”

S：“哎呀……这可真是差劲。嗯？这难道是说……”

W：“没错。或许画得更差劲的那一个才是真正的秋月美有里。”

S：“那更优秀的那一位呢？”

W：“那正是最大的谜团呀。”

S：“没有详悉当时情况的人吗？比如说《少女朱丽叶》的编辑之类的。”

W：“当时的编辑似乎斩钉截铁地否定了秋月美有里两人说的样子。说什么秋月美有里毫无疑问，只有一个人云云。”

S：“那当然，秋月美有里毫无疑问只有一人，但是否存在代笔漫画家就不好说了吧？”

W：“那位编辑倒是承认了助理的存在呢。”

S：“莫非那名助理就是代笔漫画家？比如说最终完成漫画的不是作者本人而是助理之类的。”

W：“不，由助理代笔完成漫画也不是什么稀奇的事情。作家本人仅仅是分好分镜格，剩下的内容则全部交给助手完成的情况有很多，仅仅如此还称不上是代笔漫画家。”

S：“这样说倒也有道理。如果仅仅是因为请了助理就要被人戳脊梁骨的话，那几乎全部的漫画家的背后都有代笔存在了。这样的话，秋月美有里就是分别有画技高超和拙劣的两名助理在了。”

W：“这种推测也无法否定呢。但是，还有这么一条传闻哦。秋月美有里一直和一名不知是姐妹还是朋友的人同居着。但是，她们却没有向任何一个人透露过这件事。”

S：“什么呀，那是？”

W：“实际上，几乎没有人看到过秋月美有里真正的面容。她在公共场合露面的情况，似乎仅仅只是在一次粉丝俱乐部的聚会里。就连平日里原稿的交付也是由另一名女性代理的。但是，那名女性和秋月美有里的关系却从未公开过。”

S：“简直像是侦探故事里的桥段嘛。”

W：“还不仅仅是这样。秋月美有里虽说是笔名，但在现实中，作者的身边也确实存在着姓氏是‘秋月’的女性，这是在秋月美有里失踪后才被查明的事情了。秋月美有里在高中毕业后，立刻和一名同级生一起从九州来到了东京。那差不多是昭和四十八年前后的事情吧。古怪的是，那位同级生的姓氏刚好是秋月。顺带一提，秋月美有里的本名是山田保子。”

S：“山田保子？真是个朴素到让人吃惊的名字呢。对少女漫画家来说，肯定是个致命的缺点吧……原来如此，所以她就借了朋友的姓氏‘秋月’当作自己的笔名吗？秋月……嗯，真是个美丽的名字。话说回来，难道她的同居人就是那位叫作‘秋月’的同学吗？”

W：“如果这样考虑的话，一切就说得过去了。”

S：“再换个思路，另一个秋月美有里或许也……”

W：“总之先不要着急下定论。现在我还正在做着相关的取材，后续的情报请再稍等一段时间。”

S：“那么，下期还请您——”

（摘自月刊《秘密探掘》二〇〇七年七月号）

艾米丽与希尔维娅

艾米丽太太，我很中意你。你画的漫画我也非常喜欢。所以，我想要一直和你做朋友。没错，就像一直把友情放在第一位的贞德一样，让我们也一直要好下去吧……你是怎样想的？

想要一直要好下去——这是自己最真实的想法。因为粉丝俱乐部举行的活动，对自己来说是唯一可以松一口气的时间，是能够重新做回真正的自己的时间。就算遵从那些烦琐的规矩多少有些麻烦，但如此的理由还不足以让自己放弃它。应付成员们各自的脾性，总也要比忍受丈夫的暴力好过不知多少倍。

居住的公寓逐渐出现在视界里，枝美子忍不住叹出一口气。

从住进这里算起，已经过了十五年的岁月。当时新落成的公寓已然变得破落衰败，古旧的墙壁上遍布裂痕和霉苔，楼梯的扶手锈迹累累。依然留在泡沫时代里的华丽的凸窗，滑稽得不堪入目。

打开二楼拐角房间的房门，枝美子又发出长长一声叹息。房间透着像是单单把自己排斥在外一般的冷冽气息——那是丈夫的气息。

和丈夫结婚是在十五年前，枝美子二十六岁的时候。此前尚还有着五年的交往经历，总计是二十年的孽缘。

二人相识是在一间柏青哥[1]店里。当时的枝美子是那家店的店员，丈夫则是店里的常客。交往开始时，丈夫告诉自己从事新闻媒体相关的工作。他时常穿着体面的衣服，佩戴着名牌手表，浑身透着名流的气息。枝美子轻易地相信了他的说辞，直到后来才知道那不过是哄骗自己的谎话。所谓的“媒体相关工作”，不过是在寒酸的地方广告代理店里，做在街上贴电话俱乐部的广告单的兼职而已。

若是能把这份工作好好做下去也就罢了，可刚一结婚，丈夫又立刻辞去了自己的工作，将生活的担子完完全全地抛给了枝美子。无可奈何的枝美子只得重新开始工作。又由于丈夫铺张浪费的缘故，从四年前开始，枝美子就不仅仅只做原来的柏青哥店的兼职，甚至又在一家建筑公司里干起了杂活。即便自己已经从早到晚都在工作，而那个荒唐的男人，却还总是说道着“好好操持家事”这种不可理喻的话。

但即使如此，直到去年为止的自己还是需要有着“丈夫”身份的这个男人。即便再没出息，有丈夫的支撑总归还是令人安心。即便是粗暴的男人，忍耐一下总也会发现他的温柔和能够依赖的一面。

何况对年过四十还没有子嗣的自己来说，实在无法想象自己一个

1　柏青哥：一类击打弹珠的博彩游戏。——译者注

人生活。虽说是个差劲的男人，但失去了的话还是会感到寂寞。

说到底，当年自己才是主动追求的一方。是自己哭着闹着让丈夫和他喜欢的女人分开，强迫他和自己结婚的。

当时的自己到底在想些什么呢？实在是没有看人的眼光。当然，二十年前的丈夫的确是既温柔又有男人味，但现在的丈夫却看不见半点当年的影子。他的变化之大，甚至到了让枝美子怀疑是不是在半途换成了别人的程度。

如果可能的话，枝美子实在想要回到二十年前的时候，辞去柏青哥店的工作，认真朝着漫画家的方向努力。对了，枝美子想道，自己也曾有过为了成为漫画家而前往东京的经历呀。可无论自己投稿多少次，结果却总是被退回来。自己带着原稿去拜访漫画杂志的编辑部时，也被对方的一句“您还是回故乡去吧”赶了出去。

为什么自己因为这种程度的挫折就轻易放弃了呢？那明明是自己从小以来的梦想。就算从现在开始做起也不晚吧？不对。无论想做什么事，总归还是要讲究时机和时期。即便是简简单单的一锅咖喱，如不注意火候，也会变成糟糕的失败品。若是因为在半途忘了加洋葱而在收尾阶段强行加进去的话，也实在是难以补救。只会徒然后悔“为什么没在合适的时候加入洋葱”而已。

总而言之，从遇见那个男人开始，自己的失败已经是不可否认的事实。

“枝美子，无论如何都不要和那个男人过日子。现在看起来或许是个温柔的人，但他骨子里就是个泼皮无赖。”

这是母亲曾对自己说过的话。

“他发起酒疯来很难缠吧？”

“他的酒瘾不是被我劝住了吗？况且也不过是酗酒，总比瘾君子要好吧？”

揣着反抗的心思撂下这些话后，自己又像是对母亲示威似的当即和那个男人结了婚。这种别扭又顽固的性格却不知是像谁呢？这样的自己真是令人讨厌。

枝美子希冀着有所改变，但是……却做不到。

“做不到也没关系，您只要保持现在的样子就足够了。我喜欢这样的您哦。”

加百列的话语在混沌中溯回到了脑海里，和加百列的第一通电话是在三个月前。

枝美子颤颤巍巍地用如蚊呐般的微小声音说出来的话语，尽然被那时的加百列所接纳。被那种温柔包覆着，让枝美子一直按捺着的眼泪再也抑制不住，一口气涌了出来。即便到了今天，只要一回想起那时的感受，眼泪还仍然会不受控制地滚出眼眶。

加百列大人……加百列大人，我只要保持现状就好了吗？

但若是如今的生活再继续下去的话，我一定会在浑浑噩噩的日常中迷失自我吧。

唉，我想要逃离现在的生活。等到醉酒的丈夫回来之后，我又会被他粗暴的言行弄得身心俱疲吧。今天度过的那段快乐的时光，更是会成为他借以责骂自己的把柄。

一边压下心中的烦闷，枝美子打开了电脑的电源。这是这个房间里唯一可以找回真正的自我的地方。

电脑开机之后，枝美子立刻登入了“蓝色传说”粉丝网站。昨天自己上传在绘画板块的绘图，又收到了更多的评论。

“艾米丽的画真的非常漂亮，令人惊叹。”

“艾米丽的画技已经超过原作了吧？想要请艾米丽继续把贞德的故事画下去呢。”

“我也认为艾米丽的画比秋月老师更加出色，忍不住想看看艾米丽笔下的《蓝眸的贞德》的后续。”

哎呀……竟然说我比秋月美有里更擅长画画呢，言过其实了呀。

枝美子用双手捧住了自己发热的面颊。说起来，没准我真的已经超过秋月美有里了？

电话猝然响起，一下子拉回了枝美子的心神。她急忙向座机处走去。

是希尔维娅打来的。脑袋里先前的盘算被一口气吹飞，而胃部却开始剧烈抽搐起来。

——肯定是因为那件事。

怎、怎么办……是我害得希尔维娅带去的插画被从同人志中划去了，要怎么解释才好……

“……希尔维娅太太，那个……非、非常抱歉，那个……”

“哎呀，您为什么要道歉呢？”

“因为……都因为我害得您……”

“页码分配的事情？没关系没关系，我完全没放在心上。”

“魔术师”希尔维娅——根据别人透露出来的消息，被自己冠上了这个绰号的女人现在的年龄是五十三岁，要比枝美子大上十岁左右。《蓝眸的贞德》连载时她的年纪则是二十二三岁。

因为年纪最长的缘故，希尔维娅时常摆出一副俱乐部老人的架子，但实际上，她不过是干部成员中的倒数第三位而已。当然，这并非明面上的地位排名，但“越老的成员越有发言权”的条例却一直作为潜规则被成员们记在心里。

按照从旧到新的顺序，干部成员分别是米蕾尤、玛尔格丽特、吉赛尔、希尔维娅、加百列以及排最后的艾米丽，即枝美子。

这几名干部，即是拥有三百名会员的粉丝俱乐部“蓝色传说”的核心成员。以“有干部退出时再从普通会员中补充”的模式，在三十年间一直维持着粉丝俱乐部的运营。始终保持着固定人数的干部们，则被普通会员们冠上了“蓝色六人会”的别称。

总而言之，在这个粉丝俱乐部里，能被擢拔为干部对普通会员来说是极大的荣耀。等着借干部离席之机上位的会员，也不知凡几。但是，枝美子却在三个月前，在她还是个入会将将才满半年的新人的时候被“蓝色六人会”选中了。

“为什么是我？”

即便抱持着这样的疑问，枝美子依然毫不犹豫地应下了干部的差职。这肯定是上天赐予的转机，枝美子心想，若是不把握住的话，自己就又会回到以前那种阴郁的精神状态中了吧。

枝美子知道这个“蓝色传说”粉丝俱乐部，是从被选为干部算起再往前半年的时候。

不知是进入更年期的原因，还是对乏味的工作产生了倦怠，枝美子陷入了长期的抑郁状态。那时的自己全然没有活着的实感，一缓过神来就发现自己正苦闷地叹着气。

除了帕青哥店员外，枝美子所兼职的建筑公司杂务工作由于需要长期使用电脑的缘故，肩膀、眼睛的过度使用令枝美子非常疲劳。

“偶尔放松一下怎样？”喜欢占卜的同事一边摆弄塔罗牌一边对枝美子说道，“我偶尔会用电脑玩一些游戏。坐在前面的那个人也是，看似在认真地敲打键盘，但其实是在写博客呀。大家都是这样，装成认真工作的模样，实际都会适当地上网缓解压力。”

“是这样吗？”

“就是这样，是你认真过头啦。我们的社长也是，大半的时间都在浏览交友网站。你也试着玩一玩吧？但小心点，可不要被那些要求在现实中交往的网站骗了。你看，出现了喻意‘情爱中的变肘’的暗示呢。”

同事一边这样说着，一边翻开了恶魔的卡片。

大家真的都在用网络娱乐吗？坐在社长前面的年轻女孩子也是如此。分明一脸认真地盯着屏幕，却不知到底是在干些什么。

“你也试着玩一玩吧？”

应从同事的话语，半信半疑的枝美子在搜索页面上输入了单词。

这是枝美子第一次将办公电脑用作私用。输入的单词则是——蓝眸的贞德。小学时的自己曾痴迷其中，甚至还因而萌生出了成为漫画家的想法。

到底是许多年以前的漫画，应该不会搜索到相关的内容吧——枝美子这样想道。可结果却搜索出了十万条以上的信息。接着，枝美子下意识地点击了位于最上方，名为“蓝色传说”的页面。

页面加载出来的瞬间，萦绕在心中的忧郁被瞬间吹散。就如直接向血管中注入了兴奋剂一般，枝美子浑身如沐浴火焰般变得灼热，猛烈跳动的心脏几乎要裂开来。尽管兴奋得快要昏厥过去，枝美子还是强憋住一口气，立即完成了会员注册程序。

阔别了三十年的《蓝眸的贞德》向枝美子的体内注入了巨大的活力。那一天，枝美子特地在回家途中去了一趟电器店，为自己购买了一台笔记本电脑。

当然，丈夫免不了要对自己啰唆两句。但在搬出“要用在工作上”这句搪塞的理由后，丈夫却意外爽快地同意了。或许是觉得“对什么感兴趣的妻子总要比阴郁的妻子来得顺眼”也说不定。但是，从枝美子体内涌出的那股活力之庞大，却远远超出了丈夫的想象。

从那一天开始，枝美子便积极地参与进了俱乐部圈子。

每日在讨论版上发布三个以上的帖子，将用绘画软件绘制的图画投稿在网页上。因为画作广受好评的缘故，仅仅过了半年时间，枝美子便作为“能够最忠实地还原原作者画风”的绘师，在俱乐部里备受瞩目。以此为契机，枝美子终于在三个月前收到了来自“蓝色六人会”的邀请函。

推荐自己的人正是加百列。

收到了来自加百列的第一封邮件的喜悦，枝美子时至今日也没有忘记。

毕竟加百列在网站内创作了大量同人小说，是粉丝俱乐部里的偶像。那个人发表的作品无一不是极其出色的佳作，更有不少会员认为加百列所描述的故事要更胜于原作。所以在这个《蓝眸的贞德》的粉丝俱乐部里，甚至有一部分会员仅仅是加百列个人的粉丝。而枝美子也正是加百列的粉丝的一员。

能收到偶像加百列的来信，令枝美子像幼童般欢呼雀跃了许久。

在精心准备的回信里，枝美子还特地附上了自己的电话号码。托此所赐，她在第二天便收到了加百列的来电。

那是和想象中一样的平和的声音和温柔的谈吐。为了能尽量长久地独占这如天籁般的声音，枝美子接连不断地抛出了各式各样的话题。

自己的人生经历、烦恼以及未曾向任何人谈及的秘密。

——为什么要连这种事都说出来？即便脑袋里浮现出了这样的想法，也依然无法让嘴巴停下。

在交谈的过程中，枝美子逐渐敞开了心扉，眼泪也随之从眼眶中溢了出来。到了要挂断电话的时候，枝美子甚至因为呜咽而没能好好地与加百列道别。

“但是，您还是得多小心一下加百列才行呀。”

突然，希尔维娅的声音透过话筒传进耳朵。

“那个人呀，可说了不少谎话呢。说自己在做什么演艺工作，实际却不是什么了不起的事。不过是些再现电视剧罢了——把实际发生过的事情拍成节目的那种寒酸电视剧，就是那种呀，那种……”一边晃动着丰腴的身体，一边唠叨不休的希尔维娅的身影浮现在枝美子的脑海里。

摇晃那头散乱的头发——与其说是摇晃，不如说是大幅甩动来得恰当——是她的习惯。由于那头乱蓬蓬的头发实在显得有些邋遢，所以枝美子一直没怎么靠近过她。但希尔维娅本人却似乎很中意自己的头发，今天的午餐时也是，一直将头发捧在手里，反复用手指摆弄着发丝。

尽管如此，枝美子却依然觉得希尔维娅是个非常有趣的人，她夸张的动作和表情怎么也看不腻烦。尽管本人拼命地想要改正说话的腔调，但方言的味道总还是掩藏不住，甚至搬弄出好些令人啼笑皆非的古语出来，简直像是在喜剧中出场的贵族太太一般，令人忍俊不禁。

枝美子对希尔维娅的口音非常熟稔，因为那正是自己的家乡——南九州的口音。

“因为大家都瞒着您呀，真让人看不下去。”

希尔维娅操持着她那古怪的腔调，又说起意味深长的话，而话题的关键却丝毫未提及。

“世道上人心险恶。关于粉丝团体的内斗，您听闻过吗？”

枝美子了然于胸。关于《蓝眸的贞德》这部漫画，除了“蓝色传说”外，尚还有很多民间粉丝俱乐部、发行同人志的同好会、网络粉丝网站等粉丝团体。

但是，“蓝色传说”却不同于其他粉丝团体。虽说性质上仍属于民间粉丝俱乐部，但由于发行该漫画的出版社亲自将原作者设为俱乐部的顾问的缘故，实际与官方无异。当《蓝眸的贞德》完结后，俱乐部虽说在名义上解散，但管理者却将粉丝网站保留并运营了下去，这就是“蓝色传说”最初的起源。

然而，团体内部的纷争及内斗却是司空见惯的常事，无论什么组织都难以避免。据传闻，俱乐部之间的争执也非常严重。

到底是最老牌的俱乐部，伴随其历史前行的是无以计数的纷乱和争斗。即便平日里看似平静，但一到同人作品贩售活动时，圈子里就会流传出大量恶意攻击的文章和传真。

“虽说现在已经基本见不到传真骚扰了，但作为代替，网络上的骚扰却层出不穷呢。”希尔维娅终于开始进入正题，“您知道网络上的匿名留言板吗？”

枝美子非常清楚。那是仗着匿名之便，在网上恣意谩骂、诋毁讨厌的人的网站。

“匿名留言板上也有关于‘蓝眸的贞德’的区块，您浏览过吗？”

实际上，枝美子曾经登录过一次那个网站，上面写满了对自己熟悉的网友的谩骂。由于那些内容实在让人接受不了，枝美子便再也没有去看过匿名留言板。

“没有。”枝美子小声回答。

“那上面写满了关于您的坏话哪。”

——什么？

浑身的气力被一口气抽走，枝美子的双膝猛地一软，险些支撑不住身体。

那个匿名留言板上……写满了我的坏话？

枝美子的双腿不受控制地开始颤抖，胃也翻滚起来。

“我的坏话吗？”

“哎呀，您可别放在心上。那不过是在嫉妒您而已。”

“为什么？为什么要嫉妒我？”

“您那么引人注目，早就成了不少人的眼中钉哪！才刚入会一年，就被选为‘蓝色六人会’的干部了吧？不满这个结果的会员大有人在。等了不知多少年月的席位被新人抢去，当然会心有不甘了。您知道网名叫做‘妮娜’的那名会员吗？她原本是要入选‘蓝色六人会’干部的，可结果却被您抢了去，她可是恨您恨进了骨子里。”

“那……那么，就是这个人说了关于我的坏话吗？”

“哎呀，她肯定也参与了吧，但主谋不是她。”

“那主谋是？”

“您觉得会是谁？”

“是谁？”

“加百列。”

枝美子的膝盖更加剧烈地颤抖起来。

“不可能……我无法相信。”

“我一开始也不相信。”希尔维娅像是演艺圈的记者一般，一句接一句说个没完，“实际上，我曾经也有过和您同样的遭遇。除了坏话之外，甚至连个人隐私都贴在了上面。害得我本人都出现了神经衰弱的症状。”

“但是，我还是无法相信。”

加百列干净漂亮的侧脸浮现在眼前，那副温柔的笑脸一如往常。

“我可不是在胡诌，当时我遭到迫害的时候，那些帖子的内容有许多是只有加百列才知道的，比如关于我的家庭和工作的事情。”

“只有加百列才知道？”

“没错。曾经有一次，加百列特地向我打来了电话。我兴奋得难以自已，忍不住抖出了好些涉及个人隐私的烦恼。结果，那些内容尽然被发布在了网络上。话说回来，您是不是也接到了加百列的电话，也像我一样被问到了各种各样的问题？”

“是。”枝美子犹豫了片刻，旋即轻声回答道。

“我就知道，这就是加百列的手段呀。接近对方，有意使对方对自己着迷，之后再毫不犹豫地背叛对方。”

“但、但是，那真是加百列做的吗？毕竟是匿名留言板，不是无法确定到底是谁写下的那些内容吗？”

“就算藏得住名字，但光是行文的习惯就足够看出端倪啦。所谓的‘匿名’不过是掩耳盗铃而已。特别是加百列——那个人是用的假名输入法[1]吧？输入法造成的失误会很明显。如果是罗马音输入法的话，是不会因为忘记加浊音点而把‘ga’拼写成‘ka’吧？但加百列的文章却会有很多类似的失误，这就是最确凿的证据。”

“但是，光凭输入法就……假名输入法的话，我也……”

“您有没有向加百列倾诉过从没有和别人说过的秘密？”

“秘密？”枝美子汗出如浆，眼镜自她的鼻梁上滑下。她急忙伸出手，扶正了滑脱的眼镜。“难、难道……那件事情也？那个秘密被写在留言板上了吗？”

“看吧，我就知道。”希尔维娅特意提高了声音，“和您想的一

1　类比五笔输入法，下文中的“罗马音输入法”则与拼音输入法相似。——译者注

样。您的秘密被彻彻底底地暴露在了留言板上。”

膝盖的颤抖蔓延至枝美子的全身。眼珠不受控制地痉挛，舌头亦开始打结。

“那件事……被写在留言板上了吗？”

“是的，被写得清清楚楚。真是的，您到底为什么要把这种秘密告诉那个人啊？”

悲鸣连同呜咽一起挤出喉咙。再次在眼前浮现的加百列干练的侧颜，也仿佛扭曲成一副丑恶狰狞的面貌。

难以置信。没想到连那件事情也被抖了出来。都说了那是无论如何也不能说出去的秘密——明明这样说过了的！

“那也是没有办法的事。这种诱导别人说出秘密的本事，也可以算是加百列的一种才能了吧。挖掘出别人的秘密后，又转而将其当作用来敲诈勒索的把柄。所以请您也要小心。肯定过段时间之后，那个人就会找您来借钱了。悄悄告诉您，实际上我也被借走了五十万日元，至今没有返还。”

“五十万日元！那不就是敲诈吗？”

“没错。那个人相当奢侈无度，似乎还因此背上了大量负债。”

“但、但是，加百列不是时常会出演……”

“我不是告诉您了吗？加百列根本就是个谎话连篇的骗人精。为了让别人相信自己的谎言，甚至会在人前特意将钱财如粪土一般挥霍。实际却是在等像我们这种冤大头上钩。所以，您也要多加小心才行呀。”

“但是……”

枝美子小声咕哝。她到底还是无法相信加百列会做出这种事。

“您呀……可真是个烂好人。这样好了，我们现在见个面，让我把事情说清楚吧。您现在方便出来吗？”

枝美子睨了一眼时钟，正好是刚过五点的时候。丈夫还依然在外，没人会对自己指手画脚。

“虽然没什么不方便，可要到哪里去？”

说起来，自己还不知道希尔维娅的住址。之前在池袋车站也是，她是独自乘地铁离开的。

“您能到JR线Q车站口旁边的汉堡店来吗？”

“您是特地为我来这儿的吗？”

“您在说什么呀？我原本就住在这附近，您不知道吗？”

“原来您和我是近邻吗？”

“就是这样。哎呀，我以为您铁定知道的。不过我是在车站往西的新城区就是了。那么，怎么样？现在方便出来吗？我现在正在车站附近等您。”

“啊，我明白了。我现在立刻出门，大概十五分钟后到达。”

枝美子完全不知道，希尔维娅竟然会住在离自己这么近的地方。说不准，自己住在这种破烂公寓的事情也已经被她知道了。还有，虽说今天是下了好一番功夫整理的妆容，但若平日里老衰平庸的素颜和素朴的穿着被撞见的话又该如何是好？啊，真是令人羞窘难当。但是，希尔维娅说她是住在车站西边吧？这样的话应该还没问题。但是……但是……

比起那些，现在应该快些出门才是。虽说还有些摸不着头脑，但想必是相当严重的事态。枝美子回过头来，又看了一眼电脑的显示屏。

那个留言板上，被谁上传了关于自己的坏话，以及自己的秘密吗？

得确认一下才行……虽说脑袋里这样想着，可枝美子却像被谁催促着一般，慌慌张张地关闭了电脑电源后便立即走出了房门。

车站附近的汉堡店是年轻人聚集的场所，自己则从未涉足过这里。之前，枝美子曾有过被女高中生嘲笑的经历。

“讨厌，谁会买那种大妈衫？”

“那算什么，个性吗？那种衣服，我死也不愿意穿上。”

那时穿在身上的，是同事送给自己的豹纹针织衫。从那以后，枝美子就再也没有穿过那件衣裳。

枝美子站在马路上，战战兢兢地窥视着店内。

有三名看上去颇显聒噪的女孩正围坐在店铺中间的桌子周围，但三人都在摆弄各自的手机，完全没有顾及周围的情况。旁边是一套四人用的餐桌，希尔维娅正坐在那里。枝美子慌慌张张地点了一杯冰咖啡，为了不引起年轻女孩的注意，她尽可能小心地朝希尔维娅的坐席走去。

可希尔维娅却完全没能领会枝美子的心思，“这边，在这边！”她边招手边大声喊道。女孩中的其中一人转过了头，偷偷瞅了枝美子一眼。

仿佛特地要让自己看见似的，希尔维娅在面前的桌子上放了一个印有某知名出版社商标的纸袋。看到那个的瞬间，枝美子不禁轻轻地发出一声惊叹。那是枝美子曾拿着漫画原稿拜访过的出版社。

“啊，这个吗？刚在这儿和对方的编辑见过面呢。”将杯中的咖啡一口饮尽之后，希尔维娅唐突地开始了对话，“实际上，我是职业的漫画家。”

邻座的三名女孩同时有了反应，六只戴着美瞳的眼睛齐刷刷看向了自己这边。

枝美子缩紧了身体，用小得不能再小的声音回问道：“职业漫画家吗？”

“虽然还瞒着会里的人就是了，说出来可免不了好些麻烦呢。”

希尔维娅一边将双重汉堡往嘴里塞，一边说道。粗鄙的吃相依然让人不敢恭维。

三名女孩一齐按着手机，嘴角带着一丝嗤笑。那是发现了好笑的事物的表情。

“真的……是职业漫画家吗？”

“没错。职业的、职业。”希尔维娅强硬地强调着。

咯嗒咯嗒地，女孩们敲打手机键盘的速度变得越来越快。

“喂喂，听见了吗？说是职业的呢，职业漫画家。”

“说真的吗？那种肥婆，竟然说自己是少女漫画家。”

“不过随便画几张潦草的同人绘图，就把自己当成漫画家了吗？”

但是，那个纸袋毫无疑问，正是那家出版社的东西。曾经的枝美子不知多少次幻想过拿着那个纸袋走在街上的自己的模样，但憧憬的尽头却是出版社冰冷的拒绝。联想到自己吃闭门羹时的惨状，枝美子愈发缩紧了身体。

“我曾经拿着原稿拜访过那家出版社。”枝美子说道。

“是这样吗？”

“结果是彻头彻尾的惨败，连一个纸袋都没有拿到。”

“哎呀，这样的话，这个袋子就送给您吧？”

“啊，请不用费心。这毕竟是希尔维娅太太的东西……”

“这种场合就不要叫网名了吧，实在令人有些害臊。如果可以的话，就用现实中的名字来交流吧。”

正如希尔维娅所说。在如此真实的现实氛围中用网名互相称呼，实在让人有些挂不住脸面。枝美子又偷偷瞅向邻座的女孩们，却发现她们早已转移兴趣，谈起和自己八竿子打不到一起的话题。

但话说回来，希尔维娅的本名到底是什么呢？

“叫我诗织就好了。”

“诗织太太，这是笔名吗？”

“哎呀，不是啦。这是本名，但的确经常被问到呢，‘咲野诗织是本名吗’之类的。”

这个人原来是叫作咲野诗织吗？现在知道了她的名字，自己才初次有了与她相识的实感。

枝美子挺起背脊，端正好坐姿。

“艾米丽就……用‘枝美子太太’称呼您可以吗？或者是村正太太？”

“啊，‘枝美子’就可以了。”

诗织毫不犹豫地接受了自己的名字，而自己却连她的本名都不相信，一股负罪感油然而生。是这股负罪感在作祟吗？直到刚才为止，自己还对诗织所说的话秉持着半信半疑的态度，现在却显得格外真切。

“那么——关于加百列的事。”

加百列的名字再度使得枝美子的心中覆上荫翳。自己所信任、所憧憬的人揭露了自己的秘密，背叛了自己。没想到那个人竟然会在留言板上谩骂自己……

但是，那是真的吗？果然还是无法相信。

那个加百列大人，那个将自己比作“纯白玫瑰的贞德”的加百列大人……

“越是险恶的人，就越会用甜蜜的言语哄骗别人。”

或许是这样没错，但……

“诈骗师呀，黑心的商人呀，不就是像加百列那样巧言令色，骗纯良的人上钩的吗？”

的确无法辩驳。

“那种家伙，一旦锁定了目标，便会立即在背地里做好下一步的准备，在将对方的骨髓吸干前绝不放手。”

“我也是被锁定的目标吗？”

“没错。就和校园霸凌一样，不将霸凌对象的人格彻底摧毁，他们是不会罢休的。这是只能搁在这儿说的话……”诗织突地压低了声音，“那家伙——杀了一个人哦。”

“怎、怎么可能……”这实在是超出了枝美子能够相信的范畴，“真是的，请您不要再开这种奇怪的玩笑了。”

枝美子牵动嘴角，试着露出微笑，可诗织的脸上却连半点笑意也无，仅仅是用一副严肃的表情回应着自己。

“虽说也不能指证是加百列直接动手杀了那个人就是了。”诗织又将身体前探了一些，“但是，成员中有一人消失了是确凿无疑的事实。那是个叫作‘苏菲’的成员，您知道吗？”

啊，说起来……枝美子望向天花板，回忆着苏菲这个网名。想起来了，的确是有叫这个网名的会员。自己刚成为“蓝色传说”的会员时，是有个叫作“苏菲”的网站管理员。但不知从什么时候开始就再也见不到她的身影了。

“苏菲一直是俱乐部的代表，在‘蓝色六人会’里也是资历最老。可是，新人加百列却用尽了手段去迫害她，在网上发布了大量关于她的恶言，最终将她逼入绝境。最后，苏菲她……”

“她怎样了？”

“某一天突然从世上离开了，和她的爱车一起。”

“……和车子一起吗？”

“没错。虽说也有‘因为远嫁南美而退会’这种说法，但那不过是编造出来的谎言。我心想是不是和加百列有瓜葛，就在私底下进行了一些调查。结果得到的答案是苏菲在离世前，曾和加百列见过一面。恐怕是在那时发生了一些口角……”

“被杀了吗？”

“是的。”

“怎么会……”

不合时宜的僵硬笑容浮现在枝美子的脸上。对于那荒诞无稽的故事内容，她完全没有听进脑袋里。

从以前开始，希尔维娅便自满于自己如魔术师般半真半假，让人捉摸不透的话术。她说的话只要听信一半就好——玛尔格丽特曾经也这样对自己说过。

“只听一半，只听一半……”枝美子一边这样嘟囔，一边将咖啡的吸管含在了嘴里。

对面的诗织目不转睛地盯着自己。枝美子只觉得自己头脑热得昏涨，手脚却如坠入冰窖般冰凉。

“这件事信不信随您。”诗织用看着濒死的小动物般哀怜的眼神看着枝美子，“但是——您被加百列盯上了，这是确凿无疑的事实。”

窗外照进了日落时分的夕晖，将诗织的脸映成一片赤红的血色。

“被盯上了吗？”言语的同时，枝美子将杯中的液体连同冰块一起灌进嘴里。

“没错，您就是她的下一个目标。加百列肯定会对您下手的，不留半点余地。那个人就是这样，只要定下了目标，就没有半点余地了。”

“我今后会怎样？”枝美子尽力扮着笑容，又用嗓子挤出干干巴巴的声音。

“总之，先有所觉悟吧。”

“觉悟？”

“是的。您肯定会遇到超脱想象的残酷对待吧，会让您后悔诞生在这个世界上的可怕境遇。”

“不、不要……我、我……”

手指像是脱离了身体的别的什么生物般颤抖个没完，背脊如结冻似的，传来阵阵冻彻骨髓的寒意。即便头脑仍觉得那个加百列不会做出那种事，身体却本能地感受到恐惧并擅自做出了反应。枝美子不自觉地环抱起了自己的双手。

“但是，请放心吧。”诗织伸出双手，温柔地轻抚着枝美子环抱起来的手臂，“我会保护您的。”

“真的吗？”

“嗯，交给我吧。我不会让苏菲的悲剧再度发生了。”

“诗织太太……”

“首先是那个匿名留言上的诽谤中伤。放心吧，我已经着手开始处理了。”

“处理……是指？”

“和我对接的编辑是个人脉广阔的大人物。去拜托他的话，网上的留言板什么的肯定可以轻松解决吧。”

“能够处理吗？”

“那位编辑可是大有来头的人物。那个匿名留言板的管理人似乎也是他的熟人。只要他开口的话，那些帖子肯定可以轻巧地被删除掉。之所以能锁定到加百列，也是因为他拜托网站管理员解析了加百列的账号。所以还请您放心——话说回来，现在几点了？”诗织看向自己的手表，那只手表是连枝美子也识得的名牌货。“五时四十五分。嗯，差不多还要两个小时吗？”

“请问是什么意思？”

“刚才和编辑联络过之后，对方说会想办法在八点前解决。所以，请再稍微忍耐一小会儿。”

“到了八点，那些帖子就会被删除吗？”

“嗯，没问题的，请相信我。”

请相信我——这句话听起来并不像是谎言，通透澄澈的眼眸中也看不见丝毫恶意。

可以相信她吗？

“没关系，请相信我。”

诗织牵起了枝美子的手指。被不可思议的安心感所包覆，身体的颤抖也在不知不觉间停止下来。

……或许可以相信她吧。

“您为什么要为我如此大费周章？”

“不是说了吗？是为了不让苏菲那时的悲剧再度上演呀。而且像您这样的人，实在让人看着着急。被别人像玩具一样恣意操弄，对任何事都逆来顺受。在您小的时候，恐怕也扮演过被欺负的角色吧？”

枝美子轻轻颔首。

“像您这样的人，肯定相当容易撩起别人的火气。”

——让人着急。这是丈夫时常对自己说的话。可是，枝美子却全然不知道自己到底做错了什么。

“您知道大家在私底下怎么称呼您吗？”

“什么？”

“大家在私底下给您起了绰号。”

“什么绰号？”

“乡巴佬大将。”

“乡巴佬……”

“以前有那么一部动画[1]对吧？你和那个主角一样，既有乡土口音，又是一副圆滚滚的体态。所以大家就开始这么叫你了。当然，那是加百列先提出来的。哦，对了，外号还有一个——攀高的小猪。”

“攀高的小猪？”

“使上劲儿的猪也能爬上树——有这么一句谚语吧？大家都在拿你寻开心哪——知道吗？说些什么‘画得真好，比原作还要出色’，实际却不是真心在夸你，只是觉得你欢呼雀跃的模样很有趣罢了。”

那原来是在拿自己找乐子吗？因受了褒扬而喜不自胜的自己原来那么可笑吗？枝美子紧攥住双拳。可无论如何拼命地控制，双手也依然擅自开始了颤抖。

虽然自己也给其他成员起了绰号，但那绝没有轻蔑别人的意思。可大家却拿那种绰号恣意嘲笑着自己。乡巴佬，爬树的猪……一边这样叫着自己，一边在背地里发出嗤笑，怎么会有这种事，怎么会有这种事……

泪水一股脑地从发热的眼眶中涌出，如雨点般落在紧攥着的手上。

“但是我和那些人不同。看到像枝美子这样的人，却让我不自禁地想要保护您呢。所以这次才折腾了一番手脚。”诗织将枝美子遍布泪水的手交叠在了自己的手上，“没关系。现在开始由我来守

1　指日本20世纪70年代初上映的动画电影《乡巴佬大将》。——译者注

护您。”

由我来守护您——到今天为止一直如同漫画格中的背景人物般的诗织，急遽变作放大了的特写人物。自己所能依赖的对象，只剩下这个人了。如同在绝境中抓住了最后的救命稻草，枝美子的嗓子里迸出了细弱的悲呼。

“帮帮我……请帮帮我！”

“好了好了，我就在这里，所以没有关系，请不要再哭了。”

诗织温柔地摩挲起枝美子的双手，枝美子则反过来抓住了对方的手。

“先从店里出去吧。”

枝美子乖顺地听从了诗织的话语。

“我说，要到车站西出口那边看看吗？”来到车站前的时候，诗织突然转向道闸的方向，同时开口说道。

“但、但是……”

“不碍事吧？那边有一间很不错的服装店，去看一看怎样？”

应诗织的邀请，枝美子来到了车站的另一边。

倏忽间变幻了景色。

铁路夹在东西两侧的中间，同样的街区却呈现出如同不知是哪个遥远国度般的风貌。无论是迥然相异的气氛，还是时髦繁华的商业街，都和自己居住的街道天差地别。每次来到这里，总会引起枝美子的种种遐思。

“在这边。”

诗织口中的服装店是靠近商店街入口的一间店铺，虽说仅止于观赏，但自己也曾数度光顾过这里。话说起来，展示窗中那昂贵的展示商品究竟是要卖给什么人的呢，真是不可思议。原本就是连特快电车都不作停留的冷清车站，商店街的规模更是小到和这种车站都不相匹配，真的会有人特地来这里买那么昂贵的衣服吗？尽管枝美子怀揣着诸多疑问，可她每次造访这里时，橱窗内都会更换新的展示商品，店里的客人也有相当的数量，看上去一副人气繁盛的模样。

诗织好像是店里的常客。刚一进店，店员便立刻搓着手热切地招呼上来。接着，诗织便试也不试，“这件，还有那件”招呼店员挑拣起要购买的衣物来。

“这件针织衫应该会和这条裙子很搭吧？”

诗织接着又为枝美子物色起了衣裳。

“那个，非常抱歉，我身上没有带钱。”

尽管枝美子这样打了声招呼，可诗织却置若罔闻，只是一股脑地将挑好的衣服塞到了店员手里。

“那个，我……”

“请别挂心，就让我略尽一些心意吧。”

“但……”

“没关系，没关系啦。”

到底是买了多少件衣物呢？枝美子连数也数不清楚，只知道最终的合计金额停在了九万八千日元这个数字上。

“九万八千日元吗……哎呀，真伤脑筋，银行卡忘带在身上了。不好意思，能赊下账吗？待会儿助手会拿过来。”

店员的脸突地抽搐了一下。可诗织却不以为意，自顾拽着枝美子的衣袖走出了服装店。

向前走了几步，诗织又突然顿住脚步。“哎呀，真讨厌。那个店员把衣服全装在一个袋子里了，这样不就没法区分出枝美子的衣裳了吗？”

“那个，请您不要为我费心……”

“对了，要来我家吗？在我家开一场时装秀怎样？来吧，就这样做吧。”

诗织所前往的地方，是一片坐落着连甍接栋的独栋楼房的住宅区。这片区域，在新城区中也是高档的住宅街。即便枝美子知道附近有这么一处“据说住着许多名人和影视明星”的社区，可对无法触及的上流社会，心怀敬畏的枝美子始终没有涉足过这里。

最后被带到的地点，是位于住宅街尽头的无论怎么看房租也远远不止十五万日元程度的复层式高档公寓。和自己的便宜公寓可谓是天差地别。

“就是这里了。”

门旁的名牌上写着两个人的名字。咲野诗织，以及——

“啊，是我的儿子，还是个让人不省心的初中学生。”

仔细看去，名牌上似乎还写着一个小小的褪了色的名字。那个名字……骗、骗人的吧！

“哎呀，露馅了吗？”

诗织扮出一副吐着舌头的逗趣模样。

枝美子目不转睛地凝视起诗织的脸。

秋月美有里！这个人……就是秋月美有里？怎、怎么会，一定是骗人的吧？

“来、来，总之先到房间里吧。”诗织推搡着枝美子的背脊，将她带进了房间。

房间内摆放着各类欧式风格的家具。尽管看上去风格不太统一，但却无一不是奢华的高档品。客厅的深处似乎是工作室的模样，在足有三米长宽的桌子上，以电子绘画板为中心，墨水、画笔、颜料等工具依此罗列，巨大的书架上则塞满了各式各样的漫画书。

好厉害，这就是专业的工作场所。想到自己窝蜷在狭小房间的角落里，一边躲避丈夫一边奋笔疾书的模样，枝美子的面颊不禁变得通红。

“在时装秀之前，先喝上一杯茶吧？”

眼见诗织把Wedgwood[1]的套装茶具摆在桌子上，枝美子依然有些无法适从。真的是秋月美有里吗？真的是这个人吗？

1　著名陶瓷餐具品牌。——译者注

“秋月美有里两人说——您知道吗？”沏茶的同时，诗织突然开口说道。

“是的……我说听过类似的传闻。”

“真正的秋月美有里，和实际上创作了贞德的秋月美有里的替身……秋月，那是我过去的姓氏。”

“啊……”枝美子不禁想起了另一个的传闻。

和漫画家秋月美有里一同进京，名为“秋月”的友人正是另一名“秋月美有里”——粉丝间在私底下有着这样的讨论。

“一直以来，我都甘愿在幕后当着秋月美有里的替身。但是，画出《蓝眸的贞德》的却是我，毫无疑问那是我的作品。我原本打算就这样隐姓埋名下去的，不料出版社却突然对我提出了复刊《蓝眸的贞德》的要求，说要为没能完成的《蓝眸的贞德》画上句点什么的。”

“为《蓝眸的贞德》画上句点？！”枝美子保持着端着咖啡杯的姿势猛然站起身来，“还可以读到《蓝眸的贞德》的后续吗？！”

“没错。现在正好是创作的半途，但是却进展得不太顺利。重新开始构思后，空白的地方依然有很多，毕竟我也年纪不小了，只有一个人的话，想要完成多少有些困难。所以，我希望得到枝美子的帮助。”

“欸？”

“所以说，我想要借助您的力量。”

“让我成为助手？”

“嗯。如果您不介意的话，我希望能与您共同创作。两人一起从作品名开始从头构思。”

——骗人，我要参加《蓝眸的贞德》续篇的创作了吗？

“您不愿意吗？”

“不，才没有这回事！”枝美子用颤抖的声音大声喊道。

到了现在，枝美子对诗织仅存的一丝戒备也烟消云散。心中只剩下“能与不得了的人变得要好”的惊喜和惶恐。

这个人或许就是能把自己带到另一个世界的救世主吧。眼前微微发胖的女性或许就是独一无二的女神。

不，不对。她一定就是货真价实的女神。可是，直到现在为止，自己却连女神的真实身份都不知道，反倒觉得她是个难以应付的人，这是何等的耻辱。

那之后的时光，便宛如甜美的梦境一般。被招待以美味的茶和手工制作的干蛋糕点心，为《蓝眸的贞德》的结局讨论得热火朝天。而后，又一件件试穿起新买的衣服，最后将衣服扔得遍地都是。

正当枝美子妄想这段时间能一直持续下去的时候，不识时务的开门声却突然传进了耳朵。

“哎呀，是我的儿子回来了。”

那个孩子走进屋内，可却没有正眼看枝美子一眼，转眼便又走去隔壁房间。

“那个不懂礼貌的孩子，真让人头痛。”

那孩子有一副漂亮的容貌。或许是头发留得很长的缘故，看上去简直像是女孩子一样。

“前些时候有星探找上了那孩子，但我没有同意。觉得至少要等到中学毕业以后再说。”

“要出道吗？”

“是的。”

“……事务所是？”

“J事务所。”

“J事务所？！”

仿佛遇上星探的人是自己一般，枝美子的心跳急遽加快。和“漫画家”一样，“演艺圈”也同样是令枝美子魂萦梦牵的词语。而且说起J事务所，可是在演艺圈内也堪称巨擘的经纪公司。

“得给那孩子准备晚饭了呀。”

“啊，是。叨扰您了。”枝美子站直身体，以自出生起从未有过的恭敬态度深深鞠了一躬，“承您盛情款待，今天真的非常愉快。”

“请等一下。”

诗织突然伸出手，拽住了枝美子的手腕。

“现在就在这儿断绝掉和加百列的关系吧。”

“什么？”

“您仿佛还对加百列存有念想的样子呢。”

被诗织一语道破，枝美子不禁羞窘地垂下脑袋。

正如她所言，自己的内心深处仍相信着加百列。回去之后立刻和加百列打电话，亲自向本人确认——枝美子本是这样盘算的。

“若是还抱着那种天真的想法，迟早会祸及自身的。当您见到那个人恐怖的一面，就真的是后悔也来不及了；到了那时，您就只能躺在棺材里哭泣了。”诗织的脸被厚厚一层阴影笼罩着，“所以——请趁现在和加百列划清界限。”

她用下巴指着枝美子的提包，那是枝美子存放手机的地方。

“快一点。”

被诗织催促着，枝美子只得慢吞吞地从包里取出手机。

“快一点。”

翻出加百列的名字后，枝美子将手指放在了拨号键上。

“快一点！”

可在打过去之后，枝美子又立刻挂断了电话。

“那个……用短信可以吗？”

“短信？”

“听到那个人的声音的话……原本要讲的话也会变得说不出口的……”

“好吧，那就按您喜欢的方式来吧。但无论如何，请务必在我的眼前断绝关系。只要说一句‘我无法为你的小说配上插画’就可以了。这是为了您好。不然的话，天知道您会受到怎样的对待。被百般凌虐，痛苦到后悔来到这世界上也可以吗？”

耳朵的深处响起了令人不适的鸣音，眼前浮现出加百列的容颜——那漂亮的唇上正挂着嘲弄的笑意。

攀高的小猪，来让我看看你爬树的模样。对、对，就是这样，真棒。大家快过来看，那只不知天高地厚的小猪爬上树了呀，还继续爬着哪！

实在是可笑至极。多么滑稽的女人，多么恬不知耻的女人。像你这样的女人不如尽早死了才好！死掉了才好，快去死吧！

呜——

“即便如此也没关系吗？”

不要，才不要！枝美子连忙慌慌张张地敲打起了键盘。

“我无法为你的小说配上插画。”

输入完成之后，仿佛一直在等待这一刻的诗织突然抢过枝美子的手机，代替她按下了发送键。

“这样就可以暂时放下心了，您捡回了一条命呢。”

怀揣着难以平复的激动心绪回到家，时间刚好是八点前后。丈夫还没有回来。

说起来，自己是度过了何等不可思议的一天呢。从一个月前就开始期待，早上七点便做起了准备；十一点在池袋会合，享用五千日元的午餐，品味一千五百日元的红茶；带着聚会的余韵回到家中后，竟然又接到了希尔维娅的电话。

得知信任的加百列背叛了自己时，心情瞬间跌落谷底，可接着却又得知了希尔维娅——诗织就是秋月美有里的事实。不仅得见了她奢华生活的一隅，甚至她还亲口对自己说了“我会保护您”这种话……使得枝美子跌落谷底的心绪又于瞬息间攀升到足有二十层楼左右的高度。简直像是云霄飞车一般百转千折的一日。

这样的一日，恐怕一生中也难遇见一次吧。说不定这正是预示着自己的转机已经到来。没错，这肯定是自己人生的转机。证据就是仅仅在一日之内，自己心中的人际关系图就有了天翻地覆的变化：曾经占据中心的加百列被驱赶到不起眼的角落，反而是诗织的特写格占据了绝大部分的位置。

枝美子从收纳盒中取出了受同事影响买下的塔罗牌。

她端正过坐姿，同时深吸了一口气。

“咲野诗织，咲野诗织。”

枝美子一边念叨，一边洗起了牌。待到洗完之后，她翻开了其中一张，是逆位的“命运之轮”。枝美子马上将其摆回了正位。

记得这张卡的意思是……枝美子翻阅起塔罗牌的讲解书。

“转运期，幸福的到来。”讲解书上这样写着。

果然是这样！诗织就是转变自己命运的人呀！

那么，加百列呢？

枝美子又念着加百列的名字洗起了牌，抽出的卡片是“死神”。

连看讲解书的必要都没有，那一定是象征着将自己推向厄运深渊的叛徒!

自己明明抱有满满的崇敬之情，可那个人——那个人却背叛了自己!

但是，事实真的是这样吗？对于仍残存在胸中的对加百列的缱绻，甚至连枝美子自己都吓了一跳。反过来说，自己就是迷恋加百列到了这种程度。多么可悲呀，竟然痴迷于想要迫害自己的对象。但是，自己果然还是想要从加百列的口中得知真相。

枝美子将手机拿在手里，却发现已经找不到加百列的名字。适才，她已经按照诗织的吩咐删去了加百列的电话号码。

是呀，自己已经和那个人没有瓜葛了。那可是背叛自己，恶意伤害自己的恶人。在留言板上恣意谩骂，甚至连那个秘密也……简直是不可原谅!

“对了，留言板——”

枝美子回忆起留言板的事。她忙撑起身体，抬头看向时钟。

时间刚过八点。

“按照诗织的说法，留言板上的内容应该已经被删除了才是。”

没准还留在上面，枝美子有些坐立不安起来。她调动起自己僵硬的手腕启动电脑，登录了诗织所说的那个匿名留言板。

枝美子迅速从各个板块中找到名为“蓝眸的贞德”的版块，点击之后，大量的匿名帖子便呈现在了显示屏上。关于《蓝眸的贞德》的讨论极为热烈，争执不下、相互攻击的言论并不少见，可却见不到有关枝美子的留言。

“诗织已经帮自己解决了呀。”

枝美子长舒一口气，僵硬的肩膀也松缓下来。

“好厉害。那个人是真的有本事的呀……”

诗织的容貌浮现在了眼前。如同回味美味的食物一般，枝美子反复在脑海中回想着适才的经历。

“诗织果然是个了不起的人。因为，她——”

她正是秋月美有里本人呀。

自己竟然会认识像她那种不得了的大人物，枝美子不禁深切地感谢起自己的好运。

啊，这是多么美妙的事情啊！

枝美子的心情难以遏止地高扬起来。可是。不过短短几分钟工夫，她高亢的情绪便如同漏气的气球般须臾间干瘪下去。

丈夫回来了。

玄关的大门被重重关上的声音传入耳朵。肯定又把钱赔进柏青哥机里了吧，酒也喝了不少。枝美子做好了心理准备。

每当这种时候，丈夫一定会拿自己撒气。虽说从结婚后开始丈夫便对自己拳脚相向，可最近几年却变本加厉起来。

不知为何，丈夫迟迟没有进来屋里。

“啊！”

突然想起了什么的枝美子急忙向门口跑去，可已经来不及了。放在那里的纸袋已经被丈夫撕破，新买的衣服散落了一地。

“这是什么？你又乱花钱了吗？电脑、聚餐、俱乐部会费……像这样胡乱挥霍钱财，你最近都干了些什么蠢事？”

“不都是我赚来的钱吗？我自己花掉又有什么错！”一边回击着丈夫，枝美子一边收捡着散落在地上的衣服。但是，那些衣服已经有好些地方被丈夫撕破了。“为什么，为什么要做这种事啊？！为什么！为什么啊！”

枝美子大声嘶喊。那凄厉的悲鸣，让她自己也被吓了一跳。

丈夫显然也吃了一惊，“冷静点，先冷静下来。”仿佛刚才的咆哮是假的一样，丈夫用细小的声音劝解起了自己。

但是，暴走的情绪已然无法停止。枝美子持续着叫喊。

“受够了！我已经受够这种生活了！自己赚到的钱，就让我自己决定要怎么花啊！不过是一两个兴趣而已，就让我好好享受啊！我又不是为了服侍你才出生在这个世界上的！”

一直被压抑在胸中的积愤化作言语，如越过防波堤的怒涛般喷薄而出，已经想停也停不下来了。

“女人的歇斯底里真叫人忍受不了。”丈夫咋着舌头，逃到了屋子外面。

可即便如此，枝美子亢奋的情绪也没有就此平复下去，反倒节节攀升。

为什么？为什么我要遭这种罪？到底是为什么？

如果当初的自己没有结婚，而是继续朝梦想努力的话，说不定现在也会过上像诗织那样上流的生活。可是，可是，现在的自己却如此凄惨不堪。

枝美子挪动身体，来到了那个唯一可以使自己安心的角落，像个孩子一般“哇”地哭出了声。

*

“眼睛，怎么了？”被问及眼睛的事情，枝美子急忙低头避开。可诗织却目不转睛地盯着她，“是肿起来了吗？”

午休时，枝美子被诗织叫了出来，两人在车站前的汉堡店汇合。

“话说回来，为什么没有穿上昨天新买的衣服？”

“啊，非常抱歉。总觉得……穿在我身上太浪费了。”

“你在说什么呀。若是不穿的话，那些衣服不就太可怜了吗？”

“是呀……真的非常抱歉。”

“到底是怎么了？这么一副垂头丧气的模样。如果有烦恼的话，就和我商量吧。只要是在我力所能及的范围内，我会尽量帮助您的。对了，昨天有去看过匿名留言板吧？”

“是的，已经看过了。”

“删得一干二净吧？”

“是的，真的非常感谢。但是……您为什么……会对像我这样的人这么温柔呢？”

“请不要再用这种卑微的方式说话了，被您这般轻贱的自己不是很可怜吗？”

“但是……诗织是有名的漫画家，我却只是个毫无特长的普通人。直到现在我自己还无法相信，像诗织那么了不起的人物，竟然会对我——”

“您是九州出身对吧？我能看得出来。说话的语调姑且不提，长相也是一副九州人的模样。虽说我是在东京出生的，可也在九州住了很长一段时间，所以很清楚南方人的长相。因为和东京人的差异非常明显嘛——那就是俗称的‘绳纹脸’吗？”

枝美子再次无言地低垂下双目。

“啊，我没有贬低您的意思。绳纹脸不是有些近似于外国人的特征吗？我认为非常棒哦。如果您换上隐形眼镜的话，想必会变得更加漂亮吧。就因为您总是把脸藏在厚厚的镜片下面，才会让人觉得土气。恐怕像加百列那种人，也是因此才盯上您的。

“说起来有些难以启齿，那个人也真是坏到了骨子里。您知道吗？那个人原本是想要狠狠地敲您一笔钱财的，但却被我出面阻止了。作为代替，我亲自拿出了三十万日元，作为不再散播您的秘密的封口费。因为留言板上的帖子被删除了，那个人似乎相当恼怒的样子。那三十万日元，是为了守住您的秘密呀，您知道吗？我是为了保护您才拿出了三十万日元的。”

对于诗织所说的话，枝美子起初还有些不明就里，但“是为了您拿出了三十万日元”这句话再三反复，终还是使枝美子渐渐变得有些抬不起头来。

“非常抱歉，非常抱歉。”枝美子低着头，用细小的声音说道。

“那是今天早上的事。因为手上实在没有余钱，我只得去找信贷机构借了一笔钱。”

“为、为什么要为我做到这种程度？”

“你看，我虽然是东京出身，但实际却和您算是九州同乡不是吗？所以我实在没法抛下您不管。”

诗织特地用南九州的口音强调着“东京出身”几个字眼。

“非常抱歉，竟然让您为我费了这么多苦心。真的非常感谢。”

“道谢就免了，但是若是不快点还上利息的话就麻烦了。我不会开口让您拿出三十万日元，但至少也得拿出利息的份才合乎道理吧？毕竟，我是为了您才去贷款的呀。”

“但、但是……我实在拿不出多少钱。请问，您需要多少？”

“这样呀……那就三万日元吧，有个三万日元就可以了。”

“只要三万日元的话倒是还好……”

枝美子翻开自己的钱包，从中取出了一万日元和五千日元的纸钞各两张，而后放在了桌子上。下一刻，诗织的手便像是捕食中的鹰隼般骤然探出，一把攥住了桌上的纸钞。

“不过区区三十万日元，若是向我的那位编辑开口的话，他肯定会毫不犹豫地帮忙垫付上。但如果问到借钱的理由不就糟糕了吗，没准会把您的秘密也抖出去呢。”

“那、那个……关于您替我垫付的那三十万日元……”

“请别放在心上。月末时我会有一笔稿酬入账。”

“但……”

“区区三十万日元，对我来说只是一笔小钱而已。啊，请不要误会，我不是在自吹自擂。只是对你来说，三十万日元是个相当头痛的数字吧？所以我才会自作主张地替你垫付了的。”

这个人竟然会为自己做到这种地步，真是不知该怎么感谢才好……

泪水濡湿了枝美子的面颊。诗织伸出手指，拂去了枝美子的眼泪。

“之后如果再发生什么，记得一定要和我商量。”

枝美子仰视着诗织的脸庞。多么温柔的双眸呀，为何自己直到现在才注意到呢？这个人所隐藏的美丽，肯定只会在特定的人物面前才展露出来吧。

无论是谁都能够欣赏的美貌，到底也只是寻常的美，最多也只能换来三两句简单的赞叹罢了。可枝美子所发现的美，却是仅属于枝美子自己的东西。

诗织这双温柔的眼眸，正是只有自己才能发现的无可替代的秘密之美。秘密花园也正因它不为人知的神秘，才会使人心生憧憬。

“另外还有一件事，或许不太适合由我来说就是了——您是不是从俱乐部里退会比较好？”诗织说道，“当然，这该是由您自己来决定的问题，原本就没有让我插嘴的余地。但若是留在俱乐部里的话，加百列肯定会变本加厉地欺凌您的。”

“说的也是呢。”

“而且，您不是要加入《蓝眸的贞德》的复刊计划吗？没有优哉游哉地在俱乐部里玩乐的时间了吧？”

“复刊计划？”

“是的。眼下出版社正认真做着复刊的准备，所以您也要有些自觉才行。就在刚才，我已经从‘蓝色传说’中退会了。”

“欸？已经退会了吗？”

“嗯，已经彻底甩脱干系了。所以枝美子也快些退会吧，毕竟我们可是职业的漫画家呀。”

职业吗？说的没错，现在已经不是继续玩那种幼稚的过家家游戏的时候了。毕竟自己已经是“职业漫画家”了。非但如此，甚至还要以职业的身份加入《蓝眸的贞德》正作的创作——那种外行的模仿游戏，索性就让那些外行们干去吧。

那天稍晚一些的时候，枝美子向玛尔格丽特打去电话，并提出了退会的请求。甚至没有给困惑的玛尔格丽特详细问询的时间，枝美子便当即挂断了电话。在下一刻，枝美子马上拨通了刚刚存进手机里的号码——那是诗织的号码。

“我已经退会了。”

“是吗？那可真是太好了。就算继续待在那种地方，也不会有什么好处嘛。那些会员也都是些性格阴沉、说话难听的家伙，和他们混了这么一段时日，连我自己的性格都要受到影响了。”

“是这样呢。”

“我们不能再和那些人厮混下去了，对吧？”

“是的。”

“如果有什么状况的话，就再打电话过来吧。之前提到的那个计划，我可是相当期待呢。啊……对了，我把您画的漫画拿去给编辑看了，就是在同人志上刊载的那一篇。”

“什么？”

“之前的同人志上有刊载你的漫画吧？总计十页的那一篇。”

“那篇……被您拿给编辑了吗？”

“是的。结果，那位编辑非常钦佩您的漫画水准，说希望能看到您的更多作品呢。”

“想要看更多吗？”

“没错，你手上有现成的原稿吗？”

“十页左右的作品倒是有几篇……”

“别的呢？比如说长篇之类的。”

“长篇就……”

“试着画一下怎样？如果是您的话，一定会画出不得了的杰作吧。”

从那一日开始，枝美子便每日都会向诗织打去电话。

今天也是如此，明明还在描线的途中，想要听到诗织的声音的愿望却突然难以按捺地升腾起来。

“长篇的进展如何？”

每当听见诗织的声音，枝美子的心情马上就会变得轻松许多。谈话的内容平平无奇，大抵是像“天气怎样”“今天吃了什么”“在厨房看见蟑螂，该选用什么样的杀虫剂”之类琐碎的话题。多的时候甚至会一天打去五通电话。就算没通过电话交谈，自己也时常会用短信和诗织聊天。诗织回信的速度非常迅速，这一点也尤其让人愉快。虽说自己也曾和加百列像现在这样交流过，可加百列却总是喜欢说些又臭又长的说教，听久了实在有些厌烦。但诗织和加百列不同。无论自己说了什么，她也绝对不会否定，仅仅是温柔地包容，接受枝美子的一切。

虽说自己对诗织的第一印象并不是太好，但现在再回想起来，或许那只是自己在防备对方而已。

在面对残酷的真相时，人们总会不自觉地选择背过视线。越是会对迄今为止的日常产生严重影响的真相，人们便越是会选择视而不见。

“对了，我今天刚好和编辑见了一面，对方说想要见一见您呢。”

“什么？那位编辑吗？”

“他已经完全成为枝美子的粉丝了呢。说如果条件合适的话，他想要让您正式作为漫画家出道。”

“出、出道？让我出道吗？”

“没错，就是这样。”

出道——多令人神往的辞藻啊。曾经的自己认为那注定是如镜花水月般无法触及的梦想。

“您在说什么呀。无论到了什么年纪，也不应该舍弃自己的梦想。只要坚持下去的话，总是会有实现的一天。”

梦想总会有实现的一天。曾经觉得空洞虚泛的话语，现在听来却显得格外有力。

“我想要实现梦想！”

“没错，就是这种势头。但是，麻烦还是在于加百列呀。那个人，果然还是察觉到了一些端倪的样子呢。毕竟是两人一起退会这种怪事，遭到怀疑也无可厚非，现在又开始在留言板上写起我们的坏话了。”

“是真的吗？难道，我的秘密也……”

“秘密？啊，写上去了。那可真是过分，有必要揭露到这种程度吗？”

“糟了……该怎么办，现在该怎么办是好……”

“没关系，请放心吧。我和那位编辑打过招呼后，已经把留言板上的内容全部删除了。”

枝美子舒了一口气，虽然声音听起来有如悲鸣般。

“啊啊……真是太好了。”

“无论加百列想要搞出什么动作，我们背后都有‘出版业界’这座大靠山可以依赖。已经没什么好怕的了，请放心去做好正式出道的准备吧。”

出版业界——尽管是曾经像赶苍蝇一般将自己拒之门外的行业，但对自己来说，这个词语却依然如甘霖般甜美。

“出版业界……”枝美子用微小的声音复述。

“没错。我们已经是货真价实的圈内人了，何必去在意外行人的指指点点。忍受那些入行无门的小白们的诽谤中伤，也是我们的工作的一环呀。比起那些，新作的进展怎样了？”

“啊，那个……”

“不认真起来可不行呀，毕竟您已经是职业漫画家了。”

“出道，出版业界，职业漫画家。”

即便在挂断电话之后，枝美子也依然紧握着手机，一遍遍地小声重复着这些词语。直到门外传来男人哼歌的声音，枝美子才恍然察觉到已经是丈夫归来的时间。

枝美子急忙拾掇起桌面上散乱的漫画原稿用纸，但已经来不及了。房门被粗暴地打开，风俗店的肥皂气味儿不容分说地钻进鼻腔。

“又在鼓捣这些莫名其妙的玩意儿！”

伴随着丈夫的怒吼，被撕碎的网点贴纸飞扬在了半空之中。枝美子急忙屈下身子，试图把被撕碎的网点贴纸聚拢起来。可丈夫的一记重踢却毫不留情地落在她的后背上。

已经受够了。这样的男人……这样的男人——杀了他!

“可不能去想那么危险的事情呀。”

“但是……我已经无法再忍耐下去了。”在一如既往的汉堡店内，枝美子忍不住用手掌砸起桌子，“还不止是这样。这几个月以来，他一直都在光顾风俗店。柏青哥还偶尔会有赢钱的时候，可光顾风俗店却只会单方面地耗损金钱。托此所赐，每月交给他的钱连半个月都撑不到就被花得一干二净。这样下去的话，我会被那个吸血鬼彻底榨干的！”

“男人都是这么副德行。”一边啃咬着常吃的双重汉堡，诗织这样说道，“不要去信赖，不要去依靠男人那种玩意儿，要自立才行。”

“您说得对。我也得趁现在自立才是。”

“趁现在吗？”诗织舔舐起粘在手上的酱汁。

“因为，你看——如果就这样出道的话，那个吃软饭的一定会变本加厉，将我赚到的钱和名誉败坏得一干二净吧。到时候想逃也逃不掉了。”

“啊，是呢。您说的没错。”

“所以我想要趁出道前先彻底处理好身边的事情。”

“嗯，有道理。”

“诗织有什么好办法吗？能不留下后患的合法的方法。能拜托您去请教一下编辑吗？”

枝美子握住了诗织的手腕。可对方却轻轻吐出一口气，不着痕迹地转换了话题。

“这个故事，或许以前就和您讲过了——我的外甥被麻烦的女人缠上，才二十一岁就和她结了婚……”

这件事枝美子已经听诗织讲过好多遍了。十七岁的女孩告诉她正在上大学的外甥自己怀上了他的孩子。被逼无奈之下，那个外甥只得和女孩结了婚，当了孩子的父亲。从那之后不幸便接踵而至。为了赚取生活费和养育费，那个外甥只得开始在歌舞伎町的俱乐部里打工，甚至还为此背负了大量的欠债，乃至波及到了姨母诗织。

“因为他借钱的时候让我做了他的担保人，所以连我也惹上了许多麻烦。那个女人引诱男人也就算了，还活脱是个扫把星。说起来，那孩子到底是不是我外甥的孩子都要两说。和我外甥长得一点也不像，和我也怎么都熟稔不起来。话说回来，昨天讨债人找上门来，把我上个月的版税全部拿走了。早知如此，就算是亲戚也不该替他做担保的。不知这个月要怎么挨过去……至少，如果替枝美子垫付给加百列的那三十万日元还在就好了呢。”

“啊……”

枝美子原本在诗织开口之前就取出了钱包。可在准备取出三万日元的纸钞时，却不小心使钞票掉在了桌子上。

“若您不在意的话，就请收下吧？”

“哎呀，这实在是不好意思。”

“没关系的，请不要在意。您就收下吧。”

“真的吗？那我就承了您的美意了。”

诗织一边这样说着，又一边如往常般用快得连眼睛都跟不上的速度将纸钞攫住，旋即塞进怀里。

“再说回刚才的话题，您已经做好准备了吗？”

“欸？”

“从丈夫身边逃跑的准备。”

“是的。”

枝美子从座椅上撑起身体。

“这样的话，我就给您一些建议好了。”诗织也同样稍稍探出身子，“先去找警察或者妇女商谈所说明自身的状况。根据情况不同，便有可能会拿到受害证明书。拿到证明书后，再把它带去法院。您知道防止妇女受到配偶暴力侵害以及保护被害人的法律，也就是所谓的DV法[1]吗？”

“多少听闻过一些。”

“接着法院就会下达保护令。这样一来，您的丈夫就无法接近

1　DV即domestic violence（家庭暴力）的缩写。——译者注

您了。”

“国家会保护我吗？”

“会的。但作为前提，您必须得先离开现在的家，并且躲藏起来才行。”

“那不是没法继续现在的工作了吗？”

“您在说什么呀？工作当然要辞掉了。”

“欸？那……我该怎么生活？”

“去申领生活保障补助不就好了吗？”

“但是……”

“只要能坚持到出道就可以了，那之后就不用为金钱发愁了。”

“但……”

“没问题的，手续就交给我来办理吧。”

“可是……生活保障补助能够那么轻松地办理下来吗？”

“你身上有什么疾病吗？”

“虽然现在基本已经痊愈了，但过去曾有过哮喘。”

“既然这样的话，应该能拿到诊断书吧？”

“或许吧。”

“这样就万无一失了呢。毕竟有DV受害在前，肯定会轻松批准下来的。但在这之后，就要全靠您自己了。”

“靠我自己……”

枝美子不禁动摇起来。像逃亡一般躲藏在外，靠低保维持生计。

无论怎么想那都会是卑琐又贫穷的生活。

可是，诗织却温柔地用双手包覆住了枝美子的手。

“是的，接着就要靠您自己了。”

“诗织……”

“实际上，我曾经也遭受了极其严重的家庭暴力。托此所赐，我才会逃到了这里。”

“诗织也？”

“没错，放弃了漫画的工作也同样是这个原因。如果继续画漫画的话，住址不是会暴露出去吗？”

“因此才从漫画界隐退了吗？”

“没有错。所以枝美子也是，如果实在受不了的话，就务必要尽快逃走。首鼠两端的态度是解决不了问题的。”

但是从那一天开始，枝美子就再没找到逃跑的契机。

不知是吹的什么风，丈夫突然开始做起了送货的工作。虽说不过是打工，但也好歹算是做起了正事。柏青哥和风俗店等地还是会光顾，回来时也还是一身酒臭，可暴力却少了许多。或许是消耗了太多体力的缘故吧，回家后便马上就倒头睡下了。

暌违多年的安稳日常。可是，枝美子所希冀的却不是这种毫无乐趣的日子。自己想要的……想要的是……

*

那天晚上，诗织突然打来了电话。丈夫睡得很沉，没有被吵醒的迹象。

“外甥的讨债人找上门了，看上去全是些混黑道的凶恶男人，真是吓人，我差点以为自己要被他们杀掉了。虽说今天总算是让他们回去了，但他们却撂下话说明天还会再来。我手头上有张当月稿酬的汇票，可是离提款还有些日子。若是他们收下这个后愿意乖乖回去倒还好，不然的话……”

“您需要多少现钱？”

“有个三十万日元左右的话……”

“三十万日元……”

若是花上几个月慢慢存下三十万日元倒还好说，要自己一口气拿出这么多钱实在不太现实。

“非常抱歉，现在我手头没有那么多钱……五万日元左右的话，我可以想想办法。”

枝美子将听筒夹在脖颈旁边，用腾出的手翻弄起自己的钱包。即便是五万日元元，对枝美子来说也不是个轻巧的数字，势必会影响到当月的生活用度。

“那就五万日元吧，好歹也算是能见识到您的诚意。”

诗织的话语中夹带着些许轻蔑的意味。

对于一直帮助你到今天的我的诚意，就只有这么丁点吗？我为了守护您的秘密上下打点，为了您的出道煞费心思，为了在方方面面帮助您而绞尽脑汁，结果您回馈给我的友情的见证，就只有这种程度吗？

联想到诗织的话语背后的意义，枝美子登时觉得如芒刺在背，急忙改正了说法。

“那三十万日元……我会想办法筹来的。”

“真的吗？谢谢您，真是帮大忙了！我的儿子初中毕业后就会立刻出道并参演已经谈妥的广告，到时就能够收入一大笔合同金了。这三十万日元我会连本带利地还给您。”

“我知道了，那就交给我吧。”

枝美子放下话筒，转过身去。丈夫正站在自己身后。

“又是那个混账婆娘吗？”丈夫压抑着怒气的平静声音钻进耳朵，“你和那个臭女人的事，我可是一清二楚。你到底给了她多少钱了？”

“你在说什么？我一句都听不懂。”

“别装蒜。你在汉堡店递钱给她的场面，我见过好几次了。”

枝美子只得硬着头皮继续装傻。

“没那回事，是你搞错了。”

“这次她要你给她多少？那个臭女人。”

“所以说……”

“我问你她向你要了多少？”丈夫一把揪住枝美子的衣领，猛然将她掀倒在地，“给我说出来！”

丈夫抬起脚，重重踢向枝美子的肋骨。吃痛的枝美子痛苦地弓起了背，丈夫便朝着她的背又踢又踩。

要被杀掉了！

“说啊，快说啊！到底要了多少？！”

“三、三十万日元……”

“三十万日元？那臭婆娘的脸皮到底是有多厚啊！”

丈夫高高抬起的脚不容分说地落在枝美子的背上。尖锐的剧痛浸漫开来，枝美子的意识在恍惚间中断。

回过神来的时候，自己正躺在被褥里。房间被日光照得敞亮，看一眼时间，只见已经临近正午。枝美子急忙坐起身来，却只觉背脊和肋骨都在隐隐作痛。

对了，昨天……

丈夫并不在家中。安静的室内只余下令人烦躁的空调嗡鸣声。

对了，诗织……必须得和诗织见一面才行！

正当枝美子做好出门的准备时，房门被打开的声响却陡地传入耳中。

是他。穿着外套的丈夫无言地朝枝美子扔来一张纸条，上面写着“借据”两个字。

“那臭婆娘今早打了电话过来，我便代你去见她了。连带利息在两个月内还完，一共借给了她三十万日元。”接着，丈夫将银行卡随手丢在桌子上，用一副无可奈何的口吻再度张开了嘴，“我说你啊……到底借了多少钱给她？里面的存款少了好些。”

虽说没有仔细计算过，但粗略估计一下也已经超过了五十万日元，搞不好还要多出不少。但事已至此，枝美子也只得腆着脸皮嘴硬下去。

“我没借过钱给她，先前不是说了吗？”

“唉……那就算了。但无论以前怎样，从现在开始，那臭婆娘无论再提出什么要求，都一定要记得和我商量。那个女人可不是省油的灯。我一见到她就明白了，定然不是什么好货色。”

那只是你这痞子狗眼看人低罢了。诗织她可是你怎么也无法比拟的风靡一时的著名漫画家。她所创作的名作《蓝眸的贞德》给了我多大的勇气和帮助，你又怎么会明白？不单贞德是支撑着我的心灵的支柱，诗织本人也一直分担着我的烦恼，在各个方面给予我帮助；不仅如此，她甚至还为了筹措我作为漫画家出道而费尽心力。我们可是一同致力于《蓝眸的贞德》复刊这项伟大工作的同志啊！可与她相比你却又怎样？酗酒、家暴、挥霍金钱，除此之外什么都不会做！还给我、还给我！把从我这里抢走的钱全部还给我！

枝美子到底没有把这些话说出口的胆量。满腔的怨怼化作泪水，夺眶而出。身体各处都仍在作痛，腿脚也无法随心所欲地使唤。如果就这样永远动不了的话，我一定会恨你一辈子！

——等一下。

枝美子的心中猛地一个唐突，她急忙敛回心神。

丈夫和诗织见了面——这一事实让枝美子惴惴不安起来。

“诗织和你说了什么吗？”

“什么？”

“没什么。”

虽说诗织善解人意，但她却有着情绪激动时会变得管不住嘴的坏毛病。

受到了丈夫的恶语相向，一时气急的诗织只想要出言还击，却在无心之下将自己的秘密抖了出去……这并非是不会发生的情况。当被加百列写在留言板上的时候，幸好在丈夫看见之前就及早删除了，万一被他知道了话……他毫无疑问会杀死自己。无论逃到哪里去，他都一定会紧随其后，直到将自己杀死为止。

恐惧逐渐在枝美子的心中膨胀。

理智地思考一下的话，便马上就会想到诗织绝对不会那么轻巧地暴露出自己的秘密。可一度萌生出的恐惧，却迅速盘踞了枝美子的头脑，让她失去了冷静判断的能力。

“我去一趟柏青哥店。”

枝美子如蒙大赦。丈夫关上门的瞬间，她立即向诗织打去了电话。

“您的丈夫可真是坏到家了。”电话中诗织的声音饱含着怒气，

“那么粗暴的人我可从来没有见识过。还一直把我喊作‘臭婆娘’什么的。”

“非常抱歉。我昨晚被他踢了一脚，一直到早上为止都没能从床铺上下来……”

“又被他打了吗？您还是提早从他身边离开吧。”

“您说得对，我已经受不了了。但比起这个……那个秘密，您没有说出去吧？”

“秘密？”

“嗯，那个加百列写在留言板上的秘密。请您绝对要对我的丈夫保密。”

“啊？噢……那个呀。放心吧，我没有说。我当然不会说出去了。莫非您觉得我是那种大嘴巴的人吗？”

“不，不是。对不起。我只是神经绷得太紧，不由得有些多虑了；身体的状况也不好，脑袋里一根筋地想着如果被丈夫知道了该怎么办才好……如果被知道了的话，他一定会杀了我的。”

“啊，是呀，是这样呢……那件事如果被知道就糟了。”

“那个人是典型的九州男人，总是信奉着大男子主义。”

“哎呀，您的丈夫是九州人吗？”

“是的。所以外遇、出轨这种事，他是绝对不会原谅的。明明自己隔三岔五就去光顾风俗店，可即便只是在电视剧里看到外遇情节都会撩起他的火气。如果那种人知道了我的外遇的话……”

“什么？外遇？”

“欸？”

“……啊，啊啊，外遇，是外遇的那件事。对，对对，那可真是糟了……外遇可真是糟糕呀。”

“可惜当时一时糊涂。”

“对方是什么样的男人？”

“什么？”

“啊……当时在那个留言板上，似乎没有写对方是什么人呢。”

“是这样吗？但话说回来，毕竟我也没向任何人提到过那个人呀……那是我先前打工的柏青哥店的店长。年纪比我小三岁，总是一副温柔的模样。可当他知道我怀孕了之后，就立刻离开了我。”

“怀孕？”

“这个也没有写在留言板上吗？”

“啊，不，怀孕的事的确写在了上面。对了对了，您当时是怀孕了呀，但是——”

“受了打胎的影响，我的身体无法再怀孕了。现在回想起来，若是能生个孩子的话，丈夫也许就会多少像样一些了吧。‘好想要个孩子呀……’过去的时候，自己时常会这样念叨个没完没了呢。”

“哎呀，您可不能这样想。无论有没有孩子，那个男人都注定成不了事，他早就从出生开始就定了性啦。您越是去想着依赖那个男人，就越是会吃苦头，您差不多也该逃离那个家了吧？”

或许是该如此，差不多也到了下决断的时候了。一边抚摸着或许被踢折了的肋骨，枝美子一边想道。

第二天，来到医院的枝美子被告知自己的胫骨和肋骨上均出现了裂痕。虽说脊椎总算没有受损，但据医生所言：若是被踢到的地方再差一点，很可能就会落得半身不遂的下场。拿到诊断书的枝美子马上强拖着受伤的腿去见了诗织，告诉她自己已经下定决心要离开丈夫。

“是吗？这样就好。但如果就这么一走了之，未免也太仓促；你没有带换洗的衣服，总归不太方便。并且若是被那个男人发现的话，他指不定又会做出什么事。所以，这两天还是先做好离家的准备。”

枝美子决定听从诗织的建议。从那一日开始，枝美子便开始不动声色地将自己的行李搬运到了诗织的家中。同时，她又以身体不适为由辞去了工作。建筑公司那边，由于入职时间较短的缘故，枝美子并没有拿到退职金；而柏青哥店的退职金的数目却接近百万日元。

于是，在八月第一周的周日，枝美子瞅准丈夫前去打工的空当，从家中逃了出来。

“我姑且留了三十万日元在桌子上。”

像这样告知诗织后——

“真浪费，您可实在是太傻了！”

对方马上就埋怨起自己来。但若是一分钱都不留给丈夫的话，那个男人不知道会做出什么事来。说不定会发了疯似的找寻自己吧。不然的话，或许就又会把矛头指向开了借据的诗织。

“但如果有三十万日元的话，那个男人至少会安分一个月。这样想来，那个人需要的到底还是钱，而不是我。”

“说的也是。若不适当给他些甜头，那男人发起癫来可就麻烦了。话说回来，您拿到退职金了吗？”

“拿到了，一共一百万日元左右。”

“一百万日元！”诗织的眼中闪过一抹贪婪的神色。但不过一眨眼的工夫，她又换作了一副认真的模样。“继续留在这里实在是有些危险，您暂且到别的地方躲上一阵子吧。”

“别的地方？”

“我有个藏身的好地方，坐出租车只要十五分钟左右。总之您就先到那儿躲几天吧。”

“但……”

“原本我是想让您在我家里躲上一段日子的。可我的儿子不是要中考了吗？这个夏天正是最关键的时期。而且，我家的空调是个不灵便的古旧货色，已经不太能制冷啦。到了晚上睡觉时，房间就像变成了桑拿室一样，连头脑都会变得昏涨。比起住在这里，去制冷设施完备的地方住要更舒服吧？再说了，如果住在离家那么近的地方，没准还会被您的丈夫找到。说不定——他已经来到附近了呢。”

“真的吗？”枝美子话音刚落，手机就乍然响了起来，“怎么办？是丈夫打来的！”

“快点挂断呀！”

被吼叫一声之后，枝美子急忙挂断了来自丈夫手机的来电。但他肯定还会换号码再打过来吧。

“不认识的号码全部拒接不就好了吗？这是理所当然的吧？”

“是，您说得对。”

“但这么一来，您丈夫的火气肯定又会更加旺盛了。想必已经找到附近来了吧。”

“我……该怎么办才好？”

“刚才不就说了吗？您应该早点离开这里。索性就一刻也别耽搁，现在立马动身吧。”

“但行李……”

“总之先带上随身用品，别的物件先留在我这里就可以了。来，快一点！”

诗织的行动力之高依然令人咋舌。整理行李，叫出租车——不过眨眼间的工夫，事情便已经处理妥洽。

朝电车的上行方向行驶约摸三个车站的距离，出租车便停了下来。接着，两人一并走进车站后的小巷。穿行过错综复杂的老旧楼群后，诗织停在一处惹眼的霓虹看板前，随后向枝美子说道：“就是这儿了。”

“这里是？”

“如您所见，是漫画咖啡厅。我偶尔也会在这里逗留。虽说看上去有点破旧，但设备都是最新的款式。漫画当然不用说，电脑和网络也无可指摘。饮料想喝多少就喝多少，甚至连洗浴房都有配备。只要交上定金的话，想住多久都没问题。”

“要住在这种地方吗？”

“就是这么一回事。总之，先把一个月份的费用交给前台吧。”诗织仿佛是这里的常客，和前台也甚是相熟，笑谈间即办好了手续。“姑且是租了一个月的时间，但只要交上定金的话，想要续多久都没有问题。如果有什么情况，就再联系我吧。”撂下这番话后，诗织便连头也不回地径直走出了漫画咖啡厅。

“收您三十天份，共计五万七千六百日元的租费。”

前台的男人用不带感情的声音索要起租用费。枝美子急忙拆开装钱的信封，从中抽出了六张刚刚从银行取出来的万元纸钞。

枝美子将找零的两千四百日元握在手里，跟随店员走向自己的别间。

房间大约一米半长宽，尽管配备着电脑和可调节座椅，但浮现在枝美子脑袋中的第一印象，却是战前的“章鱼房间[1]”。简直比拘留所还要狭小。从今天开始，这就是自己的居所了吗？

记得曾在电视上看到过被称为“漫咖难民”的无家可归的人群。

1 章鱼房间（タコ部屋）指存在于日本的二战前强制劳动制度，使用铁链将劳工捆绑在一起，在完全剥夺人身自由的情况下强迫其进行劳动。此处借以比喻活动空间的狭小。——译者注

“骗人的吧，我……已经成了难民吗？”

可所谓久居为安，才不过一个星期的工夫，枝美子就完全适应了这狭小的环境。虽说由四块挡板堆砌起来的狭小空间实在是乏善可陈，但室温却总是非常舒适。只是坐在舒适的躺椅上，便能完成一日内的所有活动。想读的漫画可以读到尽兴，网络当然也可以任意使用；想睡的时候睡，想起来的时候起来。有了想要画的漫画，自己便随意画个痛快。没人可以对这样的自己说三道四，甚至连监视自己的人也没有。枝美子不禁从这样的生活中感受到了舒适的解放感。从某种意义上说，这或许才是最极致的自由。

“但是，总不能一直这样继续下去吧……”在漫画咖啡厅住了两周后，枝美子忍不住向诗织打去了电话，“若想要法院下达保护令，不是得先去警察署或是妇女商谈所说明情况吗？现在去一趟会比较好吧？”

“是呢……可是，那个男人正红着眼在街上到处找你，现在外出的话实在有些危险。还是再躲上一段时间比较好哦。”

“那个人……果然还在找我吗？”

“嗯，我这边也来过了。当然——我告诉他不知道您在哪儿，硬是把他赶走了。”

“非常抱歉。”

“他的精神状态真的非常不妙。浑身散发着酒臭味儿，看上去疯疯癫癫的，让人害怕。”

“非常抱歉，真的非常抱歉……”

“没关系没关系，我这边不用担心。比起我来，您自己才要多注意一点。”

“谢谢您。”

“那就再忍耐一段时间吧。”

“好……对了，还有另一件事——前些时候谈过的长篇漫画，现在已经临近完成了。”

“欸？”

“那个……您的编辑说过想要看的……”

“嗯……啊，那个漫画呀。对了对了，编辑他可是非常期待哦。刚刚的电话也是，说‘想要快些看到’什么的。”

“是真的吗？我会努力完成的。”

“嗯，请加油吧。我的儿子也差不多该回来了，今天刚好有一场试镜，就先聊到这里吧。”

“要去参加试镜吗？”

“今天的试镜不是什么了不得的角色，只是稍微去看一看而已。”

“请加油吧。”

“嗯，您也要继续努力呀。再见了。”

刚刚挂断电话，枝美子就立即拿起了笔。笔下是贞德和阿尔贝尔结婚时的场景。这是枝美子的自信之作。

“这才是与贞德相称的终幕啊。”

在《少女朱丽叶》上看到那令人惊异的终幕时，备受打击的枝美子甚至足足有一周没有去学校。作为自己精神支柱的贞德，竟然以那种形式迎来终结，枝美子有生以来第一次感受到如此强烈的愤怒。因为过于愤懑的缘故，甚至连头脑也变得不清醒了。在连续三年的时间里，枝美子甚至每天都向秋月美有里送去了抗议的信状，直到枝美子升入中学时，那股怒气才算被压抑下来。但是，那时所产生的怨气却依然沉淀在枝美子的心中，直到现在也没能彻底消解。若要彻底化解那时的怨气，只有画出当年没能见证的最后一幕。

“是呀，《蓝眸的贞德》才不该以那种形式完结呢。”

枝美子奋笔疾书起来。

时间来到了九月。

感受到背后传来的异样感，枝美子朝那里抓弄起来，却发现是蟑螂爬到了自己身上。环顾四周，只见泡面盒、面包包装袋和便当盒被扔得到处都是，狭小的空间里弥漫着恶臭的气息。店员前些时候也试着提醒过枝美子注意卫生。但将全部热情投注到漫画收尾工作中的枝美子却全然没有打扫的心思。

漫画——漫画得尽快完成才行。

当枝美子准备为最后的一页贴上网点时，手机却突然响了起来。是诗织打来的。

“啊，诗织。漫画再一小会儿就能完成了，今天之内就能——”

“比起那种事，我说您尽量再逃得远一些吧？干脆直接回九州老家怎样？”

“欸？但是……我的出道……”

“现在不是说那种话的时候。您的丈夫又到我家里来了，他还是对我纠缠不休，没完没了地说道着是不是我把您藏起来了这种话——倒的确是被他猜对了。”

“那个人……现在怎么样了？”

“他真是越来越过分了。就连昨天也是，一边叫嚷着让我还钱，一边挥着拳头要殴打我。我明明都告诉他已经还给您的夫人了，可他还是半点都听不进去。难道不是吗？帮您在漫画咖啡厅打点住所、办理手续，实际也帮您摆脱了那种混账男人。足够算扯平了吧？对吧？”

“啊，是……”

“我真是受不了了……竟然在半夜突然找上门来。那男人真是疯了……做事不分青红皂白，别人的话也一句都听不进。光是没完没了地吵嚷着‘快还钱’‘快把钱拿出来’什么的。这样下去的话，我自身都要难保了。所以，我把那件事说出去了哦。”

“……那件事是？”

“就是那个呀——和同事偷情，甚至还为此打了胎那件事。”

“什么？！”

“‘您夫人难道不是跑去她情夫那里了吗’这样讲给他之后，您那个丈夫就带着一脸煞气不知道跑到哪里去了。”

“那件事……你说出去了？”枝美子攥着手机的手猛烈地颤抖起来。

“不是没有隐瞒的必要了吗？反正您都从他身边逃走了，那干脆就让他知道真相呗。”

才没有那么轻巧。对那个男人来说，这句话简直就像是起爆剂一样。现在，他一定揣着玉石俱焚的心思，正发了疯似的寻找自己吧。

一定会被他杀掉的。

得快点逃走才行……

但是，要逃到哪里去呢？

不，不对。慌慌张张跑到外面反而会有被他撞见的危险。总之，暂时就先躲在这里吧。

枝美子战战兢兢地来到前台。“请帮我延长一个月。还有——不管谁来找我，请绝对不要把我的事情说出去。拜托您了，拜托您了。”

撂下这么一番话和五万七千六百日元的现金之后，她又朝漫画咖啡厅的深处走去。

*

九月已经过去了两周，但枝美子却依然像仓鼠般蜷缩着身体，一直待在隔间之中。到了现在，先前被自己嫌弃的这狭小的空间和薄薄的挡板，却让她觉得万分庆幸。在丈夫的怒火平息之前，还是先继续躲在这儿吧。现在一定要彻底避开那个人才行……

但是……诗织她没问题吗？那个人不会又做了什么让诗织为难的举动吧？

试着打个电话吧，但现在已经是凌晨一点了……

“哟。”电话才不过响了一声，诗织的声音便马上传了过来，“怎么样，您还好吗？”

“嗯，我的事情不用担心。您没事吗？我的丈夫没有再去打扰您吧？”

“一直都在打扰呢，昨天也来过了。如果他再来的话，我就真的要报警了。”

“嗯，就请那样做吧，那才是最好的选择。那个人……火气一上来可不知道会做出什么事。”

“呀，抱歉。别人打电话过来了，哎呀。”

“怎么了？”

“是……”

“什么？”

“真讨厌，都这个时间了，到底是什么事呀。我先挂断了，明天会再给您打回去的。”

但是，直到第二天的傍晚为止，诗织都没有给枝美子回电。枝美子心想着给她打过去，可手机却像是正等着这一刻般，先一步响了起来。

枝美子对来电显示的号码有印象——是加百列。

说起来，从慌慌张张地发出那一条短信开始，枝美子就再也没和加百列联系过。虽说已经从联系列表中删了加百列的名字，可自己怎么会忘了设置拒接来电呢？现在该怎么办，装作没听见吗？

可是……这心脏的鼓动是怎么回事？自己明明是想要忘记那个人的。可电话一打进来，身体却擅自做出了反应。再三挣扎之下，枝美子最终还是按下了接通按键。

“艾米丽？”

久违地被叫到这个名字，枝美子一时不知道该怎么回答才好。但不待枝美子做出反应，加百列就慌慌张张地将话说了下去。竟然会慌张成这副样子，真不像加百列——正当枝美子这样想着的时候，加百列的声音变得更加激动了。

“现在……现在正在电视上播报。4号频道，是4号频道。总之请快调到4号频道上，看一看现在正在播报的新闻。”

欸？发生什么了吗？4号频道？

按照加百列的指示，枝美子在电脑上调出了电视的影像，继而转到4号频道，现在正播放着新闻。接着，枝美子将耳机放在空着的另一只耳朵上。熟悉的名字随之钻进耳朵。

13日上午4点20分左右，在东京都板桥区的公寓“皇室角”，住在该公寓二楼的咲野诗织（55岁）被报亭人员发现浑身是血倒在地上，该人员立即拨打119报警。将咲野送往医院后，其被宣告死亡。现警视厅东板桥警署已将该案作为杀人事件立案，并展开调查。

根据和咲野同居的长子的证词，咲野在凌晨一点半左右时曾被人从家中叫出；现警察署正在对将咲野叫出的人进行搜查。

仿若浑身的力气被抽走了一般，枝美子一下子从座椅上滑脱到了地上。

骗人的吧，诗织她……被人杀了？是谁叫她出去的？

——是谁？

难道是那个人？不，不会吧。不对，如果是那个人的话……他的确做得出来。没错，一定是他。肯定是这样，是丈夫把诗织给……

耳旁的手机里传来加百列愈加慌乱的声音。

“把希尔维娅太太叫出去的那个人，您有什么头绪吗？艾米丽太太，您在听吗？艾米丽太太？没关系吗？您还好吗？难不成，您……”

“不是！”枝美子奋力嘶叫道，“不是我，那不是我干的！”

“我当然知道不会是您干的。但是，您有些头绪吧？是这样吧？”

“加百列，加百列……”枝美子紧紧握住手中的手机，“怎么办，我该怎么办……下一个就轮到我了，接着就该我被杀了……”

“艾米丽太太，请您振作一点。您现在在哪儿？请等一下，我马上就过去。”

“不行，你过来的话会被那个男人发现的……那个男人肯定就在附近！”

“那您能来到池袋附近吗？我在池袋的Prism Garden饭店等着您。请您一定要来一趟，听到了吗？”

挂断电话后，枝美子立即收拾起随身的物品，逃跑似的离开了隔间。

× × ×

S：“关于《蓝眸的贞德》的取材，进展得如何了？还顺利吗？”

W：“勉勉强强吧。”

S：“听说发生了事件是吗？板桥区公寓附近的街道上，一名女性被利器刺杀，那个被害人，好像和《蓝眸的贞德》有什么关联呢。”

W：“没错，的确是这样。被害人是叫作‘蓝色六人会’的粉丝俱乐部干事会中的一名成员。”

S：“粉丝俱乐部？到现在都还没解散吗？”

W：“算是勉强维持到了现在。可最近受到网络的影响，那个俱乐部从二〇〇五年开始又陆续吸收了不少新人。但话虽如此，到底也都是些曾经喜爱过那部漫画的人们。”

S：“像是在浏览网站时，突然看到了名叫‘《蓝眸的贞德》粉丝俱乐部’的网站，‘啊，真令人怀念，以前还很喜欢这部漫画的’，于是便在曾经的热情的促使下入了会——类似于这种情况吗？”

W：“但是呀，那种‘曾经的热情’实际上却是相当棘手的东西。一直坚持热爱着这部漫画的人们，与最近刚刚回归的人们——他们之前也时常会产生冲突。”

S：“相互争执之类的吗？”

W：“若只是争执还好，但《蓝眸的贞德》的粉丝却多少有些另类。在那时候受到的打击，甚至是心灵创伤，或许也会随着热情的重燃而复苏；所以他们的冲突也会随之更上一层楼。比如说关于结局的讨论，一直到现在也还僵持不下呢。”

S：“那么，果然《蓝眸的贞德》也有这种情况吧？依照自己的意愿重塑角色并擅自进行再创作，最终堆砌而成的妄想小说——”

W：“外传小说？当然了。各大粉丝网站都在争着上传外传小说呢。但是，那却时常会变成争执的导火索，真是让人头痛。”

S：“‘不许随意歪曲我喜爱的〇〇大人’‘像你这种人又怎么会理解〇〇大人’这样的吗？”

W：“没错。另外还有关于情侣组合的讨论，也时常会引发争执呢（笑）。”

S：“果然会有呀（笑）。但是说起《蓝眸的贞德》，它的粉丝应该都是些中高年龄段的阿姨吧？这些品味过人生酸甜苦辣的主妇们，也会为这种问题吵得热火朝天吗？”

W：“这难道不就是御宅文化已经发展到高度成熟的阶段的证据吗？虽说如此，用成熟来形容或许也不太妥当——即便在同人漫画作品中，也独有《蓝眸的贞德》的同人作品散发着和别的同人作不同的味道。”

S：“连同人漫画也有吗？”

W：“非常多哦，作为老牌的漫画作品，同人展出活动中也会有许多相关的Cosplay[1]活动，总是非常热闹呢。”

S：“那些中年妇女们玩Cosplay吗？”

W：“那也算是她们重拾少女心的一种方式吧。”

S：“说起来，我曾经登录过《蓝眸的贞德》的粉丝网站。那些粉丝成员们全部都用着像是‘希尔维娅’‘吉赛尔’‘玛尔格丽特’等这类脱离现实的怪异网名，那也是所谓的少女心吗？”

W：“嗯，我想她们对待自己兴趣的态度一定相当认真吧。脱离少女的年纪走上社会，她们中有些人成为工薪族，有些成为专职主妇，而后却又殊途同归，一同踏上了成为母亲的道路。就这样埋首迈

1 Cosplay即角色扮演，作品爱好者利用服装、道具等扮演成为作品中的角色。——译者注

进四十岁的时候，她们又同时茫然地停下脚步，恍惚间察觉到自己早已经不再被人喜爱、被人怜惜，甚至是被嫌弃到了弃若敝屣的程度——也就是所谓的更年期心理障碍。总之就像是青春期症状一样，由于精神受到荷尔蒙变化的影响，她们会无端地为自身的处境感到焦躁不安，并时刻怀揣着被害妄想。实际上，由中高年龄层的人群引发的道德危机事故和犯罪，甚至还要高于青少年的数量。”

S：“听说年逾不惑之后突然性情大变的人有不少呢。”

W：“于是，她们为了获得精神上的安宁而找寻起了自己的兴趣。她们中有些人开始写小说，有些则专注于手工或绘画，有些则开始了追星，甚至还有些人会试图在宗教的精神修炼中寻求解脱。借由强调自己所热衷的事物，她们会强行让别人把目光集中在自己的身上。”

S：“啊，的确有那种人呢。”

W：“平日里浑浑噩噩的她们，是没有活着的实感的。所以为了获取所谓的‘实感’，她们需要能够映照出自己的明镜。那也就是先前所说的——她们憧憬的明星或是曾经看过的漫画了。简而言之，她们需要信仰。她们想要能够信奉的宗教。借某个人说过的话：宗教即是麻痹自我的麻药，又是能够展现出自己最美好的一面的场所。而更为重要的是——正因为有了明确的目标，所以她们也就不会再在浑浑噩噩中迷失自我了。那些中年女性们，恐怕是自己选择成为‘信徒’的吧。”

S：“原来如此。成为‘信徒’的话，就可以让思维固化在某一点上，思考问题的方式也会变得简单许多；从某种意义上讲，的确可以起到缓解压力的作用。屏蔽掉自己厌烦的事物后，也就能以平常心来面对生活了吧。”

W：“将自己的兴趣作为思考的中心，其他事情甚至一概不去考虑——堪称是货真价实的‘信徒’呀。”

S：“但真要说起来，若是反而成了‘狂热信徒’的话，似乎也非常危险呢……啊，难道在板桥被利器刺杀的那个女性，也是死于俱乐部内部的争斗吗？”

W：“到底是怎样呢……但再怎么说，也不至于闹出人命来吧……”

（月刊《秘密探掘》二〇〇七年十一月号）

米蕾尤

“虽说有些羞于启齿，但是……我认为希尔维娅注定会落得这样的结果。”加百列停下手中的叉子，同时轻声说道，“所以，请您也尽快忘了那件事吧。”

“但是，都是因为我……事情才会发展到这般田地……”

艾米丽的手也跟着停了下来。

“那不是您的错。”

“不，是我的错。都因为我嫁给了那样的男人。”

“听说您的丈夫有严重的酒精成瘾症状，这是真的吗？”玛尔格丽特伸长脖颈，口无遮拦地问询起来。

“是的……就连被警察发现时也是酩酊大醉的状态。”

“然后就自杀了吗？”

“……是。根据我听到的说法，由于警察突然闯到家里，陷入混乱状态的丈夫顺势拿起手旁的菜刀划开了自己的脖子。”

“是艾米丽报的警吗？”

玛尔格丽特挂着一副意味深长的表情，再度把脖子伸长了些许。

“……是。看到希尔维娅被杀的新闻后，我觉得那铁定是我的丈夫干的。”

“这样说可能有些不中听，但这不是皆大欢喜吗？”玛尔格丽特端正过坐姿，开始撕扯起手中的面包来，“从家暴的丈夫手底下解放，逃跑的日子也结束了。那么您现在在干些什么？生活能够保障吗？”

“我已经找好新的工作了。而且因为丈夫投了保的缘故，生活也暂时没有问题。”

“哎呀，您丈夫入保了吗？”

吉赛尔迅速转过头来，那头栗色长发也随之摇动。

“只是在很久以前被熟人劝诱，稍微投了一小笔钱罢了。保险金也不是什么了不得的数额。”

“有多少？”

吉赛尔被彻底激起了好奇心。

“不……真的只有寥寥的程度而已。所以我才会急着找工作呀。”

“有眉目了吗？”

“附近的房屋中介所正在招募员工，我想去那里应募一下试试看。”

“噢。那可就安如泰山了呢，真是可喜可贺。”

吉赛尔轻轻拍起手来。

“但是，希尔维娅她却……”

“像她那种人，早点忘了就是。”玛尔格丽特一边在面包上涂上大量的黄油，一边说道，“为了攫取钱财，那个人可不知骗了多少人，迎来那种结局也不过是早晚的事，自作自受罢了。”

同往日一样，大家在池袋西口的法式餐厅聚餐。可人数却变成了五人。

“说起来，玛尔格丽特似乎也借了不少钱给她吧？”

吉赛尔转而看向玛尔格丽特的方向，对方则露出一副苦涩的表情。

“是有这回事。”

“借了多少？”

“虽说也不是什么大不了的数额……一百万日元左右吧。”

“那艾米丽呢？一共借了多少钱给她？”

艾米丽平摊开自己的右手手掌，作为对吉赛尔提出的问题的回答。

“五百万日元？”

连手中的刀子都来不及放下，吉赛尔便忙不迭地探出了身体。挂在耳垂上的白金耳环也随之轻轻摇曳。

“啊，不……没那么夸张。”

“那就是五十万日元了？”

败了兴的吉赛尔慢悠悠地坐回原处。

“是的。但毕竟只有五十万日元，可能也帮不上什么忙吧。”

“话说回来，她是用什么理由骗您借钱给她的？”

玛尔格丽特摆出一副认真的表情，向枝美子追究起来。

“欸？”自己轻巧地咬住了“漫画家出道”这一鱼饵的事实委实是说不出口。当然，相信了她编造的“加百列在留言板上诋毁自己”的谎言一事也是。

“那个……她哭着给我说不得不还清外甥的欠债什么的……”

“外甥？肯定是彻头彻尾的谎言。”吉赛尔发出一声嗤笑，“那个人可是撒谎如呼吸一般的骗人精。”

“难不成……”玛尔格丽特插话进来，“她向您说了苏菲的事吗？”

“欸？”

“苏菲被杀了什么的，她有说过类似的话吗？”

“是的，好像有提到这么一回事……”

“果然……”玛尔格丽特轻轻吐出一口气，接着又紧抿住唇，皱纹自嘴角处浮现出来。“虽然不知道她跟您说了什么，但您要记好了：那个人说的话从头到尾都是谎言，没有半点是真实的，请绝对不要相信她的说辞。”

吉赛尔在一旁无言地点着头。稍作停顿之后，玛尔格丽特继续说道：“不仅如此，那个人还瞅准您退会的时机，将您的作品以自己的名义投稿在了俱乐部杂志上。恐怕您还不知道吧？”

“是这样吗？”

枝美子望向加百列，却只见对方苦笑着点了点头。接着，耳边又传来了玛尔格丽特的声音。

“说到底，她也不过是想得到艾米丽在俱乐部中的人气。那个人可一直在背地里诋毁着您的漫画，肯定是嫉妒您嫉妒得要命吧，所以她才会用尽手段来迫使您退会的。当时您和我说要退会的时候，我就在想会不会是她在作怪。因为您那时的态度实在太过强硬，丝毫不留一点余地。”

“我……那时候彻底被她给骗了……”

“那么，她到底是怎么骗您的？”吉赛尔意味深长地向枝美子问道，耳坠则跟随她的动作摆动着，“就算您不回答，我也能猜出个大概就是了——肯定是些关于我们的子虚乌有的坏话吧？”

“嗯，所以……我没细想就……”

“不，毕竟我们也有过错，对不起。”玛尔格丽特深深地低下了头，“当您说要退出俱乐部的时候，如果我能用更强硬的态度阻止您就好了。真的非常抱歉。”

“哪里，您可没有半点过错呀。错的是轻易相信她的我才对。”

“不——让那种骗子加入‘蓝色六人会’的责任，我是无法推脱的。”玛尔格丽特深深叹出一口气，“虽说已经听到了不少风声，但当时的我却还是没能看破她说谎成性的本质。”

“风声是指？”

一经艾米丽问及，玛尔格丽特再度叹起长气来。

“那个人在别的漫画的粉丝俱乐部里，引发了不少纠纷的样子呢。”

“她还参加了别的粉丝俱乐部吗？”

“有那么一部分人会单纯地以加入俱乐部为目的。分明没有对原作漫画倾注多少感情，却还是加入到俱乐部中，并享受着俱乐部的活动，那些人到底是怎么想的呢……”

“不是那个吗——想要受到其他人的瞩目。”吉赛尔用轻蔑的语调讥讽道，“那些人也真是可怜透顶。因为在现实中没有被他人关注的机会，索性就在俱乐部中饰演起用各种谎言装裱起来的虚构的自己。可过不了多久，就会被人扯下伪装，接着从团体中被赶出去。于是她们又搜寻起了下一个可以成为自己舞台的团体，简直像是寄生虫一样嘛。”

席上的大家一齐放声大笑。

“但是希尔维娅看上去相当富裕呀。公寓也是复层式的，租金肯定会很高吧。”

听艾米丽这么一说，玛尔格丽特咽下口中的红酒，接着回应道：“所以她才会到处讹钱嘛。虽说好像也有从离婚的丈夫那里拿到养育金，但基本还是靠生活保障金和儿童补贴过活。那间屋子的房租也已经很久都没有上缴了，这件事曾经还被电视上的娱乐新闻报道过呢。

不单如此，她还在各式各样店铺里欠下一屁股账，被店家严令禁止进出。她把自己的儿子当作唯一的一根救命稻草，只盼望他能进入演艺圈捞到钱财。到了她那把年纪，也真是可悲到家了。”

“她告诉我说，她的儿子初中毕业后就会正式加入J事务所的。”

艾米丽的言语让大家再度笑了起来。

“那不明摆着是骗人的吗？谎话呀、谎话，全都是谎话。艾米丽实在是老实过头了，得学着明辨真伪才行。从现在开始就得一个人生活了吧？”

吉赛尔利落地将蜗牛肉从壳中剜出，又在眨眼间将其填入嘴里。

“无论如何，幸好艾米丽还是平安无事地回归俱乐部了。”加百列轻轻触摸着艾米丽的肩膀，“收到那条短信的时候，我还以为是被您讨厌了，消沉了好一阵子，还一直思索着到底是哪件事惹得您不快了呢。”

“怎、怎么会……”艾米丽的脸颊渲成一片绯红，“那是我头脑一时糊涂才……不是有‘洗脑’这个说法吗？所以我才……讨厌加百列这种事，才不会……”

“加百列可一直担心着艾米丽哦。”玛尔格丽特再度伸长了她遍布青筋的脖颈，“您之所以能重新回到‘蓝色六人会’，也全是加百列的功劳。”

“真的……真的非常感谢。能够再次收容像我这样的人入会，真的是……”

“这不是理所当然的吗？大家都还在等着您漫画的后续呀。”加百列张开双臂，同时这样说道。

没错，没有错。我们还可以像以前一样一同找寻乐趣。因为我们是同伴啊。而就当艾米丽沉浸于席上快乐的气氛中时——

“话说回来，米蕾尤似乎有些打不起精神呢，怎么了？”

加百列向稻子搭起了话。若是放在平时，她铁定会在不上不下的时间点不识趣地插进话来，一口气搅乱话题。可今天的她却仅仅是低着头，不停切着盘中的羔羊里脊，实在是安静得出奇。

“嗯？”

稻子终于扬起了脸。挂在叉子上的羊肉和她的手一同颤抖起来。

“啊，抱歉……我没有事，只是——”

“听说米蕾尤的父亲最近刚刚过世，是真的吗？”

毫不避讳的吉赛尔直截了当地问到了点子上。

“哎呀，是真的吗？”

玛尔格丽特用力撕扯着手中的面包。碎屑飞了出去，不巧落在了刚好路过的侍者的身上，使对方发出了一声咋舌般的叹息。

“嗯，就在上周。昨天刚过了头七。”

“是这样吗？我不知道会是这样，真是对不起。”

加百列再次停住了叉子。

“没关系，毕竟是我的私事。”

“然后呢？有什么麻烦的问题吗？”

“要说起来的话——”稻子总算是把里脊肉送进了嘴里，咀嚼许久之后，她才缓缓咽了下去，而后开了口，“确实是有棘手的问题，弟弟和妹妹他们……”

“莫不是遗产纠纷？”坐在稻子旁侧的玛尔格丽特将整个身子凑了过去。

“差不多吧。”

“但是，一直疲于照顾两位老人的不是米蕾尤吗？”

吉赛尔一开口，玛尔格丽特立刻以笃定的语调接上了话：“不就是这样吗？事到如今，那些弟弟妹妹们也没有什么说长道短的余地了吧？不过话说回来，遗产到底有多少？”

“玛尔格丽特太太——”加百列用餐叉敲打碗沿示意打住话题，但几人被激起的好奇心却怎么也无法消却，话题最终还是围绕着遗产二字继续下去。尽管只是一鳞半爪，但稻子还是将围绕自身展开的争端透露了出来。

每当提起这个话题，稻子的脑海里便会不由自主地浮现出隆和百合绘的那两张可憎的脸孔。稻子忍不住紧紧攥住了铺在腿上的餐巾。

真让人窝火。

那两人一直是这样，将自己排除在外，由着自己性子恣意妄为。明明自己才是长女，他们却丝毫不理会自己的意志，擅自下了决断。

这算什么道理！竟然把我当傻子一样愚弄！

……啊啊，真不甘心！

*

“妈，您听我说——关于我和百合绘一起下的决定。”

弟弟隆一边解开葬礼时的黑色领带，一边转头望向年老的母亲。由亲人负责的守七才刚结束，那时的母亲正将沏好的茶端上茶桌。

“我们打算放弃继承，以后您就继续住在这所公寓里吧。”

隆这样说道。竖起耳朵，战战兢兢地听着长男说话的母亲清不由得松下一口气。

“真是对不起。你们的父亲在死前解约了生命保险，实在没能给你们留下什么钱。虽说把这所公寓卖了的话，多少可以换些钱出来……”

“您在说什么呀？”百合绘探出身子，“把这儿卖了的话，您不就没有能住的地方了吗？”

“对呀，不住在这儿您能上哪儿去呢？”隆也在一旁帮衬，“而且以现在的房价来看，卖掉也只是白白亏损。不如就维持迄今为止的方式生活吧。姐姐也同意吧？”

隆终于把话抛向坐在另一侧的姐姐。长女——稻子却恶狠狠地回瞪了弟弟和妹妹。

“说什么胡话！你们就是打算私底下把事情商量好后再告诉我的吗？”

“之前不是不太能联系上姐姐您吗？”

“你们两人从以前开始就是这个德行！总是躲在角落里不知偷摸着商量什么，却总是把我排除在外！”

“您未免太不像话了，姐姐。”

“我可不干！我应该继承的份一分也少不得！”

“你莫不是想把房子卖了吗？”

“当然要卖，然后再把财产分得清清楚楚。免得事后有人赖账。”

“所以说，姐姐你——”

“你们的如意算盘，我可是一清二楚。如果把房子卖了，无处可去的母亲就得让你们两人中的一人照顾。为了从赡养老人的义务中逃开，你们才会说这种漂亮话的吧？”

“嘴上说的好听，可逃跑的是姐姐你吧？”妹妹百合绘突然大声说道，“没一份正经的工作，终日里游手好闲。你知道邻居都怎么叫你吗——称你是‘流浪的稻子小姐’呢！”

“那又如何？听起来像‘流浪的阿寅’[1]一样——那不是大家都喜爱的角色吗？这说明我也是被街坊喜爱着的呀！”

“不要把电影和现实混为一谈！明明一把年纪还游手好闲，好好考虑一下作为家人的我们的感受啊！”

接着便是无休无止的争吵。清躲在一旁，愁闷地观望三个孩子在

1　流浪的阿寅（フーテンの寅さん）是电影《寅次郎的故事》的主人公寅次郎的外号。该电影讲述了主人公寅次郎四海为家、四处流浪的故事。——译者注

父亲的遗像前相互争执的场面。

长女稻子四十八岁，长男隆三十九岁，接着是三十七岁的次女百合绘。

结婚后立刻出生的稻子，被作为独生女抚养了十年左右的时间。即便是女儿，总也是宝贝的独生女，稻子在成长过程中享受了双亲的呵护和关爱。尽管清偶尔也会觉得对她娇纵过了头，但还是让她带着作为独生女的任性成长了下去。可到了结婚第十年的时候，清却意外地再次怀上了孩子，随后产下长子隆。两人本希望稻子能疼爱差了十岁的弟弟，可与预想不同，稻子却反倒把隆当作搅乱了一直以来以自己为中心运转的家庭的入侵者。时隔十年，夫妻两人再度煞费苦心地照顾起了幼儿；而稻子的任性却在这一时期再度升级，甚至有了学坏的迹象。两年后，被命名为百合绘的第三个孩子出生。与隆年岁相近的百合绘总爱缠着哥哥，作为哥哥的隆对妹妹也极为爱护。可是作为长女的稻子与妹妹却没有更多的交际。到了稻子升入初中的时候，她已经成为远近有名的不良少女了。

但是，那时的清却没能及时改正稻子的不良行径，为工作所累，无心顾及家事的丈夫也是如此。那时丈夫刚刚辞去任职多年的政府的工作，转而与朋友一起经营起了不动产，无暇归家的日子变得越来越多。由于要独自拉扯两个幼儿，清对长女的态度在不知不觉间变得浮皮潦草起来。非但如此，甚至还时常会迁怒、埋怨身为长女却不帮忙照顾弟弟妹妹的稻子。

如果那时能再多关心一下她，多注意一下她，说不定稻子也就能成长为令人刮目相看的大人了。

望着年近五十却还在弟弟妹妹面前歇斯底里地大吼大叫的女儿，清不禁苦闷地用手按住眉头。

随着年岁增长，让自己感到后悔的往事也变得越来越多。若是这样就好了，若是那样就好了——可就算留下了不少遗憾，清也依然认为年轻时的自己已经拼尽了全力。将自己的事情抛在脑后，全心全意为子女谋求福祉。或许没有做到尽善尽美，但自己还是尽量公平地去爱了那三个孩子。过去的自己也曾考虑过和一心只知道工作而不关心家庭的丈夫离婚，但最终还是为了孩子而忍耐了下来。自己应该没有犯下严重的过错才对。作为证据，现今的隆和百合绘也都过上了普通人以上的正常生活。隆读完了大学，现在在东京的一家印刷公司里担任科长的职位；百合绘虽说由于其父亲工作不力的缘故没能去上大学，但好歹是从专业学校毕业，得以在当地的信用合作社就职，并且在五年后与同僚结下姻缘，现在正与丈夫、婆婆和两个孩子一同居住在T市内的公家住宅里。两人虽不能说是飞黄腾达，但总也是过上了幸福且安定的生活。

可相比于他们，长女稻子却天差地别。好容易升入了高中，可不过一年工夫就辍了学。初中老师介绍的罐头工厂的工作最终也没能坚持过一年。随后她在饮食店打工，靠微薄的薪水浑噩度日。二十五岁的时候，她在和店里的客人相恋后离家，但果不其然，还是不到一年就回到了家里。之后的稻子沉湎于柏青哥和漫画，再也没有找过工作，就这样既不工作也不结婚，一直挨到了现在临近五十岁的年纪。

这孩子……今后会怎么样呢？比起老无所依的自己，清反倒更担心长女稻子今后的人生。丈夫也和自己一样，一直到死为止都在担心着稻子的未来。

虽说过去是个不顾家庭，甚至自己也曾考虑要和他离婚的男人，但晚年的他却成了担心以稻子为首的子女们的好丈夫。“葬礼弄得简单些，别给孩子们添麻烦。”这句话他不知在病床上说了多少遍。

看着在丈夫遗像前争执不休的三个孩子，清不禁感到痛苦万分。

争吵仍在持续。已经组建了家庭的长子和次女主张放弃继承遗产，长女稻子却无论如何也不同意。

“干脆你们两人自己放弃不就好了吗？遗产由我和母亲平分。”

“您认为我们会同意吗？”

“为什么？从法律上来说不是没有任何问题吗？”

“但是，姐姐——”

“吵死了，闭嘴！这房子就由我收下了。卖它的时候也容不得你们插嘴！”

“所以我才说姐姐没有半点社会常识。若是将继承权让给姐姐，您知道要缴纳多大一笔继承税吗？”

“……真的吗？”

稻子的气焰眼见着萎靡下去，那恐怕是隆所惯用的虚张声势吧。

关于继承税的问题，其实丈夫在死前做过不少调查。根据他得出的结论，继承这所公寓所需缴纳的继承税在基本扣除范围内，根本不需额外缴纳费用。毕竟是自建成起已经过了三十年的老宅，虽说有距离车站仅三分钟路程的地利，但评估的价格还是要远远低于买进的时候。

买入这所公寓是在十五年前。当时的丈夫因为事业失败而卖出了在T市的独栋住宅；为了不给子女添麻烦，他旋即买下了这所古旧的公寓。3LDK[1]共计七十平方米，虽说当时是以两千五百万日元的价格买下来的，但现在的价值却连当时的一半都不到。设备老旧，墙壁破损——孩子们会看不上也是理所当然的吧。但这所年久失修的公寓，对清来说却是独一无二的归宿。

“再过些日子，就将这屋子过继给稻子吧。”

突然插入的清的声音，为孩子们的这场争吵作了定夺。

“您在说什么呀，妈妈——”

示意次女暂时不要插嘴后，清继续说道：“所以卖房子的事，暂时就先缓一缓吧。这样能妥协了吗？”

听懂了自己话语中的意思后，稻子的脸上马上绽出笑容。

“那可再好不过了，这里已经是我的东西了！”

哪有这种道理——百合绘小声咕哝道。但那抱怨声到底没传进姐

1 3LDK即三室一厅。——译者注

姐的耳朵里。

“点份寿司吧，最高级的。”

重振了心情的稻子马上像个孩子似的欢腾起来。

“总也算是把话谈拢了，不也挺好的吗？”隆一边苦笑，一边向一脸不快的百合绘劝解道。

*

“于是就这样达成共识了吗？”一边抚摸着拢起的头发，玛尔格丽特突然露出一个古怪的微笑。在白色的桌布之上，悄然落下一根泛黄的头发。

年轻的侍者瞧着她的模样，同时又一丝不苟地按照规范将装甜品的餐盘呈上了桌。

“您也真是不容易。”吉赛尔迅速用勺子剜起了自己的焦糖布丁，“但是关于继承问题，拖得越久就越容易发生变故。还是尽早解决比较好。”

“说实在的，我可唯独不想遇上遗产纷争问题呢。”玛尔格丽特说道，一旁的加百列也重重地点着头。

摆着餐具的侍者悄悄地环顾过五个人的脸。

“从现在开始，米蕾尤就要和母亲两个人生活了吗？”加百列问道。

“是的。”稻子在敲开千层酥的同时答道，“能够照顾母亲的只有我了呀，弟弟和妹妹根本就指望不上。”

“哎呀……”四声同情的叹息同时响了起来。

“没关系啦。毕竟我是长女，自然有赡养父母的责任。啊，不过不用担心，俱乐部的活动我还是会参加的。毕竟只有和大家在一起时才能让我喘过一口气来嘛。以后的活动还请尽管叫上我——就像往常一样。”

“当然了。”又变作四人同时点头的光景。

“那么，等会儿就再去阳光城附近喝茶吧？之后再去卡拉OK——”

*

在佛龛前供上祭品后，清又鸣响了铜铃。[1]

“希望今天一天也能平安无事，那些孩子和他们的家人都能健康幸福。孩子的父亲，要保佑我们呀。”

昨天半夜才回来的稻子直到现在还没起床。

这是常有的事。通常要等到临近正午的时候，稻子才会一边打着呵欠一边来到客厅，向自己道一声“早上好”，然后把手肘撑在桌子

1　在家中供奉佛龛及在佛龛前鸣铜铃均为日本祭奠死者的习俗。——译者注

上，吃起清准备好的饭菜。吃饭的同时她又会打开电视，心不在焉地在曝光节目和综艺之间来回切换。到了下午两点时，她才会好好地洗上一把脸，用皮筋扎上乱蓬蓬的烫发，再在当作睡衣穿的衬衫外套上一件夹克，然后走去车站前的柏青哥店。

回来时是晚上八点左右。和早上一样，先听到她招呼一声“晚上好”，接着房门就会被打开来。只要听她打招呼时的语调，清便能大抵知道今天是赢钱还是输钱。赢钱时稻子的声音通常会开朗明亮，手上的袋子里满满都是作为奖品的蛋糕和点心。反之如果是沉闷粗鲁的声音，便定然是赔了钱进去。但就算是这样，稻子也绝对不会承认自己输了钱。这种争强好胜又不肯服输的性格却也不知道是像谁。若是她能更坦率地认同自己的失败的话，也就不会在赌博中越陷越深了吧。说不定还能因此拥有更光明的人生。

那孩子就不能稍微试着努力一下，把柏青哥戒掉吗？而且都这把年纪了，竟然还痴迷于年轻女孩看的漫画。至少如果能注意一下自己的形象，也未必不能交到男朋友。穿上时髦的衣裳，整理好妆容，就算是撒谎也好，让男人看到自己富有女人味的一面，以现在的年纪也依然有恋爱的机会。稻子曾经的同级生淑子，其实也是在去年才结婚的。

“虽说问不出口，但那件事果然还是让她受了打击吧。”

清一边搅动煮着味噌汤的锅子，一边在心中默默念叨。

淑子是稻子的童年玩伴。即便是在稻子脱离正轨后，两人也依然保持着朋友关系，时不时就会见上一面。作为护士的淑子和稻子的共通点在于漫画，两人好像还一起加入了叫什么“粉丝俱乐部”之类的团体。稻子性格上的问题自然无须赘述，另一方的淑子也因为工作忙碌而错过了婚期，同样没能结婚的两人因此变得更加亲密起来。

可是，两人的交往似乎也从淑子结婚时起就彻底断绝了。淑子并没有邀请稻子参加自己的婚礼。在婚礼之后也没有再联系过稻子，甚至连过年时的贺年卡都没寄来。现在回想起来，稻子也是从那时起变得越发堕落并开始沉迷赌博的。

明明还只是早上八点，稻子起床的声音便从她的房间里传了出来。清连忙将味噌汤盛到了碗里。

“为什么没有喊我起床啊？”

“什么？需要我把你喊起来吗？”

“不是跟你说过要在七点喊我起来的吗？”

“是这样吗？”

“在一周前跟你说过的！今天是柏青哥店引入新机器的日子，所以要从早上开始排队——之前这样告诉你了的！都已经这个时间了，到底要怎么办啊？”

稻子晃动着她只有一百五十三厘米的身高，却足有七十千克重的硕大体躯，脸也不洗，仅是从桌上拿了些点心后便披上外套，急匆匆奔出了房门。

“对不起……”

清隔着已经被关闭的玄关门小声道着歉，但显然已经无法传入女儿的耳朵。今晚就吃那孩子喜欢的烤肉吧。清心想。这样应该就足够让她的心情好起来了。若不以此来弥补的话，就算过了一年半载，那孩子还会对这件事怀恨在心。这爱记仇的心性，却又不知道是像谁呢？

真是个让人不省心的孩子。但即便如此，“让人心情不快”“难以和她相处”“女儿令人讨厌”之类的感想，清却从未有过。毕竟是同自己生活了四十八年的女儿，自己早就已经习惯了稻子的存在。

但是，清所担心的是自己倒下的那一刻。到了那时，那孩子今后的人生该怎么办呢？虽说现在还可以靠自己的养老金和打零工赚来的钱维持母女两人的生活，但等到自己去世以后……

丈夫刚刚去世半个月左右的时候，自己就不着痕迹地和稻子提起了今后的事，但那时的稻子却带着一脸无忧无虑的笑容对自己说：“靠柏青哥来填饱肚子就好啦，不用担心。”

那天刚好是赢钱的日子。

从那一天开始，清的不安便愈发强烈起来。可对于自己的担忧，稻子却这样说：“没关系，一定没问题的。毕竟我有独特的技巧呀，只要一直赢下去，便满可以在最贵的土地上买房子。到时候再雇些用人，好让你也能不再操心那些琐事。然后我们就一起去周游世界吧。”着实是些荒诞无稽的梦话。

每当柏青哥赢钱的时候，稻子便和那时一样变得开朗而又温顺，但因为输钱而大发雷霆的日子却更多。虽说没有计数，但只要粗粗一算，便知道输掉的钱至少也要比赢的钱多好几十倍。

若是那孩子愿意去做些零工的话，也就能多少算是安下心了。无论是多么细小的工作也好……

一边做着去打零工的准备，清一边小声嘟囔着。

打工是一周三次。工作内容是清扫在市内的某座公寓。虽说也不是不能在自己住的公寓里做这份工，但到底还是会顾及自身的脸面。于是清将做零工的地点选在了稍远一些的地方。

从离家时算起，前往工作地点的小型公寓约莫需要十五分钟。清扫工作花上半日基本上就可以完成，在那之后，清时常和一直待在那里的管理员一同喝茶谈天。今天也是同样。在工作完成后，清便带着从家里拿出来的茶点来到了管理员室。

“哎呀，您已经七十岁了吗？”这一天两人聊起了关于年龄的话题。

“是的，今年已经七十一岁了。”

“我本以为您要更年轻些的。因为您看上去不仅腿脚都还利落，工作也一直做得很快。”管理员好像很佩服似的说道，“我可就不行了，身上到处都是毛病呢。等明年能领养老金时，我就打算辞了这份工作。毕竟贷款也已经差不多全部缴清，之后光靠养老金便足够过日子了。您的房贷应该早就还完了吧，不如也辞了工作享享清福吧？”

“劳您费心，我只是喜欢干活而已。而且如果太清闲的话，说不定会患上痴呆呢。”

“那您有什么兴趣吗？”

“兴趣……”清沉吟了片刻，“照顾家人吧。”

“家人？您这话说得可真妙。真令人羡慕呀。”管理员用双手捧着茶杯，“我就比不上您了。家人分散在各地，就算是到了正月也很难聚在一起。虽说家族这玩意儿，也并不是只要聚在一起就算皆大欢喜了。真要说起来，到底怎样才算是家族呢……一经提起才发现，或许家人之间根本就没有多么牢不可破的羁绊吧。没准宠物狗对主人的感情，都要比家人间的感情要来得更深呢！”

“是这样吗……”

下午五点的时候，结束工作的清在车站前的超市里稍作光顾，旋即便踏上了归家的路程。

公寓的门厅处，清扫员正进行着垃圾分类。清扫员是刚刚从管理公司派下来的新人。她似乎还不习惯这份工作，动作显得有些生疏。“辛苦了。”在这么打了声招呼后，注意到清的清扫员立即做出回应。年纪应该比自己小个几岁吧。光是看她白皙的皮肤便能知道她一定没干过什么重活儿，想必一直都在家做着专职的主妇吧。这个看似在优渥的家境中生活的妇人，也同样有着什么难言之隐吗？莫不是遭遇了什么飞来横祸，所以才不得不降尊纡贵，来这里当劳工吗？

不知在对方的眼里，自己又是个怎样的人物呢？会是“靠养老金生活的公寓居民”这种体面的身份吗？

“哎呀，今天难不成是要吃火锅吗？”

方便袋里透出了装着肉的包装盒，清扫员随即发问。

“打算做烤肉，这是我女儿喜欢吃的东西。”

“哎呀，真羡慕。您的女儿结婚了吗？是和女婿住在一起？如果是这样的话，想必和女婿相处得相当融洽吧？”

看来是把自己想成了与女儿女婿一同居住的丈母娘。这也的确是最自然的想法。

“差不多吧。”

清没有否定。而是轻巧地一语带过。

“您一定很疼爱外孙吧？”

是从肉的数量推断出了外孙的存在吧——或许的确是买太多了。三百克一盒的牛里脊三盒，三百克一盒的猪里脊四盒。因为刚好赶上特价，于是就多买了一些。但即便如此，那孩子也会在三天内把这些肉吃个精光吧。都已经快五十岁了却还这么喜欢吃肉，真担心她的身体情况。无论再怎么催促她去体检，都不见她有所行动。

晚上八点，差不多是稻子回家的时间了。清从冰箱里取出装牛肉的盒子，做起烤肉的准备。

正当清切着卷心菜的时候，房门被打开的声音响了起来。

“是稻子吗？晚饭还要再等一小会儿，先吃些点心垫垫肚子吧。”

“我不吃了。”

稻子的声音尤其低沉。啊，今天是输钱的日子。

“晚饭是烤肉，稻子很喜欢烤肉对吧？正好遇见了不错的牛里脊，于是就一口气买下了三盒呢。”

“不是说了不吃了吗？”

撂下这句话后，稻子朝墙壁狠狠地踢去一脚，然后便闷头进了自己的房间。

她会发这么大的脾气，想必是因为今天输得非常多吧，这也是常有的事。过上三十分钟左右，她就会从房里出来，催促自己端出晚饭了。

同自己的预想一样。才刚刚把肉烤好，稻子便走出了房间，坐到桌子旁吃起了摆放在那里的腌菜。

“再稍等一下就做好了。”

稻子没有回应，仅仅是在嘎吱嘎吱地嚼着腌菜的同时看着电视。

电视里正在播放健康节目，听起来像是关于不良生活习惯导致病症的特辑。

“稻子也得多少运动一下才行。一旦过了四十五岁，身体各处都会冒出毛病来，糖尿病呀，高血压呀，高胆固醇呀……对了，稻子一直都没量过血压吧？下次可一定记得去医院里好好检查下。”

最后，清在烤肉上浇上酱汁，稍作翻炒，旋即将平底锅从灶上挪开。

“烤肉做好了，让稻子久等了呀。”清将烤肉盛在盘中，并迅速端到了稻子的面前。看着盘子里的丰盛菜肴，连清也忍不住赞叹了起来。

但是，稻子却毫无反应。

“味噌汤是稻子喜欢的猪肉汤。是用很不错的猪里脊做的，相当奢侈呢。再稍等一下，现在就重新加热。啊，是因为没有米饭吗？饭已经蒸好了，自己盛上吧？”

“……什么啊。”

稻子的嗫语传进厨房。

“怎、怎么了吗？”

“先是糖尿病、高血压、胆固醇什么的啰里啰唆说个没完，结果端了什么出来？烤肉吗？”

“怎……怎么了？”

“说的和做的不是完全不一样吗？”稻子突然抬高声音吼叫起来，“你从以前开始就是这副德行！表面上一副担心别人的模样，实际却只会装装样子而已！我真是烦透你假惺惺的态度了，连这都不明白吗？”

烤肉在清的注目下飞向半空，零零散散地落了一地。

“我受够了！”

稻子攀至顶点的怒火已然无法抑止。桌子上摆放的物什被一股脑地掀飞，而后抛向地面。

“你一直都是这样！一直都只会做表面功夫！只是个伪善者罢了！”

失控的稻子不顾一切地大声吼叫着。就算是在自家的公寓房里，声响到底还是会被隔壁听见。清拼命地道起歉来。

“对、对不起……是我不好，晚饭也会重新做给你的！所以不要生气了……”

“还在顾及自己的脸面吗？‘真了不起’‘拉扯那样的女儿真不容易’之类的话，想必非常中听吧？你就是为了听到这些话才把我养大的！如果没人告诉你的话，恐怕你到死也不会发现吧！你真正在意的只有你自己！只要有隆和百合绘在就够了。像我这种人，在你眼里就只是单纯的道具罢了，只是为了博取邻居同情的道具罢了。别开玩笑了！在你眼里，我根本就是个无足轻重的物件啊！说到底，你为什么要给我起稻子这种滑稽的名字？明明有那么多可爱的名字，结果我却因为这个名字不知在学校里被取笑了多少次！肯定也只是你们不过脑子随便想出来的名字吧！结果却只给百合绘起了那么可爱的名字！”

“不、不是这样的……‘稻子’是一位非常漂亮的女演员的名字，是你父亲最喜欢的演员的名字呀，所以才会拿来给你命名的。”

“我才不信你的鬼话！不要找借口！”

“真的，是真的！我这就拿照片给你看，真的有一位叫作稻子的美丽演员——”

“吵死了！我才不管有没有那么一个演员！我想说的是你总是只宠爱百合绘一个人！漂亮的衣服全部都给了她不是吗？我却只能穿亲戚不要的旧衣裳。明明我才是长女，但好处却全被那家伙占尽了！”

“对不起，真的对不起……在你小时候，你父亲的工资还非常微薄，光是维持家用就很不容易了……”

“不要找借口！我可是记得清清楚楚，你曾经对我说过什么话，你对我做过什么事。或许你已经全部忘记了，但我可没有，我绝对会恨你一辈子！”

“我……做过什么？告诉我，我对你做过什么？”

“看吧，果然忘干净了。我最宝贝的漫画不是被你给扔了吗？不但如此，百合绘在比我生命还珍贵的宝物上画满涂鸦时，你非但没有训斥她，还反过来斥责我说‘你是姐姐吧？那就学着迁就妹妹一点’，不是吗？”

“那个宝物……是什么？”

“《少女朱丽叶》赠送给读者的礼物——《蓝眸的贞德》的日历啊！那明明是我的宝贝，那明明是我的宝贝！结果却被百合绘那个混账当成了涂鸦的绘本！我恨你们，我到死也会恨着你们！”

“到死也恨着我们什么的，请不要这样说……”

“我恨你，我恨你，我会一直恨着你！”

“那就杀了我吧，既然你这么憎恨我的话，干脆就杀了我吧！”

清一把抱住了自己的女儿。她心想：无论如何也得让她先冷静下来才行。可是，稻子却轻而易举地将母亲甩了出去。清在一瞬间失去平衡，好在及时扶住了身边的椅子，才算勉强没有摔倒。

“我怎么可能会杀了你，蠢货。若是杀了你的话，你不就可以作为被混账女儿杀了的可怜母亲，沐浴在别人同情的目光下了吗？恶人不就变成我了吗？我才不要这样！我只是想要挣脱你对我的束缚罢了！”

“既然这么说的话，就请你离开这里出去自立吧。若是这样的话，妈妈也不知道会轻松多少。”

从未想过的话语却不知为何从嘴里溜了出来。如果让这个孩子脱离自己的保护，她一定没办法活下去——明明自己是非常清楚的。

清一下子慌了神，她连忙道起歉来。

“对不起、对不起……不是这样的……”

“果然是把我当成累赘了吗？你这臭老太婆！将我残害到这种地步，却还把我当成累赘看待吗？”

稻子的脸色变得铁青。还不待清反应，稻子的眼白也接着变成了赤红的颜色。

“臭老太婆！臭老太婆！”

一边不停地重复着“臭老太婆”这几个字眼，稻子狠狠地用脚踢向了清。把持不住平衡的清被踹倒在地，亲手做的烤肉尽然撒在了自己的身上。清在慌乱中伸出沾满酱汁的手，想要抓住什么东西好借力站起身来，可却好巧不巧地刚好抓住了稻子的脚。

“脏死了！别碰我！”

稻子愈加猛烈地踩踏起来。清蜷缩起身体，竭力忍耐着女儿的怒火。

记得曾经也发生过这样的事。

对了，是过去打扫稻子房间的时候。那时的自己曾丢弃了在房间里堆得满满当当的稻子的漫画。那时的稻子就和现在一样，一边喊着“臭老太婆”，一边恶狠狠地抬腿踢向自己。但与现在不同，那时有丈夫在。幸好丈夫及时压制住了女儿，稻子的拳脚只在自己的背后留下了轻微的瘀伤。可是现在，却已经没有任何人能阻止稻子了。清将身体蜷曲得愈来愈紧。

不行……快停下来……如果就这样杀了我，你要怎么办？我死了还好，但你可就要成为杀人犯了！再也打不了柏青哥，再也看不了漫画也无所谓吗？所以——

在意识远去之前，清真切地感知到自己身体的某个部分被折断了。可不待痛感传进脑袋，清的意识便先一步中断。

“到底是怎么回事？”前来探望的百合绘出声问道，“难道是姐姐她……”

“怎、怎么会……我干活的时候不小心摔倒了罢了。”

“申请工伤了吗？”

“又不是什么严重的伤势，若是因为这点小事就去申请工伤的话，不是会给社会添麻烦吗？”

清吞吞吐吐地搬出一套颠三倒四的谎言。

稻子大发脾气的那天晚上，清的左脚受了伤。虽说疼痛，却也没到走不了路的地步。于是清便强忍着疼痛睡了一夜。到了第二天做工时，清因为实在忍不了左腿的剧痛而从楼梯上摔落，就这样被送去了医院。

接着，清被告知了自己左腿骨折的消息。非但如此，医生还从清的身上发现了多个骨折以外的伤处，骨折的原因也并非是因为从楼梯上滚落。

“骨折的原因是在出现骨裂的患处再度施加了压力。到底是什么原因导致的骨裂，请问您还有印象吗？当时应该非常疼才是。”

“没有印象，只是觉得脚有点疼而已。可能是到了岁数，神经痛吧。”

尽管清试着找了搪塞医生的谎言，但还是很快被对方识破。而医生却也识趣地选择了不再追问。但一码归一码，医生依然坚持要让清住院一段时间。清害怕将事情闹大，最终还是选择在自家疗养。或许是那位公寓管理员打去的电话吧，来接自己出院的是次女百合绘。

“妈妈得多小心才行啊，您的年纪可不小了。像您这个年纪的人，有很多都因为骨折而终生卧床不起了。”百合绘一边开车，一边接连不断地对母亲说教，“我的婆婆去年也摔断了腿。您还记得吗？

在门口的楼梯那里绊了一跤，结果可真是——”

“啊啊，那一次呀，一定很麻烦吧？”

“是呀，真是麻烦透了。大些的孩子已经上了中学倒还好说。可幼子却还是上幼儿园的年纪，原本就顽皮得让人松不开手脚，又得开始照看卧床的婆婆。我想着她如果就这样一辈子起不了床该怎么办，担心了好一阵子呢。”

自己还记得。那时的百合绘每天都会打电话跟自己哭诉。担心女儿的清便尽可能地抽出时间，时不时去百合绘那里帮忙做些家事。可这却撩起了讨厌百合绘的稻子的不快，经常说着什么“果然还是更偏袒百合绘”，和自己闹起来。

“那时的我们费了好些心思试图让她恢复，甚至还给她做了不少康复训练。虽然现在是回归到了不用看护的正常生活中来了，可没准什么时候又会发生事故。实际上，她现在也有了些痴呆的迹象。如果连妈妈也卧床不起的话，我可就真的是走投无路了。”百合绘喋喋不休地和清聊着天。

“放心吧，毕竟是连住院的必要都没有的轻微骨折。医生也说是只要休养一个月就能治好的小伤。”

“但也不能一天到晚躺在床上哦。至少自己的事情要自己解决，这也是一种有效的康复训练。但话说回来……和那样的姐姐生活在一起，就算想歇息也歇不得吧？”百合绘露出嘲弄般的笑容，“那个大姐，还戒不了柏青哥吗？话说回来，她好像还一直在读少女漫画呢。

不想想自己多大年纪了，也不知道害臊。对了，她前些时候不是还穿着轻飘飘的连衣裙，说去参加什么一月一次的聚餐吗？还有什么一年一次的茶会，那时候的礼服真是滑稽得不堪入目。脑袋怕不是已经坏掉了吧？都因为她一天到晚不是打柏青哥就是看漫画才会这样的。”

“别这样说你的姐姐。那孩子……她只是太寂寞罢了。唯一的一个朋友也在结婚后和她断绝了联系。”

“是说淑子吗？在市立医院当护士的那位。”

“对，就是那个淑子。话说回来，那个人也真是薄情寡义。明明以前那么要好的，可一结了婚就立马没了影踪……”

“淑子结婚了吗？”

“我是听稻子这么说的。”

“我还是初次听闻呢。”

“没听说吗？”

“我前几天还刚刚为了给孩子治哮喘去了市立医院，却完全没听说淑子结婚这件事。别说结婚了，听说她本人从去年年底开始就再也没出现过。医院的熟人也都说不知道她去了哪里。”

“……是这样吗？”

“比起这个，姐姐的事才是大麻烦呀。妈妈也得对她更严厉些才行。这样下去的话，姐姐要怎么办才好？既不去找工作也不结婚，现在虽说可以靠妈妈养活，但如果您有了什么闪失，那个人可真要成流浪者了。我和哥哥可不会去照顾她的。”

“肯定不会成为流浪者的……”清小声嘀咕。可是只说了一半，“若我出了意外，只要你们三人相互帮衬就总会有办法”这后半句话却怎么也说不出来了。清原是想要以不会使子女间产生隔阂的方式将三人抚育成人的。可不知是从什么时候起，三人间却出现了连父母也无法理解的沟壑。尽管自己已经为了填平这道沟壑而拼尽全力，但越是拼命，就越是会出现无法弥补的新缺口。

到达公寓之后，百合绘用惯用手将清抱下了车。这是去年照顾婆婆时学会的特技吗？清感慨子女成长的同时眼眶不禁被泪水濡湿。就算是出嫁之后，这孩子也一直在努力着的呀。不能再给她添更多麻烦了。

“没关系，我一个人也可以走路，能把拐杖递给我吗？”

清想尽快用上从医院借来的拐杖，可不知是不得要领还是怎么，走起来十分困难。

“别勉强。来，扶着我的肩膀。”

清依靠着百合绘的肩膀，总算是勉强爬上三楼，来到了自己的家中。稻子似乎不在屋子里。

“又去柏青哥店了吗？”

百合绘小声嘀咕。她利落地在客厅旁边的和室中铺好被褥，而后利用冰箱里的简单食材准备起了午饭。但不过一会儿工夫，她便慌慌张张地拿着手机从厨房里跑了出来。

“抱歉呢，妈妈。今天必须得带婆婆去趟医院才行，不能再在这儿磨蹭时间了。饭已经做好了，吃的时候记得稍微加热一下。姐姐那边我姑且也会和她打个电话。虽说指不定又会以什么莫名其妙的理由使起性子，但好歹得给她说清楚情况才行。”

给稻子打过电话，交代完情况后，百合绘便慌慌张张地离开了公寓。

*

“混账！把人当猴子耍！不是完全打不进去吗？”

盘算着换一家柏青哥店而来到外面后，稻子的手机便突然响了起来。是玛尔格丽特打来的。

“现在方便吗？”

“咳，嗯嗯。”稻子清起了嗓子来，“方便。”她用一口礼貌方正的腔调应道。

“虽然现在提这件事可能不太识趣，您的会费还没有上交，还有同人志的制作费也是。”

“啊，是哦……”自己把会费的事忘了个一干二净。稻子脑袋里想不出半点开脱的理由，声音也不由得颤抖起来，“非常抱歉，最近正为家中的事忙得焦头烂额……”下意识地说出口的辩词实在是庸俗透顶，以至于让稻子也不禁害臊起来。“我的母亲不巧受了点伤，恐怕会花不少钱吧。最近暂时也腾不开身，所以，我……我……”

这也不尽然是谎话。刚才百合绘也打了电话，告诉了母亲骨折的消息。虽说似乎不是太重的伤，但百合绘还是煞有介事地提醒自己“千万要注意别让她变得一辈子下不了床”。

“如果母亲就这样变得半身不遂的话，我……我该如何是好……”胡编乱造的谎话一说出口，仿佛自己还真成了处境凄惨的可怜人一般。

“请振作一点，越是这种时候，您就越得展现出行动力才行。”

“但、但是……”

“如果真变成半身不遂的话，痴呆也会来得很快。那时候可就不妙了，所以您最好还是趁早做好准备。”

“准备？”

“没错，现在家计是谁在管理？”

“一直都是母亲她……”

“那您得趁现在把主导权抢到自己手里才行。不然的话，家中的财产就指不定要落到谁的手上了。”

“财产？那可不行！”

“所以才要抓紧时间行动呀。”

“但、但是，母亲她完全没有信任过我。从以前开始就这样，什么事都不让我做，所以——”

“所以您才要让她看见自己值得信赖的一面。如若不然，米蕾尤，你一辈子都会活在母亲的支配下的。”玛尔格丽特用郑重其事的语气说道，“趁现在告诉你吧。如果你再不做出改变的话，就一生都要靠母亲的养育过活了。这样也没关系吗？”

稻子猛烈地摇起了头，攒在眼角的泪水夺眶而出。

就算是我……就算是我也……也想要逃离这种生活啊！我也想要靠自己的双手亲自构筑自己的人生啊！待在母亲身边的话，自己便一直像是个欺凌母亲的恶人一样，在外人面前根本抬不起头来。所以才总是会一时脑热，控制不住做出粗暴的言行。但到了事后，却又会陷入深深的罪恶感和自卑之中。自己的这种心情，母亲能理解吗？不，不能。她看自己的眼神，根本就是把自己当成了累赘。

就算是我，就算是我也想要靠着自己的力量过上正常的生活啊！到了这个年纪还终日游手好闲，混迹在柏青哥店里——自己也清楚这是多么丢人的事情。沉迷于柏青哥的缘由也不是喜欢，只是大把的空白时间只能借此消磨。只要坐在柏青哥店里聚精会神地盯着那些珠子，一天的时间转眼就会从手中溜走，但这样的生活才不是自己想要的！自己也想要度过充实的每一天，想要切实感受着生活的实感，在睡前默默想着“今天也努力了”慰劳自己，那才是自己所冀求的生活！

“所以你才要趁现在操持起家计呀。”耳边传来了玛尔格丽特的声音，“这次可要好好地把真正的自由握在的手里，就像贞德一样。”

“像贞德一样？”

“对，没错。贞德不也是为了追求自由而从修道院中逃了出来吗？那个画面不知多少次给了我前进的勇气呢。真是精彩的篇章——自由不会存在于脑袋里，而是在窗户的另一侧；但是，自由却不会自己从窗口进来，而是无论何时都在给予我们磨炼。所以——”

“所以我要迈出自己的脚步，来到窗外。用这双手抓住自由，用自己的力量！”

“对，没错，自由是靠自己的双手来攫取。她只会对昂首阔步的勇者露出微笑。所以，让我们动身吧！去往窗外的世界！”

“去往窗外的世界！”

稻子的身体兴奋地颤抖起来。对呀，像贞德一样。

像贞德一样。

她牵起衣袖，拭去挂在下巴上的眼泪。

*

从百合绘走后算起，约莫过了三个小时后，稻子从外面回来了。她环抱着双手，在怀里抱着三个大方便袋来到清的枕边。

“什么嘛，不是很有精神吗？”

这样说着的同时，稻子从袋子中取出了一套崭新的枕头和被褥。

“稻子……这、这是……钱是从哪儿来的？”

“柏青哥啦。虽说开始时输了些钱，但换机器后就一下子打了进去，赢了足有五万日元呢。”

方便袋中还装着许多为病人准备的便利用品，甚至连尿壶都有。

“稻子，你还买了这种东西吗？”

“多少能方便一些吧？”

“不过是上厕所而已，我能自己来的。”

清笑着说道，脸颊上却传来了泪水滑过的感触。这孩子的本性果然还是温柔善良的啊。她还是独生女时也是这样，每当自己身体不适，她总是会第一个发觉，一天到头围着自己嘘寒问暖。

“在腿伤治好之前，我会负责照顾你的。做饭呀，购物呀都交给我好了，所以，能暂时把生活费放在我这儿吗？”

“生活费吗？”

“嗯，存折和印章放在哪儿了？”

听到存折和印章两个词从稻子口中冒出来，清的心底不由得闪过一丝不安。但在一瞬间的犹豫之后，清便迅速下了判断。

试着相信这孩子一次吧，说不定能以此为契机让她变得自立起来。说不定这次受伤也是——是神明为了使她成长而降下的磨炼也说不定。

“在佛龛下面，从上向下数的第二个抽屉里。”

“佛龛吗？”

稻子扯开唇角，轻轻笑了一下。清从她的笑容中看见了幼年的稻子的影子。心中的不安彻底消解，转而被希望填得满满当当。

但没过多久，好容易萌生出的希望，又被本已经消失的不安吞噬得一干二净。

前三天的时候，稻子还算是勤恳地对清加以照顾，同时也学着料理起了家务。可从第四天开始，情况却变得急转直下：饭食变成超市的便当或是方便食品，对清的照看也敷衍了事，并且还重新光顾起了柏青哥店。但无论如何，一天三餐倒还是能够保障，可那也只持续了两周时间。而自第三周开始，从三次变成两次，从两次变成一次——供餐的次数日复一日地缩减了起来。

肯定是稻子随意挥霍金钱的缘故吧，每隔数月，自己的养老金和抚恤金都会被一齐打进交给稻子的那个存折里。一个月的生活费只有十四万日元，稻子将自己的告诫抛诸脑后，才半个月的时间便将存折中的余钱挥霍干净。

离下次汇钱还有两个月的时间。清一边吃着稻子留在一旁的袋装面包，一边苦恼地抱住了头。得快点恢复健康才行。

腿伤并没有恶化下去，可却也没有转好的迹象。虽说想要按照百合绘的吩咐去做些康复训练，但别说挪动受伤的腿脚了，想动根手指都不容易，光是上个厕所就仿佛要花掉全部的体力。一定是没能汲取到足够的营养吧。清心想。她又不住低着头叹起了气。

当连袋装面包都吃不上的十月刚刚结束时，隆终于来看望自己了。

“这是怎么回事……也太过分了！”

隆看着家中的惨象，不禁变得哑口无言。

接着，隆马上行动起来。将清从脏污不堪的被褥中解放，脱去她身上穿了两周的睡衣，让她暂时先披上了肥大的外套。然后隆又打电话叫来了百合绘，两人一起等待着稻子的归来。

稻子回家以后，隆立刻瓮声瓮气地开口说道："我和百合绘商量过了，今天就会把妈接到我的家里。存折在姐姐那里吧？请交给我。"

"说什么鬼话！"

"对了，这所公寓也会马上卖掉。"

"又在那里自说自话！"稻子立刻吼叫起来。

但下一刻，隆就以比稻子还要大得多的声音吼了回去："再这样下去，我们的母亲就要活活被你害死了！你是想杀了她吗？"

"把房子卖掉后，你是想让我住到哪里去啊？"

"我才不管！自己去找房子不就好了吗？到了这个年纪，却还想着依靠别人吗？"

"你这个浑小子！"稻子猛地朝隆扑去。

"等等，请等一下！"清强行牵动起无法动弹的瘸腿，为了阻止稻子而扯着嗓子大喊起来，"等一下，请等一下，稻子，先等等。"

"妈也说两句话啊！去好好训一训那个浑小子！"

"稻子呀，听我说。这次就先听隆的吧，这样对大家都好。"

"但是、但是……这样的话我就……我该怎么办啊……"

“之前你父亲请人估过价格了，这个房子能卖出个八百万日元左右。你们三人把这八百万日元平分之后，稻子不就有了能够独立的钱资了吗？”

“三人平分？这种不公平的提议我怎么可能接受！明明隆和百合绘的生活可不会因此有分毫改变，可我却要从这里搬出去啊！而且像这种破烂公寓，又怎么可能那么快卖出去？在卖出去之前我不是就身无分文了吗？把钱给我！要让我搬出去就先把钱给我！”

稻子这次又朝母亲清扑去，隆急忙挺身按住了她。

“适可而止一点吧，姐姐！”

“吵死了！放开我！明明之前还说要把房子让给我的！现在这又算怎么一回事啊？说起来你这个臭老太婆从以前开始就一味偏袒着隆和百合绘，却把我当作累赘一般看待！像这般轻蔑、歧视别人，给我尊重人权啊！”

“好了，好了，知道了，我知道了。”清像是哄孩子般安抚着年近五十的女儿，“妈妈还有另一个存着钱的账户，一共有一百二十万日元左右。就把那个交给稻子好了。这样可以了吧？”

那一百二十万日元是清为自己日后的葬礼准备的货真价实的棺材本。听到一百二十万这个数字后，稻子狰狞的表情稍微舒缓了一些。

“我知道了，既然这么说的话，我就搬出去好了。但到了要把这所公寓卖出去的时候，可一定得联系我。”

*

“哎呀，搬家了吗？”

一接通电话，稻子立刻向玛尔格丽特报告了自己的近况。

“嗯，在上周。”

“那么，终于开始一个人的生活了吗？”

“现在这个年纪才终于开始独立，想起来还真是有些害臊呢。”

“哎呀，我可是从来没有一个人生活过呢。因为大学一毕业就立刻和丈夫结了婚嘛，结婚后又一直在做专职的主妇。所以我非常羡慕米蕾尤哦。一个人生活的单身贵族，真让人憧憬呀。”

“羡慕”“憧憬”，自己还是初次听到这样的辞藻。稻子的脸悄然红了起来，嘴角也在不知不觉间挂上微笑。

“下次来我家里玩吧。啊，对了，干脆就在我家里举办下个月的俱乐部例会怎样？”

“听起来很有趣呢，真的可以吗？”

“请务必光顾。啊，要是不介意的话，就在这儿过夜吧。大家一起彻夜畅谈，不是很棒吗？”

“的确是呀。我明白了，我会联系大家的。”

挂了电话之后，稻子兴奋地在阴暗的房间里踱起步子。六叠大小的房间和开放式的厨房——尽管是只有二十平方米的狭小房间，可稻子却依然十分中意。就算小了一些，但也是能让自己尽享自由的只属于自己的城堡。不用看他人的脸色，不用顾及他人的步调，自己已经可以全凭喜好来决定生活方式了。

早餐的准备从六点开始。菜单是热三明治、美式炒蛋和蔬菜沙拉。之后再洗衣服、打扫卫生，收拾干净之后则是出门上班的时间。下班回家的路上还可以顺便去趟花店，买一些应季的鲜花……虽说还没有决定要做什么工作，但还有能让自己慢慢考虑的时间，毕竟手上还有着一百万日元嘛。而且比起找工作来，现在准备俱乐部定例会的事情才更要紧。

要忙碌起来了呀，稻子轻轻握起拳头。

“行程表，得赶快做个行程表才行。”

稻子翻找出笔和纸，认真地写起了时间表来。

正午十二时午餐会、下午三时甜品、五时聊天会、七时晚饭、九时聊天会、十一时……再加上卡拉OK的时间好了。可是这不是在外面，而是在自己新居举行的聚会，得准备家用卡拉OK才行，顺便再买套窗帘好了。记得之前在池袋的商场里看见过一幅漂亮的蕾丝边的窗帘，价格上……虽说稍微贵了一些，但自己手里毕竟还有着一百万日元的存款嘛。对了对了，顺带再把老土的照明设备换掉吧，那家商场正好也有卖华丽的枝形吊灯；另外地面上也得铺上地毯。至于食物——难得是在自己家中聚餐，当然是越奢侈越好，就准备法国菜好了。记得车站前的法式餐厅有配送服务，就在那里预约吧。

稻子随即在运动衫外罩上防寒外套，然后走出家门。

“难得的聚餐，当然要选最贵的套餐了。”在法式餐厅内，稻子指着菜单上每人两万日元的套餐，“一共五人份，请在下个月十四日的正午送来。”

“请问需要饮品吗？”

“最贵的红酒要多少钱？”

“要两万日元。”

“那就拿一瓶……不，请准备三瓶，到时请和菜品一起送过来。”

“感谢您的光顾。”

面对恭敬地弯下了腰的经理，稻子仿佛是哪里来的名流夫人般撂下一句“那就这样吧”便朝门口走去，经理急忙慌慌张张地赶到她前头，为她打开了门。

“谢谢您。”

稻子模仿着在电影中看到过的贵妇人的派头，用隐含着轻蔑意味的敷衍态度道了谢。

话说回来，那时在电影中见到的贵妇人还养了两只毛发卷曲的小狗来着。对呀，得有宠物才行，所以才会觉得少了点什么呀。要成为上流的贵妇人，没有宠物可够不上。

到了车站前，稻子没有再一头扎进一直光顾的柏青哥店，反而是走进了旁侧的商场里。宠物商店在商场的最上层。

养狗到底是有些麻烦，但小型的动物应该不用费什么手脚。这样想着，稻子便挑选了两只仓鼠，连笼子一并买了下来。

当天晚上，稻子立刻将仓鼠的照片发布在了“蓝色传说”的留言板上。不一会儿，帖子下方就出现了评论。

“好可爱！名字叫什么？”

“金色的是‘贞德’，黑色的是‘阿尔贝尔’。”

回复后，又立刻出现了新的跟帖。

“贞德和阿尔贝尔吗？真棒！它们也一定会很恩爱吧。想再多看一下它们的照片呀。”

那天晚上，彻夜未眠的稻子忘我地拍摄起贞德和阿尔贝尔的照片。每次上传图片，便会有超过三十条的评论接踵而来。

回想起来，自己还从未在“蓝色传说”的留言板上收获如此之多的评论。虽说仅仅是因为资历较长而被选为俱乐部干部的一员，可实际上，既不会画画也不会写小说的稻子几乎从未受到过来自其他会员的瞩目。

但是，现在已经不同了，接下来自己才要成为主角。

到了第二天，稻子又想到了让仓鼠穿上特制服装的主意。她马上登录上专门为人偶制作服装的网络商铺，订购了两件与贞德及阿尔贝尔的服装相似的仓鼠穿的衣服，两件的价格一共是四万日元。在下月的例会上把这个展示出来的话，肯定会让其他人惊奇不已吧。索性就再买两套不同样式的衣服好了。

“钱，没问题吗？”

耳边似乎响起了母亲忧心忡忡的问询，稻子神采奕奕的脸色一下子变得晦暗。

“当然没问题了，我手里可是有一百万日元啊。何况公寓卖出去后还会得到二百六十万日元，花这点小钱能碍什么事。”

这般咕哝了几句之后，稻子便为了买枝形吊灯、丝绸地毯和蕾丝窗帘出了家门。

*

但是，公寓直到第二年都没能顺利地卖出去。

清来到隆的家中已有三个月，可委托的房地产公司却依然没有动静。

“能早点卖出去就好了呢。”

刚到这儿的时候，儿媳还偶尔会和自己搭两句话，但最近却几乎不再和自己说话了。即便对上眼睛，对方也板着一张脸，完全不打招呼。

清也不是不理解她的心情。毕竟丈夫连声招呼也不打，就擅自将婆婆接到了自己苦心经营多年的家中，心有芥蒂也是理所当然的。

隆从小就有这样的毛病。自己和丈夫常常“长男长、长男短”地对他呼来唤去，致使他过分在意起自己长男的身份，总是想要尽可能展露出自己有担当的一面。即便挑起担子的时候往往是一副信誓旦旦的模样，可事后却又时常会为此而后悔起来。

那还是在隆读小学的时候。班级需要准备为毕业的学长们戴上的花环，可班里的大家都不想背上这个麻烦。上交的日期是明天，时间如此紧张，孩子们会拒绝是当然的。可为了替自己挣脸面，隆却说着“交给我吧”站了出来。结果到了第二天，没能做完花环的隆请了假，没能参加毕业典礼。

总而言之，隆像这样说一套做一套的时候有很多。承担责任时总是斩钉截铁，可事后却又会因为嫌麻烦而不去履行承诺……也不知他是像谁呢？

想必隆的妻子也因丈夫的这个毛病吃了不少苦头吧。清刚到儿子家里的时候也是，对自己的到来一无所知的妻子愣在原地，身体轻轻颤抖，甚至连招呼也忘了打。

“把公寓卖出去之后，我会马上送妈去养老院的。好歹忍到那时候吧。”

隆这样解释过之后，儿媳才算勉强接受了自己。

但话说回来，隆的住宅也实在是小得可怜。虽说姑且算是独栋房屋，却不过是极其狭小的二层建筑。一楼是客厅和厨房，二楼则仅仅只有两个房间——甚至要比自己一直住着的公寓还要狭小不少。尽管如此，这也是隆靠自己的努力买下的房子，已经很有出息了。但这个家之中真的有容纳自己的位置吗？初来乍到的清的心里到底还是有些不安。

随后，清被安置在了二层的一间七八平方米大小的房间内。这原本是小学六年级的孙子使用的儿童房间。因为自己的到来，孙子只得把这间屋子让给祖母，自己住进了父母的卧室里。由于书桌和用具都放在原处，所以孙子时常会造访自己的房间。但想来是不满意父母的安排吧，孙子一直对自己表现得很冷淡。

那也是当然的。清心想。

自己的房间突然被祖母占去，当然会不高兴了。若是一周两周倒还好，大家可以把真正的想法掩藏起来，表面上装出一副其乐融融的模样。可若是这种情况持续下去，相互间的烦恶便自然会显露出来。

不光儿媳和孙子，受到家人疏离的清也因为无可奈何的闭塞感及孤独感日益消沉。腿上的伤虽说留下了后遗症，但也逐渐趋于痊愈。可相比腿伤，悄然患上的心病反倒使清更加苦恼。

清想起了稻子的事。

那孩子不知怎么样了？据隆所说，她似乎在离之前的公寓不远的地方另租了一间公寓，而且还打起了零工，逐渐变得能够自立了。

能自立虽说令人欣喜，但她真的能照顾得了自己吗？那孩子从没有主动做过饭或是打扫卫生，真的能料理好自己的生活吗？恐怕会放着乱七八糟的房间不管，三餐也全靠便当或是去料理店解决吧。就算不亲手做饭，如果能均衡地摄取营养也就罢了，可那孩子却只吃自己喜欢的食物。和自己住在一起时也是这样，虽说喜欢吃肉，但如果没做成她喜欢的口味，她也同样不会去碰，反而吃起袋装面包来。更重要的是，她能够好好地管理金钱吗？给她的那一百二十万日元，不会已经被她花光了吧？

清觉得有些燥热，便打开窗户通起了风。凛冬时节的寒风吹进室内，刮过清的面颊。每到这个季节，那个孩子就会患上感冒。即便如此，她却还是不学着保养身体。

没问题吗？那孩子从没有自己一个人生活过，患上感冒不会很麻烦吗？真让人担心。

清将养老金手册、存折和印章装进包里，准备去见稻子一面。

“哎呀，妈，您要去哪儿？”撞见穿上外套，正准备出门的清，儿媳急忙问询起来，“感冒不是还没好吗？您还发着烧呢。”

“去看一看我的女儿。”

答复一声之后，清便带上了房门。

稻子的公寓很快就找到了。尽管唯一的线索只有隆写的纸条，可毕竟是住在离之前的公寓那么近的地方——虽说是一北一南被车站隔开了，但直线距离却连两千米都没到。那孩子，果然还是离不开住惯了的土地吧。记得以前也是，只要一到陌生的地方，她就立刻会怯生生地抱住自己的身体。那样的稻子现在却开始了独居的生活——越是想下去，清越是觉得疼惜起来。

由于身体衰弱的缘故，三个月前的清仓促地听从了隆的决定。但仔细考虑一下的话，让那孩子一个人生活实在是有些勉强。得有人去照顾她……自己得在她身边才行。

稻子的房间也很快就被清找到了，那是一间位于一楼拐角的房间。

“真是的。女孩儿家却住在一楼拐角这种显眼的位置，眼前不就是马路了吗？”

正当清准备敲门的时候，门却突然打了开来。阔别三个月的稻子似乎清瘦了一些。

“妈——”

她的声音听起来也有些干瘪。仔细一看的话，发现她不仅两颊通红，连嘴唇也失去了血色。

“怎么了，稻子，身体不舒服吗？我就知道会是这样，所以准备了好些东西。”清将方便袋举到稻子眼前，里面装满了稻子喜欢吃的东西，“量体温了吗？吃药了吗？”

稻子摇起头来。

“我就知道。真是的，放着稻子不管的话，根本就什么都做不好呀。药已经买好了，让我借下地方。”

房间里充斥着难以言喻的不自然感，各处都摆放着与“六叠公寓房间”的格局格格不入的物件。

“哎呀，真是漂亮的窗帘。电灯是枝形灯吗？连地毯也是丝绸的呀！”

可除此之外的物件却令人不敢恭维。各式各样的物什被丢了一地，糟蹋了漂亮的地毯；被褥乱得没个模样，以及和以前一样的堆积如山的漫画。

尽管如此，清却还是觉得要比待在隆的家中时更放得开手脚——至少没有了像寄居在别人家里一般的拘谨。无论再怎么说，稻子都是自己怀胎十月产下的孩子。和她在一起时，也不必计较旁人的心思，隆自然也是自己的亲骨肉，可隆的家却并非是他自己的，甚至儿媳在那个家里的分量还要大过隆。

“那百合绘呢？”

和稻子提及自己的烦恼后，她这样向自己问道。

“她现在毕竟是别人的妻子呀。那边的生活好像也很不容易呢，毕竟还要照顾婆婆。我可不能去给她添麻烦呀……来，粥已经煮好了哦。”

将粥端进屋里后，清坐到了那团乱糟糟的被褥旁边，稻子也同样坐起身来。

“与其说是粥，这简直就是杂烩嘛。比起米来，配菜和肉要多得多。”

“不是得补充营养吗，怎么样？”

“嗯，很好吃。”

难以言喻的愉悦感从心底涌了出来。

“反正我就是个累赘”这句话虽说时常被稻子挂在嘴边，但实际上，现在的自己却更像是个累赘。隆的家也好，百合绘的家也好，无论去到哪儿都是个麻烦。既然如此的话，那索性就让同为累赘的人们物以类聚好了。一边看着稻子幸福地享用肉粥的模样，清一边暗暗下定了决心。

“可以……让我住在这儿吗？”

稻子停住筷子，清看见她的嘴唇轻轻一撇。那是这孩子烦恼时的习惯。

“我可没有钱哦。”

稻子小声咕哝。那一百二十万日元果然是被她花完了吗？

“生活费吗？那就把我的养老金的存折交给稻子好了，这样可以吗？”

“嗯，那好吧。”

补充上这个条件之后，稻子便立刻应许下来。

“那就事不宜迟。”

清当天就给隆和百合绘打了电话，说了要和稻子一起生活的事情。出乎清的预料，两人都爽快地同意了。

“稻子，让我们好好相处吧。若是有谁生了病，相互间也能照应。就这样相互扶持着一直生活下去吧。”

稻子没有回应，仅是闷头吃着粥。这是笨嘴拙舌的她独有的回应方式，从以前开始就一直如此。因为这个毛病，她一直都不太能够向别人传达自己真实的想法。有时好不容易说出口，却因为搞错时机而破坏了气氛；所以她不但交不到朋友，甚至还时常会被别人所疏远。但是，清却能够清楚她的想法。这个孩子就只有自己了——只有自己了。

这样想着的同时，清像照顾幼儿一样，用浸湿了的毛巾擦着稻子额头的汗水。

第二天，刚刚退烧的稻子马上拿着自己的存折和印章出了门。

应该是去打工了吧，却不知是做的什么工作。等她回来后要好好问一下才行。毕竟在这三个月的时间里，稻子既没有联系也没有看望过自己。清根本无从得知稻子究竟过着怎么样的生活，得好好填补上这段空白才行。

总之，就先从头开始打扫吧。

真是的，无论过了多久都还是个让人费心的孩子，不待在她的身边可不行。

清想着先把散落的漫画书拾捡起来，却发现早已有成堆的漫画书被摆放在了厕所旁边。稍微碰一下书山的顶端，那堆漫画便一下子崩塌了。

“好痛！”

倒下的漫画砸中了骨折的脚，站立不稳的清一下子倒在了地上。

啊啊……真不像话，明明注意一下的话就不会摔倒的。记得曾经在电视上看过因为多次摔倒而最终卧床不起的例子，若变成那样可就糟了。为了不给孩子们添麻烦，自己得多加注意才行。

清叹着气站直身体，刚巧瞥见漫画书堆倒下后才出现的一个透明箱子。仔细看去，似乎是一个塑料制的宠物箱。

记得以前稻子也用类似的箱子养过兔子。那时虽说自己为一时兴起的稻子买下了兔子，可不过一周工夫，她就因腻烦而放弃了抚养。由于清不擅长照顾动物的缘故，丈夫就接手了那只兔子，并且一连养了五年时间。

这次大抵也是因为一时兴起。清这样想着。

因为那孩子容易感到寂寞的缘故，所以才会想要让动物陪伴自己吧。在漫画书堆里，清还发现了五个装饲料的盒子，以及一本宠物饲养指南。

“到底养了什么呢？”

清朝宠物箱中看去。可刚一接近，扑面而来的恶臭就让她马上缩回了脖子。

“没有打扫吗？真可怜。再等一等，马上就会帮你弄干净的。”

虽然嘴上这么说着，但那股恶臭却令人难以忍受，再加上本就不喜欢照顾动物的缘故，清暂时还是没有靠近那个宠物箱。她一会儿拿起饲养指南，一会儿望着装饲料的箱子，消磨起时间来。饲养指南是关于仓鼠的，上面还附着仓鼠的图片。

是吗，这次是养了仓鼠呀。清在嘴角挂起微笑。书上的仓鼠无论哪一只都非常可爱。

清下定决心，她用袖子捂住口鼻，再一次朝笼子看去，黑色和茶色的毛色映入眼中，于是清又靠近了一些。

“呜……”

那是两具早已干瘪如木乃伊的仓鼠尸体，其中一只的身体甚至还缺损了一部分。应该是被放置不管的仓鼠，吃了衰弱的同类来充饥吧。

“怎么会这样……”

非但如此，尸体的旁边还有着三个没有形状的小仓鼠。恐怕是雌性靠吃雄性活了一段时间，却在生下孩子后立即死去了。

恐惧、恶心、歉疚的情绪糅杂在一起，让清的身体不由得僵硬起来。

“让你们遭了这种罪……真的很抱歉。但是，稻子那孩子没有恶意哦……”

没错。她只是因为寂寞，想要朋友，所以才会养了这两只仓鼠的。或许开始时只有一只，但又觉得它孤零零的样子太过可怜，所以才会又买了一只凑成一对的吧。她就是会有这种温柔的心思。刚开始的时候，她也一定很疼爱它们才是——作为证据，不单装仓鼠的箱子看上去相当昂贵，饲料的包装上也写着“最高级”的字样。

“所以，请原谅她吧。”

清跪坐下来，对仓鼠们合十祈祷。

第二天，隆的妻子将行李送了过来。除了衣服和日用品外，还有丈夫的遗像和牌位。清将牌位放在从附近的杂货店里买来的架子上，又供上了水。虽说之前是有一个佛龛的……

“抱歉了呢，只能用这种架子将就了。那个佛龛实在不能带去隆家里，就在搬家的时候处理掉了。况且这个房间这么狭小，就算买了新佛龛也摆不下吧。”

遗像中的丈夫仿佛在嗔怪自己似的，一张脸耷拉着。清忙敲了下铜铃，慌慌张张地辩解起来。

“请放心吧。等公寓一卖出去，我们会马上搬去更宽敞的地方，到时就能买新的佛龛了。”

可是，公寓却完全没有卖出去的迹象，房地产公司也一直没打来电话。

从和稻子再一次共同生活开始算起，已经过了半个月的时间。

稻子似乎也很关心公寓的事情，每天都会问好几遍。

“卖得怎么样了？”

“还没呢。”

“给房地产公司打个电话吧？”

“是呢……但对方没准在忙着，而且不是有句话叫欲速则不达吗？”

“产权书和印章之类的搁在哪儿了？

“在隆那里，公寓的事情都委托给他了。”

“隆？真让人不放心。”

“别这么说呀。那孩子很会处理这类事情的。”

“真是的，你太相信他了。”

“抱歉呢，等到房子一卖出去，我会马上告诉稻子的。比起那个——”清想办法安抚着稻子，而后又尽量委婉地开口说道，“今天我想去医院看看腿，路费呀，看病的钱呀，能给我一些吗？”

不知从什么时候起，清反倒成了向稻子要钱的一方。由于在住进这所公寓的时候把存折和印章交给了稻子的缘故，现在清的手里完全没有可以支配的钱资。

“又要去医院吗？”

“嗯……对不起。骨折的地方还是很痛。感冒也总是好不了，似乎还有些发烧。”

这些都是实话。到了现在，骨折处还是会时不时地疼。感冒也是——从来这里之前就已经患上了，可到现在也没能治好，一直持续着低烧。

“啧……我哪里有能给你的钱啊？”一边抱怨着，稻子从钱包里取出了一枚五百日元的硬币，“差不多够了吧？”

尽管清知道这无论如何也不够，却依然还是道了声“谢谢”，同时伸手接过了那枚硬币。

接着稻子便离开了公寓，应该是去柏青哥店吧。她似乎没有在打工。之前好像的确是找了份差职，但却没能坚持多长时间的样子。

清之前扫除的时候，翻出了一份打工的工资明细。看来稻子是在隔着一个车站的超市食品卖场打过工。但是，那张明细中却写着诸如“迟到”“早退”之类的字样，并为此克扣了一部分的工资。

“但也好歹算是努力了一个月呀。”清小心翼翼地折起那张明细，将其供在了丈夫的遗像旁边，“这次能干一个月，下次就一定能干得更久了吧。”

将从稻子那里得到的五百日元硬币放入钱包里，清也随后走出公寓。之前向稻子要来的零钱一共有一千日元。加上这五百日元就是一千五百日元。

尽管如此，清还是有些没底。于是决定不坐公交而是靠步行去医院。由于腿疼得实在厉害，清只得放缓脚步。

即便如此，也能在一个小时内赶到才是。不如就当作是散步，再稍微加把劲好了。正好再顺便看看之前的公寓。虽说要绕些路，但自己实在有些在意那里是什么情况。

清不禁怀疑起了自己的眼睛。

熟悉的三楼角落的阳台上正晾晒着洗好的衣服和被褥。向邮箱看去，却只见自己过去的房屋的号牌下正贴着不认识的名字。

“这是怎么回事？”清回过头，却只见稻子正怒气冲冲地叉腰站在自己身后，“我在车站看到了你，于是就偷偷过来了。”

“稻子……”

“嘴上说着没人买，这不是已经卖出去了吗？我明明那么相信你的，可你却骗了我！”

“不是，不是这样的！妈妈也是到今天才知道的！”

“骗子！你这个骗子！你这臭老太婆！”

稻子的拳头在眼前放大。清反射性地朝一旁躲避，结果双脚却在着地时站立不稳，一头栽倒下去。不知是把脚扭了还是怎么，钝痛逐渐蔓延开来。

听到声响的公寓管理员立刻跑了过来。

“你、你是……”管理员似乎还记得清，不只如此，好像连稻子也还记得。“哎呀……这是怎么了？”见有外人过来，稻子的怒气也被压抑了些许，却还是一副狰狞的模样。站了一会儿之后，她突然不知跑去了哪里。

“发生了什么？”管理员来到近前。

“没事，什么都没有……”

“稍等一下，我马上叫救护车。”

尽管清想要尽可能掩饰过去，但管理员还是自顾地叫起了救护车。

多亏管理员的好心，清随后便被送去了医院。隆的妻子与百合绘闻讯赶来——尽管也联系了稻子，可她却没有出现。

“妈妈，这次又是怎么了？”吃了一惊的百合绘马上问道。

“我才想问呢，为什么公寓已经卖出去了？”

“啊，这件事呀……”

隆的妻子支吾起来。

“什么？公寓已经卖出去了……怎么回事？”

一脸讶然的百合绘立刻追问起了隆的妻子。

“那个……是隆他让我暂时别说出去的……”

“所以，这到底是怎么回事？”

百合绘不依不饶地追问道。

“实际上房子刚一挂售就立刻有了买主，但对方开的价钱却很低。尽管如此，隆还是决定把房子卖出去。因为房地产公司的人说了，若是拖下去房子就越难卖；哪怕价低一些，也还是趁早卖出去的好……”

“即便如此，也好歹该和妈妈商量一下吧？”

“妈妈不是身体不好吗？隆和我说要尽量让她省心才……”

“妈，难不成你把印章和产权书给了哥哥吗？”

对于百合绘的质问，清小心翼翼地点了点头。

“你可真是的……那么重要的东西，就算是自己的孩子也不能那么轻易地交出去呀。结果哥哥不就偷偷摸摸地把房子卖出去了吗？比起那个——”百合绘再次追问起嫂子，“卖了多少钱？”

“六百万日元。”

“那六百万日元呢？”

“……”

隆的妻子低下头去，紧紧咬着嘴唇。

“照这样下去，再怎么问也没个着落。我去给哥哥打个电话。”说完之后，百合绘便拿着手机急匆匆地离开了病房。

病房里只剩下清和隆的妻子了。

“这不是没有办法吗？我们也是考虑周详之后才下了决定的。照顾老人也不是那么轻巧的活计。你明明什么都没做，反倒发那么大脾气——明明什么都不知道！”

儿媳重提起了气势，对已经离开的百合绘抱怨道。

*

“真让人难以相信，竟然会有这种事！”稻子对为商议例会而打来电话的玛尔格丽特倒着苦水，“那些人竟然瞒着我偷偷把房子卖掉了！卖来的钱也一定私底下分光了吧！他们竟然在背地里做了这种荒唐事！”

“可真是过分哪……”

“对吧？对吧？那些人为了自己能得利，真是什么都做得出来，甚至连家人都会毫不犹豫地推下山崖。多么丑恶啊！我已经绝望了！彻底绝望了！原本我已经下定决心要好好赡养母亲了的，可她却又无情地背叛了我！”

“您又和母亲住在一起了吗？”

“嗯。原本她是住去了弟弟那里，可是说和儿媳处不好什么的，又跑来我这儿了。听她说想要和我一起住后，我都已经认真地做好准备了。”

“所谓的家族，就是这么一回事呀。永远都没有能指望上他们的时候。别说指望他们了，甚至还净添麻烦，还不如素不相识的陌生人呢。”

“对呀，就是这样。”

“我也一样，家里一堆烦心事……真是受不了。”

“啊，说起来，您女儿要参加高中的升学考试了吧？”

“那是前年的事情了。”

“哎呀，是这样吗？”

“话说回来，下个月的例会您能来吗？”

“那个呀……”稻子含糊地应付着。

因为没能筹到钱的缘故，稻子已经缺席了这个月的例会。下个月再不出席着实有些不妙。啊，对了，母亲的存折还在自己手上。可虽说如此……

“下个月可能也去不了了。”

“是吗？我说……您没想着要退出干部会吧？”

“怎么会……才没有啦。”

“是吗？那就好。那等安定下来后，可一定得来露面哦。加百列也很担心您呢。”

“加百列大人……在担心我吗？”稻子的脸颊倏地变得通红，“真的在担心我吗？”

“当然了。上个月的例会上，大家一直在聊您的事呢。”

“真的吗？”

即便在例会上见了面，加百列也没怎么和自己说过话，稻子甚至觉得自己是被讨厌了。

“才没有讨厌您呢，加百列可是一直在意着您哦。您呀……可真是太迟钝了。在这方面，简直就像是贞德一样嘛。”

听见贞德这个名字从玛尔格丽特的口中冒出来，稻子愈发变得飘飘然起来。

“我、我会去的。下个月的例会，我一定会露面的。”

电话才刚挂断，另一条电话便马上打了进来。看见来电人的名字后，适才的兴奋便一下子化作满腔怒火。

“给我解释清楚，为什么会擅自把公寓卖掉！”

“我也不知道呀，那是哥哥和嫂子擅自下的决定。”

“什么？”

“我打算把哥哥叫出来，好好地把这件事问个明白。姐姐也来吗？”

*

过了不到一个小时，抛下工作的隆便出现在了医院附近的家庭餐厅内。清的腿被诊断为了骨挫伤。由于几人在她的病房里大吵起来的缘故，所以被一同从医院里赶了出来。

“所以说，听我解释——”隆一边解着领带，一边复述起了自己的借口，“我们公司的业绩正在逐年下降，拜此所赐，薪水也是一年低过一年。虽然硬是逞强买下了房子又换了车，但家计却也因此出现了缺口，生活变得日益艰难起来。无论怎样，只要能提前还清贷款的话，家计总归会轻松不少。而且妻子的家里也正需要用钱，干脆也顺便借给了她。”

“在岳父岳母面前扮出一副好脸色，却对亲生母亲不管不顾吗？”

百合绘以尖利的语调追逼着隆。

“我是想等到贷款还清后再慢慢进行分配。何况照顾母亲的我也有权利拿更多钱吧？”

“说什么鬼话，结果你不还是把妈妈赶出去了吗？”

被戳到痛处的嫂子瞪着百合绘，嘴唇哆嗦起来。

“赶出去什么的……你说的也太过分了。”

她立刻开始还击。但下一刻，服务生的一声“欢迎光临”却成了停战的信号，只见面容狰狞似恶鬼的稻子正朝这里大步走来。

“到底是怎么回事？”稻子越走越近，脸孔也变得越见狞恶。桌上的三人不约而同地陷入沉默。

“说话啊，你们这群诈骗犯！”

稻子用力摇起桌子，餐厅内的气氛一下子紧张起来。

想法子让她冷静下来再说。三人同时想道。

结果，以隆同意写下字据作为三人的妥协点，这才算是为这场闹剧作了了结。

字据的内容是：卖掉公寓的资金由三人平分，以按月分期的形式由隆支付。

可稻子却又因为字据的内容大闹起来，无可奈何之下，隆又只得同意将稻子的部分一次性全额支付。

虽说好像被什么莫名其妙的税项抽走了一部分，但还是有大约一百八十万日元的钱款被汇进了稻子的账户里。虽说清提出了用这笔钱搬家的提案，但心想着自己的财产应由自己支配的稻子，却完全没有听从清的意见。

稻子有着一获得数量可观的钱财就会变得如同“征服了世界的超能力者”般妄自尊大的倾向，嘴上也会开始说些不着边际的话。像什么“哪天到欧洲买座城堡住吧，再雇些女仆和管家”之类的无稽笑谈都会讲出来。

可是，稻子却总是把那些虚妄的想象套进现实里。穿着像童话故事里公主般的白色长纱，用奥黛丽·赫本的派头吃早饭。然后又穿着那身衣服，打车去到十分钟脚程的柏青哥店——这已经不是一次两次了。

稻子的暴走仍在加速。

一百二十万日元之后又是一百八十万日元，什么都没有付出，便在一年内拿到三百万日元的巨款——尽管就年收入水平来说甚至达不到平均值，可她却完全没有能算清账的头脑——稻子的欲望因此变得日益膨大起来。

*

“这是？”

一如既往的卡拉OK包厢内。

稻子在洗手间的门口将一个小盒子交给了加百列。

将盒子打开之后，加百列的脸上浮现出困惑的神色。

“我觉得这个一定很适合您。”稻子通红着脸支吾地说。

那只白金手镯的价格是二十万日元。可在看见它的时候，稻子却实在无法按捺住买下它的欲望。

——肯定会很适合加百列大人纤细的手腕。

“但前些时候不是刚从您那里收到了价值不菲的礼物吗？”

“价值不菲的礼物”是指之前送给加百列的价值三十万日元的限量手表。正因如此，先前那一百二十万日元不到两个月就花了个精光，可稻子却丝毫不后悔。

“真的可以收下吗？”

觉得受之有愧的似的，加百列蹙起了眉。看着那副表情，稻子不禁沉浸在了无以言喻的充实感中。为了品味到自己送出的礼物被憧憬的人物欣然收下的瞬间所产生的满足感，哪怕是倾家荡产也无所谓。

“但是，还请您对其他人保密哦。”

留下这句话后，稻子便回到了包厢内。现在正好是玛尔格丽特拿着话筒，唱她拿手的老歌的时候。

那首歌稻子并不喜欢，只觉得曲调陈旧又晦暗。其他的成员大概也是一样的想法，全都挂着一副倦怠的表情等待她唱完。稻子瞅着这个机会，将事前准备好的包裹分别放在了同伴们的腿上。

为嗜好红茶的吉赛尔准备的是最高级大吉岭红茶，送给喜爱甜食的艾米丽的则是歌帝梵巧克力。

“能收下吗？”

“真是让您费心了。”

看着两人欢喜雀跃的模样，稻子的心底再度涌出了难以言喻的充实感。

当而玛尔格丽特唱完歌，放下话筒之后，稻子马上将最后的包裹放在了她的腿上。为爱记笔记的玛尔格丽特挑选的礼物，是一枝用黄金制成的笔。

“这是怎么了？难不成今天是什么特殊的日子吗？”

“不，只是突然多了一笔临时收入，就想着也要送大家些什么才行。”

“是吗？谢谢您。那我就收下了。”

见自己点的歌曲的前奏响起，稻子立刻抓起了话筒。

收到礼物后，大家都露出了一副欢愉的模样。

下次要选些什么礼物呢？

*

果不其然，那一百八十万日元被稻子在三个月的时间里挥霍得一干二净。可她对金钱的支配欲却再难减却。

时间临近初夏，清在刚入春时患上的感冒直至今天也没能治好。

身心的疲敝令她愁绪万千，每每从睡梦中醒来，身体便像是不是自己的一般万难使唤。从进入六月开始，感冒的病势也逐渐加重，甚至连呼吸都不顺畅了。若起身起得太急，头就会剧烈地抽痛起来；原本已经快要治好的骨折，也因为再次挫伤的缘故再次恶化。

在这连续的几天内，清一直都处于卧床不起的状态。

但是，稻子却一边喊着“好热”“好热”，从一大早就离开了家。想必和往常一样，在配备空调的家庭餐厅里乘会儿凉之后，就又会跑去柏青哥店里消磨时间了吧。今晚大概也得等到半夜才能回来了。

对动弹不得的清来说，现在的酷暑实在是难以忍受的煎熬。她期盼着夏天能快点过去，可转念一想，到了冬天却又未必不会有其他的困扰。现在的这副身体是绝对耐不住寒冷的。

若是这具残破的躯体，多少还能听自己使唤的话……

清试着挪了挪受伤的腿，可一股尖锐的疼痛马上传了过来，让她只得放弃动弹的想法。就连只是这样轻轻地动上一动都像是什么辛苦的劳动般，一下子耗尽了一整天的力气。现在的清已经连单独去厕所的力量也没有了。

那天早上——六月第二周的星期一，下定决心的清终于叫来了救护车。

医生告知清，她有严重的营养不良，并且还患上了支气管炎。

“为什么直到变成这样为止都没有想想办法？”

“非常抱歉，非常抱歉。”清不停地朝医生道着歉。

“这可是你自己的身体，就算向我道歉也解决不了问题。总之，请暂时先住一段时间院吧。”

那一天，三个孩子又同时出现在了病房里。可攻击的对象却变成了稻子。

“到底是怎么回事，为什么妈会被折腾成这副样子？”

“是呀，为什么会营养不良的？你手里不是有卖公寓的钱和妈妈的养老金吗？可不要说你手上没钱。”

“总之，不能再让你照顾妈了。她的存折在你手里吧？快拿出来。”

“我才不要。”面对弟弟和妹妹的口诛笔伐，稻子强硬的态度一如既往，“她已经把钱交给我了，我绝对不会拿出来。”

“好吧，我知道了。那个存折就放在你手里好了。我之后就去申请更改汇款的账户。”

“你说什么？这次连她的养老金都想要私吞掉吗？”

“我就要说！难道不是你光顾着享乐，把妈的养老金全部花光了，所以妈才会变成现在这副模样吧？”

“才没有，我可是有给她买饭……”

“难道不都是些袋装面包吗？从现在开始我会负责照顾她，养老金也会汇来我这边的账户——妈也觉得这样比较好吧？就这样安排吧？”

“那就这样做吧……”

半睡半醒的清用细小的声音回答道。

脑袋里一片浑懵，根本没有办法好好思考。清也不知道孩子们都对自己说了什么，只得来回用一句“就这样吧”应付着。

但却不知为何，只有在体内蠢动着的可悲和空虚的心情显得分外真切。

清的眼中噙着泪水，无言地望着正争执不下的三个孩子。

等身体恢复后，得好好训斥他们才行。兄弟姐妹之间，可不能这样吵架呀。

*

“哎呀，是吗？秋天的茶会来不了了吗？这可是一年一度的总会啊。”

卡拉OK包厢里，像往常一样记着笔记的玛尔格丽特突然抬起了头。

一年一度的俱乐部总会每年都会在高档的酒店中举办。虽说往年都是在春天里举办的，可今年却因为各种事而延期到了十月份。

“母亲的身体越来越差了。”

稻子回答道。但实际上，没有可以参加总会的余钱才是最大的理由。会费自不必说，自己连新的裙子都已经买不起了。因为大家都会精心挑选新的裙子，所以穿过的裙子肯定是不能再穿第二遍的。一百八十万日元已经早早花光，母亲寄放在自己这儿的养老金也被隆夺了去，现在的稻子连支付卡拉OK的费用都有些困难。在刚才的法式餐厅里已经花掉了五千日元，钱包里的余钱便只剩下了三千日元。稻子近乎已经到了走投无路的境地。

之前虽说去咨询了最低生活保障，却被对方斩钉截铁地回绝了。

自己今后会变成什么样呢？没有了别人的养育，工作也总是无法坚持下去。若赚不到钱的话，连房租也交不上。这样下去一定会被赶出去的……

自己会无家可归吗？联想到池袋车站前的那些流浪汉们，稻子不由得一边发抖一边哭了起来。

“哎呀……怎么啦？”一旁的吉赛尔急忙递来了手帕，“你母亲的状态真的那么差吗？”

稻子本想回一声“是”，可从喉咙中挤出的声音却变成了呜咽。

“俱乐部的干部工作，应该不能坚持下去了吧。”

好容易平复下情绪后，稻子这样说道。

虽说是想要继续下去的，可自己却已经没有了能够继续挥霍的钱财。

已经没法坚持下去了。

明明之前还有一百八十万日元的，可转眼间那笔钱就不知道去了哪里。自己到底买了些什么？明明也没有铺张浪费的印象的，真是莫名其妙！一股无名的怒火升腾而起，致使稻子开始用拳头敲起了桌子。不知不觉间，这么一句话从口中逸了出来——

“俱乐部干部，我不做了……”

玛尔格丽特的脸颊抽动了一下，吉赛尔的眼皮也轻轻一跳。受到僵硬的气氛的影响，艾米丽的嘴唇也哆嗦起来。只有加百列面无表情地看向了自己。

“那可就困扰了呢。”加百列说，其他三人也一齐点起了头，“无论如何，还是要看您的母亲的情况。她还要住多长时间的院？”

“最少也得一个月。”

对于加百列的问题，稻子这样答道。

“是吗？要一个月吗？那可真是不容易呀。等到合适的时候，我会去看望她的。”

“不、不用麻烦了……”

稻子唯独不想让加百列大人知道真正的自己是什么模样。

绝对不能让这个人见到母亲。见了面的话，口无遮拦的母亲一定会说道起让自己无地自容的糗事。

“是吗？那就用这个聊表我的心意吧。”

一边说着，加百列从钱包中取出了一张一万日元的纸钞。玛尔格丽特和吉赛尔也效仿加百列的做法，分别取了一万日元出来。

虽说反应慢了一拍，但艾米丽也旋即拿了五千日元出来。

一共是三万五千日元。有这笔钱的话……应该足够买一条新裙子了。

“对了，知道吗？那家有名的庄园旅馆正在举行活动。工作日仅限女性，豪华套房一夜只要一万日元哦。”

为了打破僵硬的气氛，加百列马上改换了话题。

“一万日元？我记得原价不是要六万日元左右的吗？”对着手中的麦克风，玛尔格丽特发出一声讶然的惊叹。

“那个庄园旅馆……难道是在杂志排行中排在第一位的西伊豆庄园旅馆吗？”摆弄着点歌机的艾米丽猛地抬起了头，一对眼眸也亮了起来。

“是的，就是西伊豆庄园旅馆。好像还会附赠法式料理的晚饭呢。”一边说着，加百列一边从包里取出了以金、粉两种色调设计的装帧华丽的宣传册。

“还附有法式料理的晚餐吗？那里的餐品风评可是非常好呀！”

“——要去！我一定要去！”

“既然如此，下次的例会就在那里举行吧？”

“可是，得在工作日才行吧？”这样说着，吉赛尔从盘中捻起了一块炸鸡。

“嗯……也好，那也请让我也掺一脚吧。”

“米蕾尤呢？”

“那个，虽然我很想去……但……”

稻子紧紧地蜷着身子。

“来吧，大家一起去吧？”

“好吗？米蕾尤。”

被加百列揽住肩膀，稻子的心弦猛烈地摇晃起来。她隐约看见艾米丽似乎投来了不善的目光。

另一侧，玛尔格丽特将西伊豆庄园旅馆的宣传册平铺在了桌上。

“哎呀，真是个好地方。听说是专门以法式城堡为概念设计出来的建筑呢。看，这就是豪华套房，室内的装帧统一为十八世纪的洛可可风格，壁纸是百合的纹样，床竟然还有穹顶呢，简直就像《蓝眸的贞德》里的世界一样嘛。”

“真的非常漂亮呢……”轻轻抚摸着宣传册上的图画，稻子不禁一时间沉浸于妄想的世界中。

贞德和阿尔贝尔缔结爱情的那座森林中的城堡，记得也有那样的床。若是能在这种地方度过一日，在那个床上入眠的话……稻子的唇角不自觉地上扬起来。

“到时就坐我的车去吧？正好顺路去兜兜风——”

“我也……要去。”

当玛尔格丽特逐渐打开话匣子的时候，稻子突然发了声。

……嗯，一定得去。现在开始赚钱的话，总能攒出旅费的。

“那就预约在下个月的工作日了哦。”从半途开始，玛尔格丽特便逐渐掌握起主导权，这也是常有的事。给出提案的加百列也是一开始就这么想的吧，爽快地将宣传册交到了玛尔格丽特的手里。

“如果有不方便的日期，记得要告诉我。”玛尔格丽特一边翻着笔记本，一边说道。

互相交换了意见之后，众人决定在七月第四周的周三和周四进行为期一天的旅行。

*

清躺在床上，深深吐出一口气。在卧床不起的状态下，已经过去了半个月的时间。窗外已经完全是一幅夏日的景色了。

头几天还频频探望的隆和百合绘，最近也变得不怎么抛头露面。听和自己同住一间病房的患者与她的亲眷间的对话，成了清唯一的乐趣。

躺在隔壁病床上的是一位年轻女性，听说是因为交通事故而骨折入院的。她的病床总是被探病的人簇拥着。清没有羡慕她，反倒像是自己的事情一样，由衷替她感到开心。

周末，稻子拿着和医院不相衬的百合花，第一次到病房里露了脸。清一边暗暗反省着自己没教给稻子探病的忌讳一事，一边沉浸在女儿前来探望的喜悦之中。

“身体怎么样？”

才刚刚打了声招呼，稻子就突然哭了起来。

“前些时候我出去打工了。但一起工作的家伙却一直欺辱我，我实在受不过气，便辞了工作。因为实在没钱可花，我只好找上了市政府想要申请低保，可对方竟然说我不满足获得低保的要求。

“真是过分！光是一味榨取民众的税金，关键的时候却半点也派不上用场！经常在柏青哥店里见面的女人，仅仅凭着单身母亲的身份就拿到补助了哦！那家伙明明在外面有生活富裕的姘头接济，但还是拿到了政府的补助。真是不可原谅！早知如此，我也该去生个孩子的，若是这样，我也能领到补助了。”

“稻子……你遭了这么多罪吗？”

“嗯，从昨天开始就没吃过饭。房租也很久没交了。这月再不交就会被赶出去了。”

“是吗……”

“对了，我刚才问了医生，是说已经可以出院了吗？”

“嗯……”

清想起了上周隆来探望自己时说的话，他一脸苦涩。

“医生说要从自家照顾和进疗养院中选择其一，他说您的情况属于社会性住院，是即便不需治疗但还是为尽社会义务而被医院接收的状态。真让人来气，简直就像在说是我们没尽到赡养的义务嘛。医院也是，以前还是会主动接受因为‘社会性住院’的患者的，但因为制度改变，医院的负担增加，便突然将那些病人一脚踹开，真是过分！”

“也就是说，不能再住在医院里了吗？”

“就是这样。但就算是想要住进疗养院，也得等那些设施空出位置才行，而且钱也是个问题呀……虽说也考虑了把您接去家里，可我妻子她……”

问题还没能解决，医院的退院通知便已经下来了。出院的日期是在下周。

从那时开始，隆就再也没来过医院。

“我说，妈妈，还是来跟我一起住吧。这次我一定会好好照顾你的。所以，来我家吧。”稻子握住清的手，像孩子一样撒起了娇。

清也反握住了她的手。

“但是，我可是已经变成这样了哦。连厕所都不能自己上了。”

“没关系，现在不是有老人用的尿不湿吗？我会负起照顾你的责任的，所以，还是来我家吧。”

“那，就先和隆与百合绘打声招呼——”

到距出院还剩三天的周日，隆与百合绘、稻子三人一同来到了病房里。

“我会好好照顾妈的。所以，把养老金的存折交给我保管吧。”

稻子这么一说，隆便立即应承下来。

“但姐姐必须得好好负起责任，可不要再出什么岔子了。”

“对呀。既然拿了妈妈的养老金，可就得担负起相应的义务，好好照看妈妈才行。我这边可也一直为照顾婆婆而费尽了心力。”

“我知道，我会把妈照顾妥当的。”

不会再放开，再也不会交给任何人了。稻子紧紧地将存折攥在了手里。

时隔一月的公寓中又被堆上了更多杂物。

“轻点放。”三个孩子依从隆的口号，合力将清的身子从向医院借的轮椅上架起，又接着放到了被褥上。

这么一想，这三个孩子还是第一次合作去做些什么事情吧。若是能促成这样的场面，自己的卧床不起也未必全是件坏事。多希望他们三人今后也能像这样继续下去呀。

可是，这样的想法却转眼间便破灭了。把清安置在被褥中之后，隆和百合绘正要回去，一名六十岁左右的女性便突然造访了稻子的公寓。

据她所说，她也同样是这附近的住民。某天晚上，稻子突然敲响了她家的房门，告知她自己要急用钱把急病的母亲送去医院。推诿不过的她便借给了稻子一万日元。

“眼下您既然已经平安回来，那从我这儿借去的一万日元是不是也可以还回来了？”

女人说的话还算客气，可言语间鄙夷的味道却显露无遗。隆马上反应过来，将一张万元纸钞塞进了她的手中。

“车站前的快餐费以及对面的拉面店的主人，好像也被用同样的理由借了一万日元呢，再见。”

尽管态度并不友善，但那名女性姑且还是用笑脸还了一礼。而后她便大跨着步子，带着一串沉重的脚步声急匆匆地离去了。

稻子哆嗦着嘴唇似乎还想说些什么，但隆和百合绘却都没了再理会她的意思，留下一句“之后就交给你了”后便迅速离开了。

“你向附近的人借了多少钱？”

清向稻子问道。只见她竖起了三根手指。

“得找个机会还给人家才行呀。”

听到清的说辞，稻子马上就竖起了眉毛。

“我不是没有办法吗？根本连饭都买不起，你是想让我被活活饿死吗？”

“我不是那个意思……只是，借了别人的钱就必须得还给人家。我的钱包放在包里，拿上里面的钱，去把借款还上吧。”

“吵死了！知道了，我知道了！本来就没有不还的意思，我去还就是了！”

稻子抓起清的提包，气冲冲地跑出了门。

又惹她生气了呀。清歉疚地想道。她抬起脸，环视起了房间。

“啊……孩子的爹。”

看见丈夫的遗像后，清勉强抬起上半身，做出合十的动作。盛着水的瓶中，正供奉着临近枯萎的百合。和清拿去病房中的百合是一样的。应该是用仅有的钱买了百合，并将之分成了两份吧。

“所以才会把百合带到病房里吗？”

清轻轻按住自己的眼睛。入院的时候本一直在担心供奉的问题，但看来是自己多虑了。本以为遗像一定会蒙上厚厚一层灰尘，瓶中的水全部蒸发，供奉的菊花也随之变得干枯。但是，稻子却有好好照料佛龛呢。

约莫过了一个小时，稻子拎着五千克的大米和供病人使用的尿不湿回到家中。

“我本来想把钱还给人家的，可对方不在家。”

一边说着，稻子从袋中取出了什么东西，随后藏在了置物柜后面。

“是什么？”

“没事。”稻子板着脸读起了尿不湿的说明书，“这东西可不便宜呢。我买的是叫作什么‘搭扣型’的尿不湿，三十张就需要三千日元。听说一天好像要方便四次什么的……你一天要解几次手？”

“要几回呢……”

“在医院的时候一般要换几次？”

“六次左右吧。”

“那么多？这不是五天就用完了吗！也就是说……一个月要花一万八千日元买尿布吗？”

“虽说我也觉得用不了六次那么多，毕竟有时候还没弄脏就换上了新的，但那好像是医院的规矩呢。差不多一天两次就可以了吧……”

“两次吗？那也要六千日元啊。真不容易。”

“真对不起。”

“那就试着换一下吧？”

“现在就不必了，应该还没有弄脏。”

“只是练习啦。”

稻子一边说着，一边掀起被褥，然后又解开了清睡衣的扣子。

清的下身暴露在外。尽管自己已经习惯了换尿不湿，但这次却不是护士，而是女儿在帮自己换。清的心中萌生出与初次带尿不湿时相似的强烈抵触感，她一下子并紧了双腿。

“不把腿张开的话，就没法换了吧？”

在稻子的催促下，清只得张开了腿。竟然在女儿面前落得这么个模样，实在是难为情。若是腿脚还能动的话，自己就能上得了厕所了……

取下尿布后，清的下体便完完全全地敞露出来。不光是清几乎快要因耻辱而落下眼泪，稻子受到的冲击甚至还要更甚于自己，甚至连手也颤抖起来。

看来是终于领会到“照顾”这两个字的重量了吧。无论是肉体上还是精神上，都必须要承担起不知要多长时间才能放下的重荷。但稻子一定完全没有考虑到这一点，为了得到生活费，她一定是仅凭着如同“在宠物店买仓鼠”般的冲动，轻巧地把照顾自己的责任担了下来吧。

不知道现在的稻子，是怀揣着怎样的心情为自己换上尿不湿的呢？她的换法和护士大不相同，明明到处都还露着缝隙却还是强硬地系上了绑带。再加上尺寸也不相符，恐怕之后肯定会漏出来吧。清偷偷瞧着稻子的脸，却发现她根本没在看手上的活计，只一股脑想着尽快从中解脱出来。

连检查也不检查，稻子便急匆匆地收拾起烂摊子。给清盖好被褥之后，她立刻就跑去了厕所，恐怕是让她很难受吧。虽然如此，稻子还是不发一语地煮好了粥，并喂自己吃了起来。吃着完全没有调过味的淡粥，清的食欲反倒愈发减退。

“谢谢你，稻子。真的非常美味，但是我没什么胃口呢。”

才刚刚吃了三口，清便这样说道。黏稠的浓粥糊在嘴里，咽也咽不下去。稻子将碗放到被褥旁边，旋即无言地走出了家门。

之后，清铆足劲掀开被子，尽可能地整理好了松松垮垮的尿不湿。仅仅如此的程度，便近乎耗尽了她的体力。

不经意地扭过头，她看见两只苍蝇落到了稻子搁置在一旁的粥里。

稻子在家的时间变得越来越短。虽说晚上还是会回来，但一到早上就又会马上离开。

尿不湿在前三天里姑且还会一天更换两次。但到了第四天，当稻子在尿不湿里看见清的粪便时——

“我受够了，我受够这种事了！”

当时虽说她还是一边哭叫一边替自己换好了尿不湿。可在那之后，她替自己换尿不湿的频率却变得越来越低。

就这样约莫过了两周时间。当尿不湿用完之后，稻子撂下一句“我去买尿不湿”后便离开了家，并且一整天都没有回来。留给清的，仅仅只有放在枕边的两个袋装面包。

“对那孩子来说，还是太勉强了啊……”

清直勾勾地盯着天花板上的污痕。但是，自己得相信她才行。

先前和尿不湿一起买回来并藏在柜子里的东西，是有关看护的指导书。稻子偶尔会把那本书取出来，来来回回地翻上几页。

“那孩子还在以她的方式努力着。所以，我也得配合她才行……”

从那天开始，清大幅缩减了自己的食量。稻子端来的粥和面包只吃一小口便停下，喝水也仅是用嘴唇轻轻一点。若是不吃不喝，排泄的次数也会相应减少吧。

比起自己，清更担心稻子的身体。

她有好好吃饭吗？背负着照顾自己的责任，不会让她的身体也变得虚弱吗？身上还有钱吗？最近她彻夜不归的次数也变多了，应该是去二十四小时营业的店里打发时间了吧。像漫画咖啡店、卡拉OK之类的地方，虽说费用不高，但一连滞留几日的话，总也要花不少钱。

到了早上，清用勉强维系的意识注意到了买尿不湿回来的稻子。

和往日一样，稻子用粗暴的手法为自己换上了尿不湿。她接着又打开速食粥的包装袋，连袋子一起往清的嘴里塞去。

“谢谢你，谢谢。我已经吃饱了……”

冰冷的粥灌满了口鼻，尽管清拼了命地想要传达自己的意思，可却连完整的话语都已经无法说出口了。

苍蝇嗡嗡乱转。

这间屋子一定弥漫着让人难以忍受的恶臭吧。用过的尿不湿被塞进购物袋里，堆满了整个角落。枕边搁放的碗中盛着不知剩了多久的粥，上面长满了像是泡沫一样的霉菌。

由于嗅觉日益衰退的缘故，清已经无法分辨屋子里到底散发着什么样的味道。但只需稍微想一想便知道，臭味最大的来源恐怕是恶臭熏天的自己。

被从尿不湿中漏出的秽物浸染的床铺，以及始终维持着一个姿势的自己，恐怕两者都已经开始腐烂了吧。

浑身各处的肌肤都传来了逐渐腐烂、脱落的感触。但不可思议的是，清却完全没有感觉到疼痛。那想来是知觉也已经消失了的缘故——多令人庆幸呀。若是自己的五感仍然健存的话，却不知自己要承受多么大的痛苦。

但现在，自己却可以在没有苦痛的安宁之中，静静地等待长眠的到来——

*

“……西伊豆或许还是去不了了。”

在即将前往西伊豆旅行的前一天，稻子突然给玛尔格丽特打去了电话。

也不知是从哪儿走过来的，回过神的时候，稻子已经站在了临街的繁华地段上。

最近，稻子时常像失了魂魄似的，在不知不觉间来到莫名其妙的地方。她既不想待在恶臭熏天的家里，可又没有足够外宿的钱。毕竟世界就是如此，若是没有钱的话，连一处暂时安身歇脚的地方都找不到，甚至之前一直光顾的柏青哥店现在也驱赶起了稻子。这样的自己又怎么可能支付得起旅行的费用。

“为什么？您之前不是说担下了赡养母亲的责任后，她的养老金就可以归您使用了吗？”

“那一丁点养老金完全不够用嘛。尿布呀，饭食呀，开销大得不得了。”

“原来照顾老人也是件劳费钱财的事呀。”

“我……我已经坚持不住了……”

“怎么了吗？”

“真是受够了！换尿布什么的……我已经不想再干下去了！而且，气味儿大得惊人，那个房间臭得让人连一分钟也待不下去。继续和她待在一起的话，我简直要崩溃了。”

“听说也有人因为受不了看护老人的辛劳而患上忧郁症呢。”

“我或许已经得病了。什么事都不想做……索性死了才好。”

“所以才需要休息呀。这样好了，旅馆费就由我来出吧。毕竟现在取消预约的话，也同样会被收走违约金嘛；所以，您的旅馆费就让我来出好了。之前吉赛尔也说会驾车出来，正好连交通费也可以省去。所以您只带好零用的份过来就可以了。”

“真的可以吗？”

“不是当然的吗？我们可是朋友呀。”

“朋友吗？”

“没错。我们不是约定好了吗？说要一直在一起。”

朋友。不知为何，玛尔格丽特的声音在传入耳中的瞬间，陡然变得浑浊而又沉闷。

“贞德不也一直守护着在修道院里认识的朋友吗，对吧？”

“嗯……是呀。”

为什么呢？连贞德的名字都无法在自己的心中掀起半点波澜。不仅如此，脑袋里还嗡嗡作响起来。

即便把耳朵堵住，鸣声也不会消散；若是闭上眼的话，母亲换下的肮脏尿布便立刻就会浮现在脑袋里。

若是要一辈子替她换尿布的话，索性还是死了更好。如若不然，自己的人生就仿佛仅仅剩下那沾满了腌臜的尿布一般。

稻子抱住头，痛苦地呻吟起来。

不要、不要、不要……不要再活在世上了！就这样死了算了！

“你呀……难不成真患上忧郁症了吗？”玛尔格丽特叹道，“果然还是得好好玩一圈才行。趁着还不严重，赶快放松一下吧。怎样，一起去吧？看护老人的时候，最重要的就是不能给自己施加压力。若是太过努力的话，自己会先吃不住的。”

玛尔格丽特似乎在说些什么。可稻子却根本听不进去，只觉得像是恼人的杂音。

吵死了！吵死了！不要再叽叽喳喳地说个没完了！

稻子猛地挂断电话。她甚至觉得连“站着”这种事都令人心烦意乱，便干脆坐到了地上。

寒意透过臀部沁进身体，路过的行人时不时地朝自己投来视线。

连活着都像是件麻烦事，干脆就这样死掉好了。

但是……

……还得去买尿不湿才行。

*

从出院到现在为止，已经过去多少天了呢？

清觉得渴得要命，可却没有人能为自己端水过来。只有挂在天上的烈日，毫不留情地灼烤着狭小的房间。

把窗户打开……至少，把窗户打开……

等到太阳终于开始下山的时候，稻子回到了家里。

“欢迎回来。”

清绷住喉咙，可却怎也无法将干巴巴的声音编织成言语。她焦切地挪腾起身体，稻子却对此视若无睹，仅是在清的枕边放了几个面包。

“饿了就吃这个，我要去旅行一段时间。”

旅行？

清向朝她挥手告别，可手臂却连一厘米都没有办法挪动。于是，清只得将胳膊搁回了原处。

“我会暂时离开几天，你自己照顾好自己。药也从医院拿回来了。”

这么说着，稻子又把装药的袋子放到了面包旁边，可却并没有盛水过来。

路上小心。

看着稻子逐渐远去的身影，清小声嗫嚅。

那是清最后见到的女儿的模样。

× × ×

S：“好像……又发生了什么事件呀？”

W：“没错。‘蓝色的六人会’的其中一个成员失踪了。”

S：“上次是刺杀，这次又是失踪吗？《蓝眸的贞德》难道真的被诅咒了吗？”

W：“那是确凿无疑的。毫无疑问，《蓝眸的贞德》一定是被诅咒了，从停刊的那一刻起。”

S：“停刊的原因，果然是那个引发骚乱的画面吧？”

W：“是的。因为那个画面，当时可是闹得沸沸扬扬的，甚至还被新闻报道了。”

S：“话说回来……（翻阅《少女朱丽叶》）《蓝眸的贞德》里为什么会出现这个场景？一般来说，出版社的编辑会尽力避免这种情况吧？是因为当时的管制会比较宽松吗？”

W：“倒也未必不会有这样的情况。但更可能是受了七十年代的文化氛围影响吧，那个年代的漫画，毕竟被称说是‘悲情漫画的宝库’呀。”

S：“但就是这样，迄今为止作为正统少女幻想漫画一路走来的《蓝眸的贞德》却……女主角被人轮奸什么的……不仅如此，甚至还被人斩去了四肢。再怎么强调那个时代的文化氛围，这也已经完全偏离了少女漫画应有的风格了呀！而且，连载《蓝眸的贞德》的杂志《少女朱丽叶》本身也是偏向保守的风格。”

W：“据某位知情人士透露，当时的少女漫画基本都保持着每周一刊的节奏，工期始终赶得很紧；贴网点纸呀，植字呀之类的工序，甚至都是在印刷厂里完成的，编辑也基本不会负责终盘的检查工作。也就是说，漫画的内容基本是完全交由作者自己决定，编辑则通常只是负责印刷工作而已。除此之外，好像也有着‘编辑虽然会负责检查，但却无法随便给出否定的意见’这种说法。无论如何，当时的《蓝眸的贞德》可是《少女朱丽叶》的当家作品，这样的作品可是无论如何都不能出差池的。若是因编辑胡来而失去了这部作品的话，恐怕会连带着好几位编辑一起丢掉饭碗吧。之所以会出现那种莫名其妙的展开，倒不如说是秋月美有里的思想更令人在意。毕竟直到上一期为止，《蓝眸的贞德》都还是传统的浪漫故事。”

S：“对，对。直到上一期为止，《蓝眸的贞德》都还是普通的长篇幻想历史故事。角色光彩照人、衣着华丽，命运的恋人们时分时合，扣人心弦——然而就在最重要的篇章之中，剧情却急转直下，变成了黑暗残酷的故事，真令人大吃一惊。那时甚至还有人因此自杀，引发了巨大的轰动……话说回来，单行本中的场景是怎么处理的？难道也同样收录进去了吗？”

W：“并没有，到底还是把那一部分删去了。取而代之的是赶工完成的皆大欢喜的大团圆结局。”

S：“是吗？话说回来，那本单行本现在也还是绝版的状态吗？有复刊之类的计划吗？”

W：“虽说之前也被提出过复刊的计划。但由于作者本人行踪不明的缘故，复刊的难度应该很大吧。”

S：“而且，还有着‘秋月美有里两人说’的问题呢。没准会因为《蓝眸的贞德》的著作权而发生争执……啊，对了，难道那个黑暗的结局正是由其中一个‘秋月美有里’促成的吗？”

W：“不是没有这种可能。实际上，我也这么设想过。这到底不过是推测——其中一人的秋月美有里长期作为代理作家而居于幕后，对此感到愤懑难平的她便构思了那样的情节，以此作为对真正的秋月美有里的复仇……”

S：“原来如此，那样的话就说得过去了。连自己的存在都被否定，仅仅是作为秋月美有里攫取名利的工具而活着，这简直就是被豢养的状态呢。于是被统治者终有一日对统治者掀起叛旗，致使她名誉扫地，最终淡出了世人的视野……不，至今行踪不明的她甚至可以说是失踪了吧。若是这样的话……那另一个秋月美有里呢？”

W：“至今还没有人知道。”

S：“但是无论真相到底如何，《蓝眸的贞德》以那种形式结束，对粉丝来说无疑是莫大的背叛。他们肯定不会坦然接受吧？”

W：“没错，秋月美有里消失后，却只有粉丝们被留在了《蓝眸的贞德》之中，那是《蓝眸的贞德》所酿成的怨念和执念呀。”

S：“或许正是粉丝们的怨念，催生出了《蓝眸的贞德》的诅咒也说不定。”

（摘自月刊《秘密探掘》二〇〇八年九月号）

吉赛尔

“米蕾尤是怎么了呢，今天竟然也缺席了。”

九月。在池袋的法式餐厅内，一边用餐巾擦拭着嘴角，加百列一边小声说道。原本是六人编制的干事会，现在却只剩下四个人。

“最近好像也没在网站留言板上出现过。大家有和她联系过吗？”

对于加百列的提问，其余三人面面相觑着。

“那之后发生了什么吗？记得她是和玛尔格丽特太太一起回去的吧？”

“是这样没错。”马尔格丽特压着嗓子，调整起说话的腔调。

“回去的路上她一直很有精神。真的是兴奋得不得了。对吧，艾米丽？”

“啊……”突然抛来的话题让艾米丽有些不知所措，她鼻梁上的眼镜轻轻颤动起来，“是的，那时候的她非常有精神。老实说，反倒精神到了让人难以应付的程度。”

“她本人还说着自己没准会患上忧郁症什么的，可兴致反而高得不得了。”玛尔格丽特又摸起了自己拢起来的头发。

出发旅行的当天，出现在会合地点的米蕾尤让所有人都吓了一跳。她穿着几乎透出乳房——实际上乳晕也的确透了出来——的轻薄裙子，脸上的妆浓得吓人，让人不知该把视线放在哪儿好。

上车之后，兴致高昂的米蕾尤没完没了地说起了话。因为说话太急的缘故，时而又会背不过气来。到了旅馆后，她也依然一刻不停地吵闹着。要么在旅馆里东奔西走跑个没完，要么就拉扯着工作人员反复询问相同的问题。分配房间的时候，甚至还引发了骚动。

预约的房间一共是三间双人行政套房。吉赛尔和艾米丽一间，玛尔格丽特和米蕾尤一间，以及单独一间的加百列。本来在出发之前就已经这样分配好了。可到了入住的时候，米蕾尤却突然说要和加百列住一个房间。无论再怎么拒绝，米蕾尤还是强行跟去了加百列的房间。非但如此，甚至连艾米丽也有样学样地跟了过去。结果大家就在加百列的房间里通宵打了一晚上扑克，继而又引发了新的骚乱。在游戏中失利的米蕾尤“作弊！作弊！”地叫嚷起来，随后开始大发脾气。她的叫喊最终引来了旅馆的工作人员，并对几人作出了严重警告。灵机一动的吉赛尔拿出了安眠药，才总算是设法让米蕾尤睡着了。

但拜此所赐，第二天米蕾尤的状态却变得更加糟糕了，虽然精神状态仍像昨日般亢奋，但心情反倒跌至了谷底。

她就像是个麻烦的醉鬼一般，胡乱对周围的人找起了碴儿，最后又再度吼叫起来。原本就没睡好觉的加百列犯起头痛，连早饭都没吃就乘上吉赛尔的车，先一步返回了东京。剩下的玛尔格丽特和艾米丽费了好一番功夫才将米蕾尤拉到车上，就这样踏上了归途。

“那个时候把麻烦事推给了你们，真的非常抱歉。”

这样说着，加百列轻轻躬下身来。

“没关系。”玛尔格丽特强行拉扯着干瘦的脸颊，扮出一个僵硬的笑脸，“毕竟加百列身体不好嘛，那也是没办法的事。对吧，艾米丽？”

艾米丽急忙笑着附和道：“是的，那是没办法的事。”可听起来却实在有些无力。

“总之——米蕾尤从那次旅行以后就再也没出现过，是吗？”

加百列这么一说，玛尔格丽特马上接续道：“但说起来，她说过‘想要退会’之类的话呢。说是因为要照顾母亲而心力交瘁什么的……对吧，艾米丽？”

“啊……对，对，没有错。她的确是这样说过。”艾米丽再度附和起来。

“退会……是这样吗？”加百列轻轻啜了一口红酒，“之前在卡拉OK时也听她这么说过，看护母亲的工作想必非常辛苦吧。若是想要退会也没有办法。之前希尔维娅才刚刚出了那种事……再怎么说，靠四人维持俱乐部的运营实在有些困难，还得准备好十月的茶会才行。”

“是呀，差不多也该补充新成员了。”玛尔格丽特看向早苗的方向，“吉赛尔那边有发现合适的人选吗？”

“——是呀。”早苗一边切着红酒炖煮的小牛肉，一边心不在焉地应和道。

“妮娜怎么样？”加百列当即说道。

“妮娜？倒也算是个不错的选择，可……”玛尔格丽特一边在面包上涂满黄油，一边露出苦笑，“妮娜之前和吉赛尔她……”

“没关系，只是稍微开了些小玩笑而已。”

虽然嘴上这么说，可实际上早苗并不喜欢妮娜。

——那个人总是紧咬着自己不放。无论是在聊天室里还是在留言板上，只要自己一发言，她马上就会留下些阴阳怪气的评论。曾有一次，受不住气的早苗稍微还了两句嘴，随后便演变成了一场浩大的争吵。

“先多选出几个候补，之后再决定到底让谁加入进来吧。反正茶会的准备也已经差不多完成了。不如就等茶会结束后再慢慢考虑吧。”

对于玛尔格丽特的话语，早苗悄然松了一口气。如果可能的话，还是希望妮娜不要加入到“蓝色六人会”中来。

“虽说在网络上有些难以相处,但是妮娜是个很不错的人哦。”

眼见加百列似乎还是没有让步的意思，早苗忍不住开了口：“听加百列的说法，您好像对她很熟悉呀！”

“只是在之前的茶会上聊了一会儿而已。”

难不成是说了我的坏话吗？早苗的眼皮跳了起来。仿佛是看穿了早苗心底的不安似的，加百列将手悄悄地搭在了吉赛尔的腿上。被来上这么一手，岂不是只能乖乖认同了吗？早苗的脸颊在悄然间发起热来。

斜前方的玛尔格丽特朝自己投来了意味深长的视线，可早苗却全然不顾。她就这么让加百列的手搭在自己的腿上，默然切起了牛肉。

加百列把脸伏在早苗的耳旁，发出细小的嗫语。

“妮娜其实是一位既开朗又友善谦虚的人。她或许在网络上会说些不得体的话，但本人却已经在反省了。虽说只是我的凭空想象，我认为在现实中，她和吉赛尔会很投缘的。”

“怎么会——”早苗不由得说出了真心话，“我实在不这么觉得。她根本就把我当成了世敌死仇一样。即使在现实中见了面，也肯定会越来越讨厌起彼此。实际上，茶会的时候我们就已经打过照面了，她根本就对我理不都理，甚至还特地避开我的视线。”

“难道不是错觉吗？是您想太多了。”

“才不是那样。”妮娜对自己的敌意再明显不过，早苗一下子探出身体，“你难道是要说我有被害妄想症不成？”

——小心，你被生灵[1]附体了。

1　生灵在日本迷信中是指由活人的憎恨化成的怨念。——译者注

“欸？”早苗缩回了身体。

——那个生灵是你认识的女人。我感知到了非常可怕的怨念，要多加注意。

早苗只觉得胃袋突然翻腾起来，致使她不自禁地发出一声干呕。

“怎么了？吉赛尔？”玛尔格丽特朝自己投来了惊异的目光。另一侧的加百列也偷偷窥探起自己的脸色。

“您的脸色很差，是哪里不舒服吗？”

“刚才我就很在意了，难道是发烧了吗？”

“没关系，让你们担心了。真的没什么。”

早苗说道。但她很清楚，自己的脸颊一定已经一片通红了。

并非是加百列依然放在自己腿上的手的缘故，而是因为今天一直持续着的低热。

“是真的吗？那就好。”

加百列的笑容映在了红酒杯上。

……还是老样子，真是一张漂亮的脸蛋呀。隐约可见的虎牙给人以过去的少女偶像一般的印象。知性的言谈举止、温柔体贴的个性、斯文平和的语调——实际上，加百列也正是俱乐部中的偶像。无论是俱乐部的哪一名成员，都绞尽脑汁地想要讨得加百列的欢心。尤其是艾米丽，甚至崇拜到“仅仅对上眼，脸就会变得通红”的地步。甚至连看似一丝不苟的玛尔格丽特，也无法抗拒加百列的魅力。

自己也是如此——早苗对此心知肚明。但她却故意佯装出一副不喜欢加百列的态度。

“那个人太矫揉造作了。拢起刘海的动作也好，端酒杯时的架势也好，餐巾的摆放方式也好，尽做些表面功夫。像那种体态，年纪一大身材马上就会走形。现在顺滑的头发，肯定撑不到五年就会变得枯燥暗淡。所谓的美貌不过是梦幻泡影罢了，一眨眼的工夫就会消逝。那个‘偶像’不就是这样吗——那个偶像。”

可是，那些话不过是在欺骗自己罢了——早苗自己非常清楚。自己早已无法从加百列的身上挪开视线了。若是被那水葱似的纤细手指轻轻抚摸的话，连理性都会飞走的……那个时候也一样——

透过玻璃杯，早苗注意到艾米丽正用隐含怨气的目光紧紧盯着自己。想是在埋怨自己占去了加百列旁边的位置吧。

——你被生灵附体了。

那句话又再度回溯到了脑海里。早苗端起杯子，将内里的酒浆一饮而尽。

——你被生灵附体了。

说这句话的人是婆婆的朋友。

昨天，婆婆连声招呼也没打，便突然造访了早苗的家——这已经不是第一次了。

应该是觉得已经和儿媳熟稔了吧，她总是十分唐突地上门打扰，却从不考虑别人是否方便。

可是，带朋友来却还是头一遭。

那个朋友听说好像是住在婆婆家附近的近邻，一直干着占卜师的她最近却突然有了能看见鬼魂的叫作“灵视”的能力。这个占卜师名字叫紫苑音。头发染成与年纪不相符的黑色，发型又是夸张的鲍勃式短发，致使她瘦小的身体与惹眼的发型间形成了巨大的反差，远远看去简直像是带了一个巨大的帽子一样，滑稽可笑得很。

简单来说——就像把糖果店前歪着脖子的peko人偶那张圆溜溜的脸按进干燥箱里风干一段时间后的模样。

“紫苑大人的占卜从以前开始就是绝对会实现的。信一郎升学的时候也好，成为公务员时也好，都是让紫苑大人事先占卜过的功劳哦。”

信一郎是为婆婆所溺爱的自己的丈夫的名字。

“但是以前在占卜结婚运的时候，紫苑大人却说要注意一些，我一直到现在都很在意呢。”

——您是说对作为儿媳的我有什么不满吗?

早苗虽说想要像这样反击回去，但自己在结婚前也被好多人说过“男人运差”“婚姻运差”之类的话，姑且算是扯平了。

当然即便没有这回事，早苗也不可能会对婆婆发作。耐心听下去的话，婆婆单方面的谈话便很快就会告结，本人也会带着一副酣快的表情心满意足地回去。

婆婆也有很多不容易的地方，又要照顾卧床不起的丈夫，又得操心啃老的女儿，所以才会找自己来宣泄情绪。若是她藏着心思，反而把自己憋出病来，那操心的就要轮到自己了。

所以，自己得耐着性子听她絮叨才行。自己想说的话全部憋在肚子里，只要一边听她说一边点头就足够了。

“所以呀，紫苑她说了——儿子和儿媳身边很快就会有什么危机到来了。所以今天我才和她一起来找你们。你们两个有什么麻烦事吗？”

她说对了。但真要说起来，所谓的夫妻生活本就像是互相用脑门儿夹着落地即爆的炸弹，再在头顶放上开了盖的硫酸然后两人还要被迫绑在一起。

“夫妻间有麻烦吗？”

被这样问到的话，一百个人中恐怕有一百个都会回答“是”吧。

“是夫妻间的感情变得淡薄了吗？”若再这么追问一句，“哎呀，您怎么知道的？”

一百个人里又会有九十九个人，会一边惊叹于对方的料事如神一边这样回答。

真是的，这种问题还用想吗？发生婚姻危机的时候感情当然会变得淡薄了。

可是却不知这一百人里能有几个人注意到这个诡计呢。

实际上，这是一类叫作“冷读术”的话术。先根据对方的衣着、言谈举止作出基本的判断，而后再适当地用言语旁敲侧击，由此推测出对方的情报。

记得以前电视中曾经播过，说这是占卜师和欺诈师惯用的技巧。这位紫苑大人想必也是谙熟此道的人物吧。可却没想到婆婆竟然会那么轻易地相信了她，怕是已经被骗走不少钱了。真是个让人不省心的婆婆呀……

“化妆台右边抽屉的深处，有个藏着离婚申请书的蓝色文件夹。”

可是紫苑大人却语出惊人。对于她过于具体的占卜，早苗差点因吃惊而丢出手中的茶壶。

不不不，不对不对。这是那个——是那个叫作“热读术”的技巧吧。

先事前调查清对方的底细，然后再在现场说出之前调查出的情报，装出一副自己有灵视、透视之类的超能力的模样。据说这是出名的灵能力者们常会使用的进阶技巧。

“哎呀，是真的吗？早苗，你去领了离婚申请书吗？”

婆婆干瘪的唇一下子朝自己凑了过来，早苗反射性地用茶壶挡住了婆婆的脸。

但是，她为什么会知道那个抽屉里藏了离婚申请书呢？难道是先被丈夫发现又被他讲给婆婆听了吗？但是，那个带着锁的抽屉可没那么容易打开。

不，不对。正因为上了锁，自己藏住秘密的意图也随之敞露无遗。

钥匙？这种化妆台自带的简易锁头，外行人都可以轻易地用发夹或者铁丝撬开。

“不是这样的。”早苗马上在脸上挤出微笑，同时试图辩解。可紫苑大人的占卜却还没有结束。

“我说你，最近身体出了问题吧？总是把吃下去的食物呕出去。体重也在一周内减轻了两千克左右。”

全部都猜对了。

但如果是丈夫的话，会知道这些也是理所当然。上周的时候，丈夫看见了早苗称体重。为了免去他多余的担心，自己便说着“轻了两千克哦”，扮演了因减肥成功而喜悦的妻子的形象。

足够下结论了——幕后黑手是丈夫准没错。

“没什么头绪呢……身体也没有毛病。”早苗尽可能地维持着笑脸答道。

而紫苑大人却一边沉吟，一边用深陷的眼睛仔细地打量起了早苗。扫视了一圈之后，她最终将视线落在了早苗的唇上。抵挡不住视线的早苗不禁俯下了脸，可对方却仿佛抓住了她的弱点似的，立刻用极为笃定的语调慢慢说道：“你被生灵附身了，是你认识的女人。那是股非同小可的怨念，你得小心了！”

这不也是以灵能力者自居的骗子们惯用的手段吗？说些故弄玄虚的话，有意引发对方的恐惧。她的目的到底是什么？

真是无聊，早苗轻轻摇起头来。

现在只要单纯地享受这段时光就好。既然都来到了这里，就不要再想婆婆的事情了。

“说起来，吉赛尔的家是买的房子吧？而且还是独栋的住宅来着？”玛尔格丽特突然向早苗问道。

看来是在自己走神的时候，话题在不知不觉间向买房的方向发展了。

“嗯，没错。”

“那您也得小心点才行呀。”

“欸？”

“若是您的丈夫出了什么意外，可能会引发遗产的纷争哦。就像米蕾尤一样。”

啊……这么说来，米蕾尤就是因为遗产继承的问题和兄弟发生了争执呢。话说回来，她到底是去哪儿了呢？

“所以，吉赛尔也得小心才行呀。”玛尔格丽特絮絮叨叨地叮嘱着早苗，“像是杉并区那种黄金地段的独栋房屋，绝对会遭人嫉妒的。毕竟就在离井之头公园[1]那么近的地方嘛。”

接着，玛尔格丽特又一遍遍重复起“黄金地段”这个字眼来。

“玛尔格丽特不也是住在世田谷区的黄金地段吗？”被早苗这么一说——“才没有呢，那不过是公司分配下来的屋子罢了。照着我

1 井之头公园是位于东京武藏野市御殿山的著名景点，以赏樱胜地著称。——译者注

家那口子的德行，干一辈子都不可能在二十三区买房子的。毕竟和你家那位高级公务员不同，我家那口子只是个电机制造商的子公司的小职员罢了。但相对地，我们也就免去了遗产继承的烦恼；但吉赛尔可就得注意了，若是有个万一，肯定会有生出许多麻烦。不管是多和睦的家族，在遗产面前也铁定会争个头破血流——因为那可是黄金地段嘛。”

黄金地段？早苗的脸上浮现出干巴巴的笑容。虽说的确是距离井之头公园很近，但不过就是个寒酸的狭小商业住宅罢了。况且对于那栋房子，自己也没有半点留恋。

那个家族用不着遗产纠纷便早就已经四分五裂了；那些家族的成员们，全都只会考虑自己的事情。若是丈夫真出了意外，索性就把那个家丢掉好了。

*

距离三鹰台车站十五分钟脚程，地处井之头公园南侧住宅区的一隅，南法兰西风格的鲜亮墙壁和时尚设计——但是，这个家却在拒绝着自己。

之所以买下这里，是十年前丈夫的主意。觉得住着公家的住宅始终会抬不起头的丈夫，和婆婆一同找到了这所住宅。首付的3000万日元也是由婆婆准备好的。房间的布置、厨房的布置、墙壁的颜色都是和房子配套的设计。虽说自己并不喜欢，但婆婆和丈夫却很中意这里的样子。

这样一来，你妻子的毛病也能治好了吧。

那时的早苗被怀疑有虐待儿童的倾向，甚至还被强制关进疗养院了一段时间。

当时，儿子就读的小学中时常会有虱子叮咬的现象。早苗听信了邻居“用吹风机的热风吹头就会治好”的浑话，结果使儿子的头部受了轻度烧伤。结果，早苗和丈夫与婆婆以及住在那里的其他有孩子的住户大吵了一架。

不知是那时的事情被什么人添油加醋，还是自己夸大了当时的印象，儿子从那之后开始就再也没给过自己好脸色看。

早苗曾读过儿子发布在博客上的小说。那时他的“家里蹲”还不像现在这么严重。趁着儿子外出，早苗溜进了他的房间，开着的电脑上正记载着他写的小说。

小说的内容是：小时候受到母亲虐待的少年为了治愈心灵上的创伤，便和同样有着悲惨过去的少女一同谋划了杀人计划。

那些文字实在是触目惊心。小说中的早苗是一个自说自话、没有人性的母亲，肮脏、自私又愚蠢，完全符合孩子们对邪恶的大人的印象。

虽说故事的原意是靠“以残忍的手段杀死那样的大人”来解决问题，可是，那两个孩子却永远都是孩子，永远都是受害者。嘴上说着成为杀人狂都是社会的错，都是过去的创伤的错，都是大人的错，互相把对方当作“纯粹的存在”，把“我会保护你”挂在嘴边，持续不断地在原地兜着圈子。

这个故事应该不会有结局吧。早苗心想。或许那意味着自己的儿子也永远不会成长。

若是他憎恨自己，那就继续恨下去便好。若是能在仇恨中找到生活的意义，那也不失为一条出路。但是那个孩子，就算再怎么恨自己，也不会有胆量离开这个家吧，到底还是要依靠自己生活下去。

自己没能好好教会他独立面对人生，这实在让早苗追悔莫及。

自己是个失败者——养育孩子也好，婚姻也好，可谓是从头失败到尾。

前往客厅之前，早苗先去了一趟二楼儿子的房间。捡起放在门口的装着垃圾的购物袋和吃剩的早饭与晚饭后，早苗又将从超市买来的速食料理和袋装面包以及一瓶两升装的饮料放在了原处。自己从半年前开始就再也没进过儿子的房间，一日三餐都是像这样直接放在他的门口。

每个人都将儿子的异常归罪于早苗的头上。婆婆也好，丈夫也好，都认为是由于自己的虐待才招致了这样的结果。

去补偿他，倾尽一生来赎罪——周围的每个人都这么说。

——是的。您说得对，我会秉承着死志去补偿那孩子。

可就算自己真的死了，那孩子也不会有分毫改变吧？早苗心想。那孩子和自己一模一样。他那歪曲的顽固性格和笨拙的反抗心无不和自己如出一辙。

方便袋里装着染上了自慰的污痕的内裤，甚至没有半点掩藏的意思。吉赛尔感到一阵反胃。丈夫就是这样——为什么他们总是可以面不改色地把这种东西交给别人，就因为是家人吗？真令人作呕。就只有在行自己方便的时候，才会把“家人”这个词挂在嘴边吗？

早苗将整个垃圾袋塞进垃圾箱里，而后向手上挤了大量洗手液揉搓出泡沫。

是从哪里开始迈向失败的呢？如果可以重新来过的话，要选在什么时候？果然还是要选在做出结婚的决定之前吧，或者是更早一些的时候。如果可以的话，早苗想要被别的女人生下来，就是因为那个女人，自己才会变得那么自卑的。

——就算是我……就算是我也想要成为贞德那样的女孩子啊。

早苗在不知不觉间抓住了电话的听筒。可是，又有谁能够分担自己的烦恼呢？大学时的朋友，住在附近的主妇，再或者……紫苑大人吗？

不，不行。她们都不是能保守秘密的人。

那就……玛尔格丽特？艾米丽？

不……还得是那个人才行。

“真可怜呀，吉赛尔。其实我的家里也是，内部的歧视相当严重。母亲总是一味地宠爱着妹妹，我也是好不容易才忍受到了现在。”

正如早苗所预想的一样，加百列用一如往常的语调安慰着自己。既不提出意见也不议论争辩，仅仅是安静地听自己诉说烦恼。

以及最关键的那一句“真可怜呀，吉赛尔”。

平时只要能听见这一句话，心情总归是会平复一些。可是今天却别说平复了，反倒更加高亢了起来。

“我也一样，不管干什么都总是被迫妥协的那一个。母亲只爱着我的哥哥和妹妹，尤其是哥哥，母亲用‘我们的大公子’叫着他，无论他想要什么都会买给他，却连本《少女朱丽叶》都不舍得买给我。哥哥和母亲一样容貌出众，而我却和丑陋的父亲一模一样，尤其是歪七扭八的牙齿，根本就和他如出一辙。”早苗用手遮住面颊，“母亲一直这样对我说：‘既然其貌不扬，好歹性格上就乖顺一些。人家说话你就听着，别给别人添乱。’她成天对我丑女、丑女地叫个没完。”

“才没有那回事。吉赛尔非常漂亮哦，你得再有些自信才行。”

“不，不行的。像我这种人，像我这种人……”

“可不能轻贱自己呀。”

“我不仅长相难看，连内在也丑陋不堪——这倒是和母亲很相似呢。母亲之所以那么厌恶我，一定是从我身上看到了她自己的影子吧。啊啊，一定是这样……对了，曾经还有过这样的事——我怀着恶作剧的心思，将哥哥珍爱的手套藏了起来。原本真的只是想要开个玩笑而已，只是藏到了马上就能被发现的地方。结果，哥哥却因此发了火……”

或许是当时的感情复苏了吧，早苗开始了呜咽。

“没关系哦，吉赛尔。如果不想说的话，就不要再说了。”

“不，请好好听着。”早苗扬起脸，一口气讲了下去，“接着，母亲心急火燎地跑了过来，为了不让矛头指向自己，妹妹马上就告诉她‘把哥哥的手套藏起来的犯人是姐姐’。那孩子明明知道我把手套藏在了哪里，却还是一直不开口，目的就是在母亲的眼前揭发我，她一直都是个狡猾的小鬼。正如她所预想的一样，母亲旋即就把怒火倾泻在了我的身上。她先是用拳脚殴打，又把我书包中的东西全部倒出来，把我向朋友借的《少女朱丽叶》在我的面前撕了个粉碎！那件事我到死也不会忘记，我永远也无法原谅妹妹和母亲。因为她们，我……

“借来的《少女朱丽叶》原本是要在第二天还给朋友的，可却被母亲撕得粉碎，我也因此失去了朋友的信赖。那件事在班里传开，使我在半年左右的时间里一直被其他人排挤着。没人向我搭话，都把我当作脏东西一样避而远之。若仅是被排挤的话，倒也不是不能忍耐。可让我无论如何都无法忍受的，是无法再读《蓝眸的贞德》这件事。我试着到书店里偷偷去读，却每次都被店主赶了出去。因为想着会不会有被人丢掉的《少女朱丽叶》，所以就跑到垃圾箱里翻找起来。结果那时候又被同学撞见，她们便愈发把我当作‘脏东西’来对待了。

“差不多那个时候，有个住在附近的亲戚家的和妹妹相同年纪的女孩时常会在周末跑来玩。因为她拥有《少女朱丽叶》的缘故，尽管不是本意，我还是把那个女孩当作公主般对待。在百般奉承之下，我才终于得以仓促地扫上一眼《蓝眸的贞德》。去奉承那种平平无奇、又胖又丑的女孩实在让人难以忍受。可为了看到《少女朱丽叶》我却只得如此。连区区用来买漫画的一百日元都没有的我，便只能出卖自己的尊严了。”

是呀，自己早就将自尊舍弃了……

“吉赛尔？”加百列温柔地喊着自己的名字，“就算这样，您也还是要对自己保持着自信才行哦。您可是非常有魅力的人呀。”

“谢谢你。”轻轻应了一句之后，早苗便把听筒放回了原处。

挂掉电话后又过了一会儿，换作是手机的铃声响了起来。是玛尔格丽特打来的。

“因为你家里的电话一直在通话中，所以就打到你手机上了。”

每每例会结束回到家中的时候，便一定会接到玛尔格丽特打来的电话。其他的成员也是如此吗？

“说起来刚才加百列也一直在通话中呢。”

玛尔格丽特意有所指地说道。为了免去不必要的误会，早苗决定向她解释清楚。

“是的，我直到刚才为止都在和加百列通电话。”

“是这样吗？”

说了什么？为什么在例会上没讲出来？难道是什么说不出口的事情吗？对方的好奇心隔着听筒传了过来。

“随便闲聊了几句而已。”早苗不想多作纠缠，便随便搪塞着她，“有什么事？”

“没什么，稍微有点担心你，就想着打个电话问问看。”

“担心吗？”

“你的脸色很差呢。”

“是吗？”

“不是差点吐出来吗？”

“嗯……突然有点恶心。”

“脸也有些浮肿呢。”

“脸肿了吗？”

“嗯。看上去比平时的状态差不少，妆容也有点粗糙；若是以前的话，明明会把妆画得很完美的。”

“是因为睡眠不足吧，最近稍微有些失眠呢。医生开给我的催眠药最近也不太见效了。”

“月经呢？”

“……月经？还没有来。”

“多久没来了？记得你之前说过‘月经来晚了许多’之类的

话呀！”

“嗯，稍微有点……直到现在也没来。”

早苗看向贴在墙上的日历，已经差不多三个月没来了……

“你……难不成有了吗？”

“什么？”

胃部突然开始了痉挛，受到挤压的胃液一股脑地涌上食道。

早苗挂了电话，马上朝盥洗台跑去。

镜子里自己的眼皮耷拉着，高高肿了起来。真的浮肿得很厉害。

“你……难不成有了吗？”

玛尔格丽特的话语在头脑中回荡。

不会吧，难道真的……

我……怀孕了吗？

早苗拿捏着手指，推算起日期。

讨厌，难道……是那一天吗？

那一天，醉酒归来的丈夫扑在了自己的身上……早苗浑浑噩噩地睁开眼睛，丈夫的脸旋即映入眸中。他微张开薄薄的唇，白得不自然的整齐牙齿露在外面。他整个张开的嘴，甚至连牙龈也露了出来——与洁白的牙齿形成对照的、病态的红色。

听婆婆说，丈夫整牙的时候是婆婆拿的钱，整牙一共花了二百万日元。

——他在整牙前是怎么一副模样呢？

“牙齿和你一样，难看又别扭。”“若是你把牙齿矫正一下的话，模样也还算过得去。真可惜。”当时婆婆这样说着，露着假牙笑了起来。

早苗想着，对了，就是那个时候。

遭、遭了！该如何是好……如果怀孕了怎么办？

那种男人的孩子……已经不想要了！那个男人的孩子，一定又是胆小怯懦却只会在家人面前妄自尊大，成天窝蜷在自己的床上，连自己的垃圾都不会收拾的窝囊孩子。

但……如果是女孩呢？

如果是女孩的话，自己没能实现的梦想就能让她去替自己实现了。给她买许多漂亮的衣服，矫正牙齿也是从小开始。让她去学芭蕾、弹钢琴……当然漫画也会买，无论要什么都得买给她才行——

但是……果然还是不能生下来。

电话响了起来，可脑袋里乱作一团的早苗却根本不想理会。

自己不需要孩子，不需要孩子……

住在八王子的妹妹打来了电话。

明明没什么重要的事情，却还是时常打电话过来。那孩子从以前开始就是这样。这种和别人的黏糊劲儿，到底是随谁呢？

总是在别人面前扮出一副亲切的样子，和谁都想搞好关系。连小时候的那个胖女孩，妹妹都和她成为朋友。大多数时候，妹妹也会先自己一步读到她手上的《少女朱丽叶》。

那个死胖子，明明知道我有多么期待却还是故意轻慢。妹妹肯定也因此而从自己的身上品味到了优越感吧。

“怎么了？”

“没什么，只是想问问你身体还好吗？”

被早苗问到后，妹妹这样答道。

“我的身体没事，和以前一样。”

“那就好，妈妈和你联系了吗？”

“没有，那个人又不待见我。”

“才没有呢，她一直都在等着姐姐的电话。”

“到底有什么事？”

“刊载了《蓝眸的贞德》最后一话的《少女朱丽叶》，在拍卖会上出现了哦。”

早苗的嘴唇轻轻一颤。

刊载着自己没能看到的《蓝眸的贞德》最后一话的杂志时常被放到网上拍卖一事，其实早苗也是知道的。

但因为每次都会被炒到很高的价格，犹豫不决的早苗已经眼睁睁地看着他人中标了三次。

“这又怎样？”早苗以故作强硬的口气应道。

“那个……我想着得告诉你一声才行……”

“就为了这种事？”

“姐姐不是很在意《少女朱丽叶》上连载的最终回吗？”

“其实你已经私底下偷偷看过了吧？在那个孩子的《少女朱丽叶》上。”

“你在说什么呀，那孩子不是从那以后就再也没来过了吗？”

“你难道不是背着我和她偷偷见了面吗？我可是心知肚明。”

“哪里，才没有呢。”

“趁我不在的时候，你们两个不一直偷偷摸摸地在做些什么吗？”

“那是——”

“我可是清楚得很，你们两个——”

“啊，抱歉，我女儿醒过来了。那就这样。”

和妹妹的电话总是这样。自己从半途开始单方面地进行挑衅，妹妹却从不应战，很快就会挂断电话。

真令人来气。那孩子总是先自己一步挂断电话，自己无处宣泄的怒火也就随之进一步升腾起来。

再说了，为什么现在还要用这种陈仓烂谷来挖苦我？

《蓝眸的贞德》最终回，自己确实没在现实中读到过。

总会拿来《少女朱丽叶》的那个胖女孩，在《蓝眸的贞德》最终回刊载之前没了踪影。每当到了周六的时候，早苗都会焦切难耐地等着她的到来。可是一直到最终回刊载为止，那个孩子都没有出现。最终回的内容似乎相当震撼，甚至在全班引起了轰动，但早苗却始终未能得见。

阴沉晦暗的那一天，那潮湿的空气仿佛又萦上鼻端。

只剩下自己一人的教室。在学生都回去后，早苗翻找起同学的桌子，妄图找到被人遗落的《少女朱丽叶》。就当她翻起了垃圾箱的时候，回来取东西的学生正巧撞见了那个场面。

欺凌进一步升级，学生们开始用“小偷”来称呼早苗。那时的影响甚至到中学都没能消散。无论是吃饭还是回家，早苗都只能是孑孓一人。

另一方面，妹妹却凭借装乖的本事成了班级上的人气人物。中学时被选为学生会副会长，高中时又当上了戏剧部的部长。在妹妹光鲜亮丽的青春的阴影里，早苗却一个人藏在房间内，阴郁地在日历的每一天上打上叉号，过着简直如同囚徒一般的生活。

不，或许囚徒都要好过自己。就算是犯人也总会迎来解脱的一天，可早苗的日历却永无休止。现在，哪怕到了以后，日历也仍然会翻开下一页。

自己人生的价值，便犹如毫无意义地排列在日历上的数字。

起床，准备早饭，洗衣服，打扫房间，做午饭，外出购物……这就是日历所记叙的每一天。

不知不觉间，早苗已经站在二楼阳台上收拾起晾晒的衣服。

这已经彻底成了自己的习惯。即便自己一丁点儿也没有做这种家务的心思，可身体却依然会反射性地行动起来……自己到底是怎么了，难道会一直持续着这种生活吗？

有谁……能帮自己结束那不断前进的日历吗？

将洗好的衣服拿去卧室后，早苗顺势坐到了化妆台前。她从包里取出钥匙，插入抽屉上的钥匙孔。稍一转动把柄，抽屉便打了开来。

若是家中有梁上君子光顾的话，这个铁定会被最先偷走吧。早苗一边这样想着，一边拿出了藏起来的存折。

这是自己攒下来的私房钱。虽说本是揣着补贴家用的心思存起来的钱，但自己也同样做好了靠这笔钱出走的准备。直到现在为止，早苗也依然持续着定期存款。

账户中一共有五百万日元出头。可不过这一点小钱，又能供自己生活多久呢？

一年？半年？

恐怕早晚要出去工作吧，但自己又能做什么呢？

抽屉的更深处是藏了离婚申请书的蓝色文件夹。早苗打算等到实在无法忍耐的时候，便在上面写上丈夫的名字。

对早苗来说，这既是最后的手段，也是生活中唯一的希望。正因为它的存在，早苗才依然存有面对人生的勇气。

但当自己真的采取了最终手段后，之后又该怎么办呢？

自己只有五百万日元的财产。要仅仅以此作为保障，舍弃掉现在富足的生活吗？

可是，现在的生活也同样令人煎熬。虽说没有巨大的绝望和痛苦，但却每天都会催生出细小的烦恼。慢性的疲劳和睡眠不足逐渐积攒，让度过的每一天都像是在经受拷问一般。

回过神来，自己已经把笔拿在了手上，并对准了离婚申请书的签名栏。那里已经提前写上了丈夫的名字。

电话三度响起——却不知今天为什么会打来这么多电话。拿起听筒后，婆婆做作的声音便传了过来。

——明天可以过去吗？

——当然了，随时欢迎。

那是骗人的，只是应付你罢了。快给我发现啊！

在婆婆挂断电话之前，早苗便放下了听筒。

“等到了明年，你的运势就会逐渐上升了。”

今天紫苑大人也来了自己的家，并依然还在说着些不着边际的话。可旁边的婆婆却在认真地点着头。

“虽说现在的运势进入了停滞期，心情会低落也是当然的。但到了明年，厄运就会全部消失了。”

我的忧郁又不是一天两天了。况且——这种忧郁和你们也脱不掉干系。

说到底，为什么要三天两头就往这里跑？

少的时候一周一次，频繁的时候甚至每天都会来。虽说知道婆婆是想要喘一口气、歇息一下，但也请考虑一下忙于应付的儿媳的立场啊。

早苗无奈地掩藏着心中的烦躁，一边切着婆婆带来的瑞士蛋糕卷，一边随口应付着紫苑大人的胡言乱语。

今天只说了些好事倒也就算了，平时基本都是说些危言耸听的占卜。

“对呀。本来早苗就有好运加身，等过了停滞期后，运气肯定会一下子回转的。”

连婆婆也神叨起来了。

啊，是那个呀——那个蓝色文件夹。虽说还放在化妆台的抽屉里，但之前自己却忘了上锁。恐怕已经被丈夫发现了吧。

看到离婚申请书上的名字后，他便和母亲商量起来，随后两人便一同策划了这个挽留妻子的作战计划……到底要妈宝到什么程度啊？所以自己才会那么讨厌他。

“早苗一直都在被好运眷顾呢。所以你什么都不用做，保持现状就可以了。”婆婆一遍遍地重复着，“早苗可真的……实在是罕见的好运气呀。”

好运加身？开什么玩笑！还有比我运气更差的人吗？

*

“没那回事，吉赛尔的运势非常好。”

在三度光顾的卡拉OK店里举行干部例会时，玛尔格丽特这样对早苗说道。

刚开始学习看手相的玛尔格丽特一拉过吉赛尔的手，便马上脱口而出：“啊，果然是玉舆之相。”

“玉舆之相？”

“是的，非常明显呢。”

“但是，‘果然’是指？”对于艾米丽好奇的发问，玛尔格丽特像是在谈论自己的事情一般回答道：“吉赛尔的丈夫出身于有名的资产家家族，在当地颇有名望。他现在也是政府的高级官员。儿子也很优秀，记得是在K大的附属高中上学吧？”

“哎呀，K高中？真了不得！之后会直接升入K大吗？还是T大？”

面对像孩童一般不断抛出问题的艾米丽，吉赛尔轻轻地摇了摇头。

“他是个没出息的孩子，现在甚至连学校都不去。恐怕连毕业都有困难。”

“是吗……难得是上了K高中的。”

“升进K高中也不是什么了不起的事。”

不知是心理原因还是怎么，吉赛尔突然觉得背脊一凉。她举目四顾，却发现玛尔格丽特正用她深深陷入眼眶的眼睛直勾勾地盯着自己。

“啊，轮到我了，接着请看看我的手相！”艾米丽一边这么说着，一边急匆匆地向玛尔格丽特伸出了自己的手，“事先说好，现在我无论听到什么结果都不会害怕了哦。”

“啊，稍微失陪一下，等会儿再聊。”

玛尔格丽特收回了自己手。早苗趁着这个机会，用湿巾一根一根地擦拭起了自己的手指。这时候，耳边突然响起了熟悉的前奏。是Jun & Nene的《相爱令人恐惧》，加百列的拿手曲目。

可到了需要演唱的部分，加百列却依然没有开口，反而是将唇凑到了早苗的耳边——

“玛尔格丽特的女儿，从K高校落榜了。”

“啊……是吗？我一点儿也不知道……”

根本就没听说过。说起来，自己对其他成员的私事一无所知，因为那总归是些让人难以启齿的事情。但其他人，尤其是玛尔格丽特，却对别人的私事尤其敏感，所以自己也时常对她保持着警惕。那副笑容的背后，总觉得像是隐藏了什么秘密一样。

“你们谁来演一下Nene吧？”

加百列终于拿起了麦克风。

原本正因为手相而聊得热火朝天的玛尔格丽特与艾米丽齐齐举起了手。争执了一番之后，麦克风最终还是落到了玛尔格丽特的手上。艾米丽闷闷不乐地打着拍子，早苗也模仿她的模样拍起手。可不知怎么，早苗始终有些追不上节奏，只得拼命地掉在后头。

不知道是什么原因，最近的自己总是和其他成员保持着不自然的距离感。明明以前还是那么合拍的同伴，现在却仿佛只有自己一人游离在了小组之外。

……难道这个团体已经快要分崩离析了吗？一边想着这样的事情，早苗一边继续拍着手。

*

“我怀孕了。”

听妹妹这样一说，早苗也不自觉地摸了摸自己的腹部。

“哎呀，那可恭喜了。但是，这不已经是中年产子了吗？”

“嗯，稍微有些大意了。没想到到了这个年纪却还要生孩子。”

“这个年纪产子不会很麻烦吗？”

“是呀……但既然已经怀上了，就得‘既来之，则安之’才行呀。”

“要生吗？”

“……嗯。”

“工作怎么办？怀着孕工作，还是休假？”

“是呀……这也是个问题呢。现在这个时代，若是休息个没完，很快就会被赶走的。实际上也有不少呢，那种休完产假就突然被解雇了的人。”

“但你是管理层吧？”

“挂个名字而已。”

“那干脆就不生了吧？”

“……不是说了要生下来吗？”

“那就不要再想那些有的没的了。”

妹妹打来的电话令早苗的心中萌生出难以言喻的焦躁感。

妹妹小自己三岁，现年三十九岁。现在作为中型电机制造厂的正式员工，已经走出了一条平坦的仕途。在三十五岁时，她与小自己五岁的男人结婚，随后怀孕。

与她相比，一心想要离家的自己，在大学毕业后便立刻与交友会上认识的男人发生了关系，随后就是同居、怀孕、结婚、产子。既没有体验过职场女性的风光，也没有品味过恋爱的纯粹滋味——夹在爱情与事业之间的烦恼当然也与自己无缘。二十多岁时要养育孩子，三十多岁时要教育孩子，如今的自己已然年届四十。

这种看着儿子、丈夫、婆婆脸色过活的日子，就是自己的人生吗？

“姐姐不是一直在享受人生吗？”妹妹这样说道。

“才没有这回事。无论什么时候，烦恼都堆得像山一样多。”

“和朋友外出呀，聚餐呀，还有演戏什么的——怎么看不都是在讴歌人生吗？”

“那顶多算是喘一口气而已。”

“可是呀，世界上的大多数人就算想要喘口气，也没有供自己开销的金钱。就这点来说，姐姐不已经很好了吗？对了对了，这个夏天还出去旅行了一趟吧？那个西伊豆的庄园旅馆，我也想去一次呀。”

“那种旅馆，也没什么大不了的。”

回想起那一天的事情，早苗不禁蹙起了眉头。

那么糟糕的旅行，也足可算是件稀奇事了。那么糟糕的……啊，怎么回事？早苗的心中突然闪过一丝强烈的不安。

“怎么了，姐姐？”

“差不多先挂了吧，我得去练习了。”

“练习？又开始鼓捣起什么新花样了吗？”

“只是被丈夫上司的太太邀请了而已。我也不愿意做的，现在就得动身了。”

当早苗做好准备走到门口的时候，胃里突然涌上来一股强烈的呕吐感。早苗忍耐不住，将胃里的东西一股脑地吐了出来。

……果然，是这样吗？

月经还是没有到来，但这对自己来说也不是什么稀奇事。或许是压力太大的缘故，自己从三年前开始就已经有了月经不调的症状。

如果自己真的怀上了孩子的话，就会演变成与妹妹同年生产的状况。

——何等的巧合。

长子已经出生了十七年。从那时到现在为止，自己都没有特意去避孕，结果却偏偏在今年，还是和妹妹同时怀了孕。

但是，自己却已经年过四十了。在这个年纪怀孕，难道是有什么特别的意味不成吗?

“是，没错。那的确是有特别的意义。”和紫苑大人打去电话后，对方用怪异的腔调说道，“那个孩子，是你的福神呀。”

“福神?”

“就是这样。你的忧愁呀，困扰呀，这位福神都会帮你消除干净。所以你必须得产下来才行。”

“那个……这件事还请您对我的婆家保密，我想要亲口告诉他们。”

“那是当然。话说回来，你竟然会给我打电话过来呢，我很高兴哦。”

说起来，自己到底为什么要给她打电话呢?知道自己怀孕了的时候，脑袋里首先浮现出来的便是紫苑大人的话。

——你被生灵附体了。

她说那句话时的语气实在是过于真切，以至让早苗也不禁变得坐立难安起来。实在放不下那句话的早苗便顺势拨通了婆婆留下的紫苑大人的号码。

虽说如此，但竟然连怀孕的事都告诉了她，看来连自己也深陷进紫苑大人的话术里了。真不愧是占卜师，总能轻巧地抓住别人的弱点。想必自己怀孕的事已经传进婆婆的耳朵里了吧。事已至此，自己只剩一条路可以走了。

——生下孩子。

“那个……”早苗磕磕巴巴地说，“如果这孩子能消除忧愁和困境的话，那您之前所说的……那个生灵也能消除掉吗？”

“生灵？啊……对了，是啊，有这回事呢。你被生灵附体了呀，是一位男性的生灵。”

“男性？”

“对，不认识的男性。”

之前还说是自己认识的女性的。果然这位“紫苑大人”也不过是个搬弄是非的江湖骗子呀。

早苗悄悄松了一口气。

真是蠢到家了。自己竟然会一时糊涂，信了这种人的话。

“那个男性正单恋着你。因为你是个长相漂亮的美女，所以得多加注意才行。会不会有别的什么男人接近自己儿媳妇——你婆婆成天操着这个心呢，还有你丈夫也是。所以呀，你也得注意保护自己才行。”

——在说什么鬼话呀，这个满嘴跑火车的占卜师。

挂掉电话之后，早苗独自一人大笑起来。

果然是个骗子，说的话也全部都是信口胡诌的。相信那个紫苑大人的婆婆也实在是可笑得很。啊啊……真令人笑得肚子都要痛起来了。

哈哈哈哈哈哈哈……真是蠢到家了！哈哈哈哈哈，真是个不得了的欺诈师哇！哈哈哈哈哈哈……

越是放声大笑，脑袋中那股朦胧的不安也随之变得无影无踪；就如同在阴雨连绵后终于迎来晴天一般，身心都变得舒畅起来。

——生下来吧。

莫名言状的暖流突然涌入心间。便如沐春风般，浑身上下都包覆在温暖舒适的感触中。

那是自己萌生出的母性。

早苗决心要去一趟医院。

“已经是怀孕的第八周了。”

不对，不是那一天。和醉醺醺的丈夫发生关系是在三个月前的六月。

“真的……是第八周吗？”

“对，没有错。”

自己是在两个月前受精的吗？

——两个月前。

早苗的脸在一瞬间绷紧，但旋即又舒展开来，变作一张笑脸。

离开医院后，早苗便马上向玛尔格丽特打去了电话。

下周就是举办例会的日子，而且——是临近十月茶会的重要的例会。

“非常抱歉，下次的例会我参加不了了。”

“是吗？”

“是的，大概不会去参加了……茶会也是。”

“怎么了？”

“我怀孕了。”

“果然是这样吗？”

“是的。”

“丈夫的孩子？”

“欸？”笑容从早苗的脸上消失殆尽。

“啊，抱歉。和丈夫已经很久没做过了什么的……之前你有说过吧？”

“啊，说起来是这样呢。但是丈夫某天晚上却喝醉了酒回来——”

“噢，是这样呀。的确偶尔会听闻这种情况呢。”

“嗯，因为当时也没有做避孕……”

“是吗？话说回来——你今年多大年纪了？”

“四十一岁。”

“我记得你已经快到生日了吧？下个月吗？那下个月就是四十二岁了吧？”

“是的，不过现在还是四十一岁。”

“是吗。但无论如何，都算得上是高龄生产了呢。”

“是呀，已经算是高龄生产了。但放到现在，也不算什么稀奇事吧？”

“虽说是这样，但这个年纪要孩子，毕竟还是要承担不少风险。我家附近原本就有一位高龄产妇，结果却得了妊娠中毒症，孩子也流产了。”

“是吗？”

“所以，你也得好好调理身体才行。毕竟都这个年纪了嘛。例会的事情不用担心，光凭我们就足够运营好俱乐部了。”

“麻烦您了。”

什么啊！上了年纪、上了年纪地说个没完！虽说下个月就四十二岁了，但我现在不是才四十一岁吗？

“我说——那真的是你丈夫的孩子吗？”

早苗没有回话，而是直接挂断了电话。

*

“不知不觉间只剩下三个人了呢。”艾米丽小声嘟囔道。

时间已经来到了十二月。

在临近池袋阳光城的卡拉OK包厢内，艾米丽一边用餐叉卷起盘中的那不勒斯意面，一边开了口：“吉赛尔太太是怀孕了，对吗？应该已经不会再回来了吧。”

“没关系哦。”玛尔格丽特一边往嘴里塞着章鱼烧，一边回应道，“那个人虽说总爱找借口掩饰，但她却是对《蓝眸的贞德》最为执着的，肯定不会考虑退会的事情。那个人从高中时就是俱乐部的会员了嘛。”

“从高中时！是这样吗？大家当会员的时间果然都很长呀。记得玛尔格丽特太太也是……”

“我是从初中时开始的。”

“好厉害！真令人羡慕。像我这种九州的乡下人，根本就不知道粉丝俱乐部这回事。”

“那也没有办法嘛，最老的会员基本都是东京周边的人。”

“在这方面也能感受到地方的差异呢。话说回来，要说到您的初中时代——”

“秋月美有里老师当顾问的时候，我就已经是俱乐部的会员了。”

“既然这样的话，那难道您……见过秋月美有里老师吗？”艾米丽藏在镜片后的眼睛闪烁着好奇的光芒。

“是的，她曾出席了一次俱乐部的茶会。”

“是什么样的人呢？”

“她的容貌非常漂亮，身材颀长。”

“哎呀……要是能参加那次茶会该有多好呀。”

“是呀。”玛尔格丽特用含混的声音轻声说道。

幼时那蓝色的热情又再度于胸中苏醒。但是，那是没有办法的事。那时的大家都委实太过年少了。而且，大家对《蓝眸的贞德》的喜爱就是深刻到了那种程度呀……

“米蕾尤小姐……好像也入会非常早吧？”舔舐着黏在嘴边的番茄酱，艾米丽这样说道。

“什么？”

“参加俱乐部活动，她似乎比您还要早吧？”

“嗯，的确。我入会的时候她就已经在了。记得她那时好像是高中生吧，但是她很快就退会了。”

“昨天的新闻看了吗？”

“什么？”

“在小田原的山里发现了身份不明的尸体。从尸体的状态来推断，死者应该是死于五个月前。”

“五个月？”

“或许是米蕾尤吧。”

“什么？”

“果然，只有三个干部实在是忙不过来。”一边捡食着盘中的坚果，加百列一边不动声色地换过话题，“秋天的茶会也是，因为干部不足导致了许多问题。差不多该吸纳新人加入干部会了吧？”

“嗯……说得也对。两位有合适的人选吗？”

这么说着，玛尔格丽特将送到嘴边的章鱼烧放回了容器里。

“之前提到的妮娜怎么样？”

“啊，对呀。”加百列乍一提出，玛尔格丽特便一边应和一边翻起了笔记，“但那个人——听说她的女儿快要升学了，最近正为此忙得不可开交呢。”

“我已经问过她了，她说那件事没有问题，一定能够照常出席例会。”

“是吗？既然她能这样说的话，应该是有相当的责任感吧，虽说不算是俱乐部的老资历。”

“妮娜也和我一样是‘回归组’的吗？在网上得知了俱乐部的存在后才……”艾米丽问道。

玛尔格丽特继续翻着笔记。

“嗯，没错。入会是在……有了，是六年前的时候。但如果从她看漫画的时间算起，也的确是当了很多年的粉丝了。漫画连载时好像也参加了出版社创立的粉丝俱乐部。”这么说了几句之后，玛尔格丽特又在本子上记起了什么，同时自言自语般地说起了话。“妮娜，妮娜呀……虽说我没有意见，但吉赛尔她……”

“记得她是和妮娜在网上争吵过吧？但是吉赛尔已经缺席很久了，也不知道还会不会回来。暂时先不考虑她的想法了吧？”一边吃着意面，艾米丽一边说道。加百列也在一旁点着头。

“嗯，也有道理。我去问问她，回去后就马上和她联系。”玛尔格丽特又在笔记本上奋笔疾书起来。

她的笔记本简直厚得像是词典一样，里面记满了关于粉丝俱乐部的各种情报。

“玛尔格丽特太太，真是了不起呢。”

“什么？”

听见艾米丽的说辞，玛尔格丽特顿住了笔。

“关于粉丝俱乐部的运营，不全都是玛尔格丽特太太统筹规划的吗？例会的安排、茶会的企划、俱乐部同人志的制作发行、金钱的管理、成员的联络等，几乎所有事宜不都是您负责完成的吗？您也可以多依赖我们一些的呀，对吧——加百列？”

一边说着，艾米丽朝旁边的加百列身上挨过去。被挂在餐叉上的两根面条邋遢地晃荡起来。

她手腕上的表是新买的。这个人……每次见面总会在身上添置些新的物件，妆容和服饰也变得越来越鲜亮。想必是拿到了一大笔保险金吧？

若是自己的丈夫死去的话，倒也能拿到三千万日元左右的保险金。但区区三千万日元，又能干得了什么？恐怕连一套公寓都买不起。

“我们会尽量帮助您的，请尽量吩咐吧。”

“不用了，现在这样就好。”玛尔格丽特摇起头发花白的头，“我只是因为喜欢才揽下这些活计的。反而如果这些工作被抢走的话，我简直就要失去生活的动力了。对我来说，这个俱乐部的活动就是自己人生的意义呀。”

合上笔记本后，玛尔格丽特露出了一丝微笑。

*

从怀孕的第五个月开始，孕吐就变得愈发严重了，身体也无法自如地活动。这让早苗不禁想起了玛尔格丽特说的话。

——这个年纪要孩子，毕竟还是要承担不少风险……结果却得了妊娠中毒症……孩子也流产了。

虽说身体不如从前，但也没出现什么意外的情况。倒不如说一切都进展得很顺利。

时隔十七年的怀孕彻底改变了早苗的生活和身边的情况。就像打开了尘封多年的房间的窗户一般，吹入的新风彻底净化了浑浊的空气。

丈夫对自己说着“真是个不坦率的家伙”，一副藏不住喜悦的模样。婆婆虽然还是总喜欢在自己的眼前兜兜转转，可却常常帮自己代劳家务，实在是帮了大忙。

最大的改变还是自己的儿子。他突然从房间里出来，宣称自己要复学，甚至还说出了自己志愿的大学。看来是找到了自己的目标吧。

就像紫苑大人说的一样，肚子里的孩子或许真的是自己的福神。在前几天的孕检里也被查出是个女孩——啊啊，是女孩子呢，肯定会产下一个漂亮的女孩吧。啊啊……真是令人迫不及待，该给你准备些什么样的衣服好呢？女儿节[1]就选玫瑰粉色的裙子好了。七五三节[2]的时候，也一定要让她穿上最豪华的和服才行。然后，还得让她好好地学习钢琴和芭蕾……

“然后呢，现在把客房改造成了婴儿室。婴儿床也在今天刚刚送到。”

接到玛尔格丽特的电话后，两人谈得正欢。虽说一直没有参加例会，但早苗还是会像这样，时不时地通过电话和玛尔格丽特交谈。

“精神很好呢，那就好。之前听说你身体出了些问题，我一直很担心。”

“的确有一些，但也没差到一天到晚下不了床的程度嘛。”

“是吗？那就好。话说回来——”

“怎么了？”

“最近看新闻了吗？”

“什么新闻？”

“在小田原的山中发现的尸体，那具尸体好像是米蕾尤。”

“什么？”

“好像是遭到谋杀后掩埋的样子。”

“……是真的吗？”

1　日本的女儿节又叫“上巳”或“桃节”，即每年的三月三日。——译者注

2　日本每年的一月十五日为七五三节，庆祝七岁、五岁、三岁的儿童成长的节日。——译者注

“这已经是第几人了呀……果然，‘贞德的诅咒’是存在的吗？”

“贞德的诅咒？”

“网上有这样的流言呢，说是《蓝眸的贞德》的粉丝会受到诅咒什么的。”

“怎么会……”

“你也得多加注意才行，正好还是待产的关键时候。”

“嗯……好的。”

“另外还有一件重要的事。”

“什么？”

“关于干部成员——为了补充因为你的缺席产生的空缺，我们又选了一位正式的干部成员。”

“是这样吗？”

“到底还是让妮娜加入了。”

听到妮娜这个名字的瞬间，早苗的心底闪过了一丝不快。但是，之前那种强烈的抗拒感却没有了。虽说还没有说出口，但自己已经萌生了退会的想法。生下孩子后，自己恐怕就没有能参加俱乐部活动的时间和心思了吧。实际上，自己对俱乐部的热情以及对《蓝眸的贞德》的执着都像是从未有过一样迅速消退着。自己的热情到底不过是青春期时的一时脑热，不过是为了能从家庭、家族、人际关系中转移注意力罢了。之后出现的“电脑”这种物什，更是成了自己躲避烦恼的绝佳媒介。

现在想来，正因为自己总是逃到虚幻的世界里，所以在现实中才会出现那么多的误会和裂痕。儿子闭门不出时，自己还在一门心思地管顾着俱乐部的事，却完全没注意到那孩子烦恼的端倪……明明家庭都快要崩溃了，却还将一切归咎于别人，自己则摆出一副可怜兮兮的模样，不断逃避着现实。

曾经的自己是多么狭隘的人啊。

但是，现在却不同了。以怀孕为契机，如今的自己终于能够用更开阔的视角来看待身边的问题。之前注意不到的各种“扭曲”也就随之出现在了眼睛里。

比如说这个电话，虽说姑且还是用着惯例的称呼“玛尔格丽特”，但这个称呼实在是让人觉得既羞耻又愚蠢。再被对方回上一句“吉赛尔”之后，自己更是会因羞窘而变得坐立不安。

“妮娜呀，不是很好吗？”早苗马上作出回应。

“真的？妮娜就可以吗？可是，你之前不是……”

以前还真是为不少鸡毛蒜皮的小事和别人争吵过呀。现在想来，当时发生口角的理由实在是滑稽可笑。简直就是小学生的吵架嘛。那时的自己到底是怎么了呢？

“没关系，我没有异议。”

“真的？那可真是太好了。若是你们能好好相处的话，我也就能免去胃痛的折磨了。”

这个要求对自己来说还是有些勉强，自己是绝对不可能和那个人好好相处的。干脆就退出好了。

——对呀，这不是个很好的借口吗？只要以妮娜为借口的话，不就没人能责怪我的中途退出了吗？虽说玛尔格丽特可能会因此犯起胃痛就是了。

“话说回来，还有另一件事呢，关于艾米丽。”

玛尔格丽特的声音突然变得尖细起来。

“艾米丽吗？怎么了吗？”

“自从她的丈夫死了以后，她就突然变得外向了许多。该怎么说呢……总觉得有些聒噪，让人觉得很麻烦呢。”

确实如此。自从那个事件发生以来，艾米丽便有了翻天覆地的变化。她之前原本是个老实内向的人，但事件之后，她却变得比谁都要积极，说的话也多了起来，简直活泼得出奇。

“她昨天也戴着一看就很贵的手表。”

“这么说的话，之前也还买了香奈儿的包，还说什么‘想再买个爱马仕的Birkin什么的……果然是拿到了巨额的保险金吧。”

“那个人，没准……”

虽说玛尔格丽特没有明确地说出口，但好像在想着是不是艾米丽杀害了希尔维娅。

“不过是拿到保险金后变得有些不知天高地厚罢了。”

“那这样的话，到底是谁杀了希尔维娅呢？”

“不是艾米丽的丈夫吗？”

“你觉得真的是这样吗？话说回来，希尔维娅的儿子怎么样了？”

“听说是被九州的亲戚收养了。”

“那个儿子也真是可怜，父母是那么一副德行。他现在一定在努力想办法振作起来吧？希望他能幸福就好了。”

“……嗯，是呀。”

“话又说回来，艾米丽可真是个大问题。昨天也是，整个人都快挂在加百列的身上了，也不知道害臊。”

“加百列吗？但是，不管艾米丽再怎么表现自己，也不过是个新人而已。”

“是啊，只是个新人而已。”

“所以呀，作为现在最老资历的会员，你得再多拿出些自信才行。”

“嗯，没错，你也是。”

“我？”

“我们不是同伴吗？”玛尔格丽特说道。

——同伴。

烦恶情绪一下子升腾而起。

同伴……这是《蓝眸的贞德》的主题，也是“蓝色六人会”的口号，自己绝对不会忘记。但是，自己却不想连未来都被这个词束缚住。“伙伴们要永远在一起”什么的……不要。

“……嗯，我们是同伴呀。”

但早苗依然还是这样回答了她，随后就挂了电话。

今天是装婴儿床的日子，可没工夫一直在这里打电话。

不知是出了什么差池，婴儿床久久没有送来。早苗躺在沙发上急切地等待着。就当这时候，电话突然响了起来。想着是不是配送员打来的，早苗急忙把电话握在了手里。

“早苗？”

打来电话的是自己的母亲。

“是妈妈呀……怎么了？”

早苗不小心发出了失望的声音。

“理惠那边的事你知道吗？”

被提到妹妹的名字，早苗才想起已经有一段时间没和她联系过了。她那边应该也有五个月了吧。

“理惠怎么了？”

“果然不知道吗？”

“怎么了？”

“你们两个，一发生什么事都不知道和对方说一声……”

“所以到底怎么了？”

“那孩子……她流产了。”

“什么？”

“已经是上个月的事了。”

“是吗？我一点儿也不知道。”

“正好你们离得近些，方便的话就去看看她吧。”

其实根本不近。要从这里过去，怎么也得花上一个半小时的时间。加上自己的身体也不好，就算想出去买点东西都是件难事。但是，早苗还是把牢骚话吞进了肚子里。

“嗯，我知道了。等到方便的时候就去看她。”

——她到底为什么会流产？

发生了什么事吗？早苗正要把电话放回底座上，眼前却突地一黑。从得知自己怀孕开始，早苗便总是会突然犯起头晕。她打开精神科医生开给自己的药的袋子，将药一股脑地倾倒进了嘴里。并不是药性很强的药，对孩子也没有影响——这一点自己绝对不会让步。吃完药之后，早苗便躺回了沙发上。

贞德的诅咒——玛尔格丽特的言语又在耳边回荡起来——你也得多加小心才行，正好还是待产的关键时候。

藏匿在葳蕤的山林之中的米蕾尤腐烂的脸浮现在脑海里。早苗猛然一惊，身体剧烈地颤抖着。

心悸也随之而来。

早苗将眼睛睁开一条缝，反复进行着深呼吸。

对了，婴儿床还没有送来吗？

有什么人的气息。

你们是谁？找我做什么？

“您的婴儿床已经送到了。”

你们是从哪里进来的？我说——你们是在做什么？干什么随便溜进别人的家里来啊！我说，喂！听见没有！

“请问婴儿床要放置在哪里？”

随你们便吧……随便找个地方放下就好了，请你们快点离开这里。

“请问放在这里可以吗？”

等、等一下，这个婴儿床不是我买的那个。我才不会买那种破破烂烂的旧婴儿床呢。颜色也完全不对吧？我买的可是专门为女孩子准备的玫瑰粉的婴儿床呀，才不是这种阴沉的颜色呢！

“不，这的的确确就是玫瑰粉色呀。请您仔细看一看。”

说什么浑话，哪里像是玫瑰粉色了。

“不，请您再看得仔细一些，来吧，再靠近点。”

啊啊……是真的，是漂亮的玫瑰粉色。多漂亮的颜色呀……多么……

——什么？这是什么？

什么啊……这是……血？这是血啊！为什么……这里会有血？为什么……会有这么多血？

“太太，那是您的血呀，您可是满身鲜血呢，太太。难不成……是流产了吗？”

什么？不，骗人的……

“哎呀，果然是这样。流产了呢，这是您自作自受，遭了天罚了。”

天罚是什么？

“您自己知道得最明白了。比起那个，您可是血流不止呢，还是先止住血再说吧。”

哎呀……是真的。竟然出了这么多血……不、不……不！孩子——我的孩子……

被自己的叫声惊醒的早苗猛地撑起身体，手中的药物散落一地。

“——孩子！”

早苗急忙确认起了下半身，并没有异常。

太好了……只是个梦啊。

是噩梦吗……真是个可怕的梦……

自己将要做的事，到底还是违背了道德伦理吗？所以自己才会做那样的梦……

违背道德？早苗发出自嘲般的笑声。事到如今还用得着在乎道德吗？

但……

早苗从化妆台的抽屉里打开了装有离婚申请书的蓝色文件夹。索性就这样离婚，投入那个人的怀抱说不定会是更好的选择，或许那才是正确的道路吧？

果然，还是去找他吧。

总之得联系他才行，得让他知道……

早苗拿出手机，然后找到了那个人的名字。可电话却没有打通。

在工作吗？说不定正忙着。

说起来，现在几点了？啊……才过刚过了正午呀，婴儿床还没到吗？

手机倏地响了起来，早苗急忙确认是不是那个人打来的电话。但是——显示的却是玛尔格丽特的名字。为什么又打来了？不是刚刚才通过话的吗？

“喂，吉赛尔。”

“怎么了吗？我现在正打算出门。”虽然并没有这样的打算，但是为了早点结束这通电话，早苗索性就撒了谎。

“你不是在等婴儿床吗？”

“虽说是这样。但刚刚母亲打来电话说妹妹流产了，我得尽快赶去八王子见见她才行。”这倒不是谎话。才刚把这句话说出口，早苗脑袋里还真的突然冒出了“尽快去看望妹妹”的想法来。

“哎呀……真是可怜。”

“所以我得去看看她才行。”

“没能找好时机，真是非常抱歉。能让我问一个问题吗？”

“是什么？不好意思，我现在真的很急。”

“那个……那个呀，肚子里的孩子……真的是你丈夫的孩子吗？”

*

“精神不错嘛。”

这么打了一句招呼之后，妹妹理惠的脸一下子沉了下去，她答道：“我的事情怎样都好。比起我来，姐姐那边才更关键吧？”

或许是对自己的突然来访有些措手不及吧。理惠连杯茶也不端，光是一个劲儿地询问着早苗。

“为什么连声招呼都不打就突然过来了？”

“妈妈给我打了电话，让我来看看你。”

“但是，姐姐不也正是关键的时候吗？”

“我可是因为担心你才来看你的呀。”

“姐姐得了妊娠中毒症吧？现在脸色也很差劲呢。”

“没关系，今天的状态还不错。”

“但是，偏偏在这种时候……”

理惠抬头看向时钟，现在刚好是五点刚过五分钟的傍晚。在这种不上不下的时间，明白了妹妹想说什么的早苗作出回答：“之前一直在等订购的婴儿床，可却一直没有送到。”

“欸？”

“本来应该是在今天内送到的。但是对方却联络说暂时还缺货。因为正赶上年末，各个环节都很紧张，所以今天应该是送不到了。”

“是吗？”

“话说回来，理惠的身体已经恢复了吗？”

“嗯，让你担心了。”

“但是，到底为什么会？”

“那个呀……之前去了公司一趟。”

“去公司吗？为什么？”

“当时身体的状态还不错，女儿要去的幼儿园也刚好定了下来。”

“但是，你不是开始休假了吗？”

“只是想去看一眼公司的情况而已。”

“为什么？”

“不是没办法嘛。毕竟是小型企业呀，若是因为休产假就被解雇的话，可就受不了了。所以必须得时不时地露下面才行。”

“再怎么说，就因为这种理由……”

“和公司没关系，是在电车里出的状况。”

“因为高峰期的缘故？”

“……本打算避开的。”

“笨蛋！真的是……你这个傻瓜。即使避开了高峰期，从这里到市中心也要花两个小时啊，光是这两个小时身体就会经受不住吧？”

“啊啊，没错。谁叫我住在这种乡下地方呢！”

早苗本是想尽可能地表露出同情的心境，可对方却似乎会错了意。理惠一下子竖起了眉毛。

“又不像是姐姐那里，搭井之头线只要十五分钟就能到涩谷。我也不想住在这种偏僻的乡下啊！”

说完之后，理惠便紧紧地抿住了唇。看来是勉强按捺住了火气。

沉默的气氛在二人间弥漫，只有乌鸦扰人的叫声不停回荡着。

“我说，姐姐。”一边拿出茶杯，理惠一边小声说道。

“怎么了？”

“姐姐知道叫作‘蓝色传说’的网站吗？”

“什么？”早苗的眼皮猛地一跳，“……什么呀，那是？”

“看起来像是《蓝眸的贞德》的粉丝网站。”

“啊……是这样啊。”

“之前不是给你说过关于《少女朱丽叶》的拍卖吗？”

“噢，那个呀。刊载了《蓝眸的贞德》最终回的那个？”

“没错。那一本《少女朱丽叶》，其实是小咪的东西哦。”

“小咪？”

“对，小咪。还记得她吗？”

当然记得。是那个每周都会拿着《少女朱丽叶》来找早苗姐妹玩的胖女孩。她总是拿《少女朱丽叶》当幌子，对两姐妹颐指气使。

“可是，你怎么知道那是小咪的书的？”

“拍卖网站上有拍品的照片。看过之后，我发现了封面上写着她的名字。”

“名字？”

“还记得吗？小咪有在自己的物品上写名字的习惯。”

“说起来是有这回事。”

“那本《朱丽叶》上也有用油性笔写上的‘小咪’的字样。”

“但是，那真的是小咪本人吗？”

“我也好奇得不得了，便试着向卖家发了封邮件，结果发现真的是小咪本人。真令人怀念呀。把我的手机号告诉她之后，对方就立刻打了电话过来。”

“她现在怎么样了？”

“说是在做专职主妇，现在住在小平附近。之后，小咪告诉我说有个很棒的网站，名字叫作‘蓝色传说’。”

“是……是这样吗？她也是会员吗？”

“好像是的，而且还已经入会很久了。话说回来，姐姐竟然不知道呀。我以为你肯定会知道，说不定还是会员呢。”

“怎么会。都这个年纪了，才不会加入那种俱乐部吧？”

“但是姐姐不是喜欢《蓝眸的贞德》喜欢得不得了吗？”

“也没有那么夸张啦，我喜欢的漫画还另外有好多呢。”

“是吗？反正也只是些琐碎就是了。但是，小咪却好像知道姐姐的事情。”

——你被生灵附体了。

紫苑大人那冰冷的言语突然在头脑中复苏，双眼仿佛承受了什么重大压力般猛地一黑，让早苗差点从椅子上一头栽下去。

“呀！姐姐！你还好吗？”

“嗯……没关系。”刚坐回椅子上，熟悉的手机铃声便响了起来。早苗费力地从包中取出了手机。

啊，是……那个人打来的。早苗急忙将手机贴到了耳朵上。

打电话的过程中，妹妹一直维持着一副讶异的神色，直勾勾地盯着自己的脸。

挂掉电话后，早苗向理惠说道：“……我得回去了。”

“没问题吗？你的脸色不太好呢。”

“我得回去才行。”

“真的没事吗？我开车送你去车站吧？”

“没关系的，不是有孩子跟着吗？”

“但是……”

“没关系，真的没关系的。”

“高峰电车……没事吗？”

“搭乘的是上行电车，现在这个时间，肯定不会有多少人的。”

事与愿违，电车里拥挤异常。

早苗被夹在人群中动弹不得，大量被呼出的气息相互缠绕升腾，让电车内的温度升高到了难以置信的程度。

不能再这样站着了。拜托了，谁来——谁来让个位置给我……求求你们，不要推挤我的肚子……求求你们了……我还怀着孩子……

“哎呀，这不是早苗吗？”

是谁？

“是我呀，我是小咪呀。”

——是小咪！

“最近怎么了？留言板上也不见你发言，我很担心你呢。”

留言板？

“‘蓝色传说’的留言板呀。我也一直在那上面发言呢，注意到了吗？”

你是谁？到底是谁？

就算再怎么使瞳孔聚焦，那张脸也依然朦胧又不真切。

“不是说了吗？我是小咪呀。在网上是用的‘妮娜’这个网名。”

妮娜——你是妮娜吗？

“干部会决定要让我加入了。今后还请多关照呀，让我们一起努力吧？”

不要，我才不要，我才不想和你在一起——

“别说得那么伤人呀，我可是很想见你的。这里还有着无论如何都想要交给你的东西。”

在朦胧的黑暗之中，《少女朱丽叶》乍然出现在了早苗的面前。

“就是这个，是《少女朱丽叶》，刊载了最终话的那一册。”

啊啊！这个就是自己一直想要读到的《少女朱丽叶》。一直都很想读的，一直都很想读的……

但是，到底是为什么？为什么小咪突然消失了？明明那么疼爱她的，明明陪她玩了那么多次的……

“家里出了情况，突然决定要搬家了。你不知道吗？父亲的公司突然倒闭，我们便只能像逃跑一般连夜搬走了。”

自己好像听父母偷偷谈论过这件事情。但那种事怎么样都好，自己所等待着的就只有《少女朱丽叶》——只有《蓝眸的贞德》罢了！

“果然是这样，我就知道。你的目的就只有那个漫画。疼爱我也好，陪我玩也好，都仅仅是为了读到《少女朱丽叶》吧？每次一读完《少女朱丽叶》，你的态度马上就会变得冷淡，真是令我非常难过。但即便是这样，我还是一直喜欢着你；为了能和你一起玩，依然会每周乖乖地买好《少女朱丽叶》，然后去你住的街上找你玩。”

既然这样，为什么唯独没有把刊载着最后一话的《少女朱丽叶》带来？为什么？

“因为那是假话呀，我其实是把漫画带去了的。可是你却还没有从学校回来，我就把漫画交给了理惠。到了第二天，她对我说‘姐姐已经读过了’，于是又把漫画还给了我。”

果然——果然是这样。理惠果然读过了，就和自己想的一样！

“这样的话，这本《少女朱丽叶》就更应该交到你的手里了。比起我来，还是你更适合拿着它呀。”

可以吗？真的可以吗？

“是的，我希望你可以收下。”

可以吗？我真的可以收下吗？

“嗯，对呀。所以，快看看吧——《蓝眸的贞德》的最终回。是单行本上没有刊载的、梦幻的最终回哦！”

我一直都想读的，一直、一直都想要读到的，脑袋里只想着读到它，快点读到它，我……

痛、好痛、好痛……不要按我的肚子，快停下来！求求你，肚子……请唯独不要动我的肚子……

“不好了，早苗！婴儿、婴儿她……”

有什么湿滑的东西从股间脱落。

啊啊啊……我该怎么办……在这种地方生下了孩子……在这么拥挤的地方……在这种肮脏的地面上……

——得快点把脐带剪短才行！得快点把她抱起来！

让开，快让开！快把脚拿开！不要，快停下！这里有个婴儿啊！不要再踩了，那可是个婴儿啊，那可是我的婴儿啊！大家……求求你们了，不要再踩了，不要再踩了，孩子，我的孩子……

感觉到脑袋重重地朝下点了一下似的，醒过来的早苗用手扶住了额头。一个朦胧的留着长发的影子一闪而过。

——那是谁？

“下一站即将到达吉祥寺。”

隐约间听见了这样的广播。往窗外看去，只见已经见惯了的景色正飞快地流逝着。

又做了噩梦呀。

该下车了。当早苗试着支撑起腰部的时候，她却感受到了奇怪的违和感。

裙子……很重，而且还有一种湿漉漉的触感。

早苗看见站在自己面前的女高中生的脸因惊异而扭曲，她涂着粉色唇膏的唇微微颤动着。接着，颤抖的幅度逐渐变大，最终张开了嘴，发出了惨烈的悲鸣。

怎么了？发生了什么？为什么要这样叫喊？

“吉赛尔。”

嗯？

“吉赛尔，没事吧？能起来吗？吉赛尔——”

谁？你是谁？希尔维娅？为什么……你会？你不是……不是已经……

“是呀，我已经死了，已经被杀掉了——被那个女人。那个女人实在是太可怕了。这样下去连你也会被杀的。所以快点站起来，然后尽可能地逃远一些。”

要从谁的身边逃走？你究竟是被谁杀的？

“是生灵啊，你被生灵附体了呀。”——这是紫苑大人的话！到底是谁？到底是谁啊？生灵到底是谁啊！

“这是‘贞德的诅咒’呀。”

是诅咒吗？果然，是诅咒吗？

“别愣着了，快点逃走啊！”

米蕾尤？这不是米蕾尤吗？你这段时间都躲到哪儿去了？大家可一直都在担心你啊！

“不要说了！再不逃就来不及了！你会被那个女人杀掉的——被那个女人给……”

希尔维娅、米蕾尤，等一下，等我一下！不行啊，我站不起来了。我疼得受不了……肚子实在是痛得要命！为什么？为什么我会变成这样？告诉我，到底发生了什么？

这是什么的味道？消毒水？这里……是哪里？

白色的窗帘，白色的墙壁……是病房吗？为什么？难道我又在做梦了吗？是呀，我在做梦呀……

好困，眼睛快要睁不开了，好困……还可以再睡会儿吗？再一小会儿就好了，就再睡五分钟——因为，我已经好久没睡得这么沉了，实在是非常舒服，所以再让我睡一会儿……

咯嗒咯嗒咯嗒咯嗒咯嗒……

这是什么声音？听起来好耳熟。

咯嗒咯嗒咯嗒咯嗒咯嗒……

啊啊，对呀。是敲键盘的声音呀。

在烟雾袅绕的视界里，仿佛看见了什么人的背影。

……理惠?

“哎呀，姐姐。”在烟雾之中，理惠转过了脸，“你还好吧？”

“我是怎么了？”

“就那样睡过去了呀。”

什么？那……我难道还在理惠的家里吗?

我试着撑起身体，发现自己果然正躺在沙发上，毛毯从身上滑脱下来。

“啊……是这样啊，我就这样睡过去了……”

“是呀，真是吓了我一大跳。但还好是在我家里昏了过去，如果是在电车上的话，可就指不定会发生什么了。”一边这样说着，理惠一边把头扭回了电脑屏幕的方向。

咯嗒咯嗒咯嗒咯嗒咯嗒。

不愧是理惠，打字速度果然很快。

“工作吗？”

“嗯……差不多吧。话说回来，今天就住在这儿了吧？”

“还是不了，抱歉呢。”

“但是已经很晚了哦。”

“几点了？”

“已经十点了。”

“你丈夫呢？”

房间里很安静。除了自己和妹妹外，再没有其他人的动静。

……说起来，连孩子的动静都没有。明明理惠家里应该有个正处在难缠的年纪的、一岁半的孩子的。

“我没告诉你吗？孩子和丈夫都回到他老家那边去了。”

“是这样啊……发生了什么吗？”

“不，没什么。只是住在那边的婆婆觉得有些寂寞，想要有人能陪着他。而且，那边也离丈夫的公司近一些。”

“是这样吗？说起来，你丈夫的家是在千叶呀，确实是要比这边近一些。我记得公司是在幕张吧？”

“是的，说起来也实在可笑，才刚刚在这边买了公寓，就马上被调去了幕张。从这里过去简直像是旅行一样，单程就要花三小时的时间。”

“那你呢？怎么没有一起搬去那边？”

“那边的婆婆不是不待见我吗？成天把‘不该娶年岁那么大的媳妇’这句话挂在嘴边。”

“是吗，你也过得很辛苦呢。”

“所以说，今天就住下吧。反正只有我一个人。”

“那就这样吧，但得打个电话才行。”

“姐夫吗？刚才他打电话过来，我告诉他你今天住在这边了。”

“他打电话了吗？”

“因为姐姐一直不接电话，就打到我这边来了。他非常担心你哦。真羡慕你呀，姐姐能被丈夫爱着。”

“爱？才配不上那么浪漫的说法呢……”

“不，他是爱着你的。还说明天要请假过来接你。”

“还特地请假什么的……真是小题大做。”

“对了，他还说婴儿床已经送到了。”

“是吗？”

——你被生灵附体了。

紫苑大人的声音又再度响起，早苗忍不住捂住了耳朵。

“怎么了，姐姐？”

“关于小咪——”

“小咪怎么了？”

“你不是说她好像知道我的事情吗？”

“嗯。她好像知道姐姐的事情，所以我觉得你们一定是……”

“她知道我怀孕的事情吗？”

“不仅如此，好像还另外知道很多事情的样子，让我吃了一惊呢。像是你家里的事情呀，姐夫的事情呀……”

——你被生灵附体了。

“怎么了，姐姐？脸色那么难看。我已经在和室里准备好被褥了，去躺一会儿吧。你没事吧？能站起来吗？”

嗯，没事，没关系。和室……是在隔壁吧？我自己过去，你接着工作吧。话说回来，你是在做什么工作？

欸？什么？你开着的那个页面……是什么？这……这不是“蓝色传说”的留言板吗？

正想要看个究竟的时候，理惠却用身体挡住了自己的视线。

“晚安，姐姐。有什么事记得告诉我。”

“嗯，谢谢……晚安。”

*

不对，这才不是我订购的那个婴儿床！

一回到家，早苗就马上大叫起来。丈夫小心翼翼地安抚起自己。

“不是没有办法吗？你订购的那一款已经断货了。要补货得花上半年时间呀，已经没办法等那么久了吧？”

“就算是这样，这种样式老土、颜色又深的婴儿床……”

“是同样的牌子的呀？”

“那也不行，这种玩意儿……怎么可能作为女孩子的婴儿床啊？对于女孩子来说，一定得是玫瑰粉才行！”

“但是……”

“再另买别的好了，把这个退掉。”

“别这么任性了。”

“任性！我哪里任性了？我不是一直都在妥协吗？儿子的名字也是由妈妈决定的，买这套房子也是由妈妈决定的，墙壁的颜色也是妈妈喜欢的，窗帘呀地毯呀不都是她选的吗？区区一个婴儿床就由着我的性子不好吗？说到底，我都已经这个年纪了却还要怀孩子，不全部都是因为你吗？但是，你却……你却……”

“你想说全都是我和妈的错吗？”

“对啊，全都是你们的错！”

“我已经受不了了。我和妈可一直都在照顾着你的心情，一直都想方设法地在取悦你啊！”

“照顾我的心情？那不过是你们的一厢情愿罢了！对我来说只是负担而已！”

“负担？有那么难以忍受吗？”

“是啊，就是负担。说起来本就不该和你结婚的！”

“是吗？原来你是这么想的吗？那就分开吧，干脆就离婚算了。”

“要是能离婚的话，我早就那么做了。可不是根本做不到吗——如果离开了你，我自己一个人要怎么生活下去？正因为知道自己一个人一定活不下去，所以才只得选择了妥协的人生，才选择了让你养的可悲人生啊！”

“可悲？和我在一起是可悲的事情吗？”

“是啊，简直悲惨透顶！但即便如此，我也将之看作是和我相应的人生而放弃了挣扎，所以区区一个婴儿床就让我自己来做主啊！结果现在却不得不让婴儿在这种老旧又晦暗的婴儿床上睡觉，若是这样的话，索性就不要把她生下来了！”

“要是这么说的话，现在就去把孩子打掉——把孩子杀了啊！”

你……你在说什么？为什么露出那么一副可怕的表情？不要……不是的，我只是说了句气话而已。所以不要这样，不要……不要！

——是梦。

又做了令人讨厌的梦。

试着摸摸眼角，却发现已经被泪水濡湿了。

这是什么声音？啊……是垃圾回收车啊。

这里是哪儿？

随着自己起身的动作，毛毯滑落到了地上。是理惠的家呀，我又在沙发上睡着了。

现在几点了？

试着环顾一下周围，却没有发现时钟。

——肚子突然痛了起来。

啊……肚子好痛……疼得不得了。喂，理惠？你在吗？听见了吗？我肚子痛起来了！

啊。

玻璃桌上的电脑还依然开着，上面正显示着什么。

果然，是“蓝色传说”的论坛。但是为什么？难道理惠彻夜都在浏览论坛吗？

什么？骗人的吧……这个。

在公告栏的投稿栏上，填写网名的空白栏上仍残存着输入的痕迹。

妮娜。

骗人的吧……理惠就是妮娜！那个可憎的妮娜吗？

前门被打开的声音传入耳朵。

“啊啊……要来不及了。”一边这么说着，理惠拿着两个垃圾袋走进了客厅，“姐姐？”

——你被生灵附身了。

“你能起床吗？”

——你被生灵附身了。

“身体没事了吗？”

——你被生灵附身了。

“姐姐？”

早苗缓缓地回过头去，看向理惠。

“你，是妮娜吗？”

理惠的唇轻轻一颤。可下一刻，笑容就在她的唇上绽了开来。

“是呀，姐姐。我就是妮娜哦。”

“为什么？为什么？”

“不是再明白不过了吗？因为恨透了你呀。做让你烦恶的事可是我唯一的乐趣呢。”

这样说着，理惠摇晃起手中的垃圾袋。内里的东西发出刺啦刺啦的声响。

“啊，这是——”

透过透明的袋子，早苗看见里面装着全卷的《蓝眸的贞德》的单行本，此外还有着一本《少女朱丽叶》。

“那个，难道是……”

“没错，就是姐姐一直想看的刊载了《蓝眸的贞德》最终回的《少女朱丽叶》。”

“你要扔掉吗？”

“没错，这就打算扔掉。对我来说完全没有价值嘛。”

“那就让给我吧。”

“才不要呢。我要把它扔掉，连同‘这个’一起——”

理惠又晃动起左手的袋子，里面发出了有分量的沉闷声响。

“那是……什么？”

早苗聚焦在垃圾袋上，在生活垃圾里仿佛掺杂着什么东西。

……那是什么？人偶吗？人偶的手？人偶的脚？人偶的……

难道是……不会吧……

婴儿？

啊啊，那是婴儿……是我的孩子！

这是梦吧？没错，我肯定又做起噩梦了。

像是想要确认什么似的，早苗朝自己的腹部伸出手去，可那里却完全没有了包覆着婴儿的迹象，反而裂开了巨大的口子，鲜血不住地往外冒。

不要……这是什么！

骗人的吧，一定是假的，这一定也是梦境。快告诉我，求求你，理惠……快告诉我这是梦……

“这可不是梦呀，姐姐。”

为什么、为什么会变成这样？

“真可怜哪，姐姐的——腿竟然变成了那副模样……”

顺着理惠的视线，早苗惊恐地看向自己的脚。

没有了，没有了，没有了……腿已经没有了！

为什么？为什么？为什么会变成这样？为什么？

为什么？

当早苗再度醒来的时候，丈夫的脸在眼前逐渐放大。他正用一副快要哭出来的表情看着自己。

白色的窗帘轻飘飘地在半空中漫舞。

早苗缓缓挪动起视线。这里是医院吗？

“昨天晚上七点半左右的时候，你在吉祥寺车站出了事故……”

有谁正向自己说明着什么。

在那个人说完之前，早苗慢慢地阖上了眼眸。

× × ×

S：‘贞德的诅咒’没准真的存在呢……又发生了事件，对吧？”

W：“嗯。”

S：“将迄今为止的事件加起来，一共是——”

W：“首先是‘板桥区主妇惨杀事件’。无业的中年妇女在自家公寓门前的街道上被惨杀。”

S：“根据资料，是发生在二〇〇七年九月的事件啊。”

W：“然后是二〇〇八年十二月，又一名无业中年妇女的腐烂尸体在小田原的山中被发现。”

S：“嗯……根据资料显示，好像是一名中年的女性死者被装进垃圾袋里，被抛弃后经过了五个月的时间才被发现。那也就是说——是在二〇〇八年的七月被杀害的吗？”

W：“然后就是这次发生的‘吉祥寺车站孕妇死亡事件’。”

S：“真是变得愈发残酷了呀。听说是怀孕的女性在吉祥寺车站的站台上被人推下铁轨，和电车相撞了是吗？”

W：“没错。孕妇的下半身被电车碾过，双腿被碾断。虽说曾短暂恢复过意识，最终还是在第二天死亡了。”

S：“这三人都是‘蓝色六人会’的成员，对吧？果然还是诅咒作祟吗？”

W：“实际上除了这三人之外，还有一名失踪的成员。”

S：“真的？”

W：“嗯，那名女性既是‘蓝色六人会’的成员，又是粉丝俱乐部的代表。她从二〇〇六年的十二月起就失踪了。”

S：“真的吗……果然也是因为诅咒吗？”

W：“诅咒呀……”

（摘自月刊《秘密探掘》二〇〇九年二月号）

玛尔格丽特

“只剩下三个人了呢。”

在一如既往的卡拉OK包厢里，唱完一曲之后，加百列微微启开了唇。也许是无意间想起了过去的同伴，那细长的睫毛被泪水沾湿了些许。“贞德的诅咒……真的存在吗？”

“怎么可能会有那种事呀？”一边拉近着和加百列的距离，艾米丽一边说道，“只是偶然而已呀——偶然。我们不正好处在更年期吗？这时候是很容易发生各种变故的。听说很多时候会因为一些小事而引发纠纷，并进一步发展为争斗。这个年纪的人，很容易就会成为各种暴力事件的被害者呢。”

这个人最近变得越来越健谈了。明明以前就只会畏畏缩缩地摆弄着寒酸的黑框眼镜，只在别人说话的时候附和着点点头而已。可是，现在却戴上了暴发户一般的浮夸眼镜。

果然，人一旦有了钱，连性格都会随之改变呢。

绢江一边鼓捣点歌机，一边睨着艾米丽的嘴唇。

……什么呀，那个色号。那种扎眼的颜色，顶多也只有二十多岁的年轻女孩才会涂吧?

“对了，玛尔格丽特太太。”

眼见她那鲜艳的嘴唇转向自己的方向，绢江的胃不禁开始抽痛起来。

“听说你的女儿考上大学了？真是恭喜。”到底是从哪里听到的？最近这个人的情报网不能小觑呀。恐怕连女儿要读的大学都已经打听到了吧。绢江揉搓起自己的胃部。

“是的，谢谢你。虽说升高中的时候成绩不甚理想，但大学还算顺利。”

“是国立大学吧？”

“啊，是的。”

“可是，是在外地的大学吧？记得是静冈县来着？”

“……是的。”按住胃部的手不禁攒起了劲。

“那，您女儿就得一个人住在静冈了吧？”

“是的。”

抽搐的胃将胃液挤进喉管，受到刺激的嗓子如受火燎般痛了起来。

“……真不容易呀。”

艾米丽的脸上浮现出礼貌又收敛的笑容。那笑容既像是轻蔑，又像是同情似的。

女儿偶尔也会对自己露出这样的笑容。

当女儿看见自己电脑里的邮件的时候也是如此——

“玛尔格丽特？什么呀，这是？”

那时那个孩子的表情，玛尔格丽特直到现在也无法忘记。

——在做这种让人恶心的事情呀？现在是让你靠这种手段逃避现实的时候吗？她那鄙夷的眼神仿佛在这样说着。

不是的，不是那样的。这可是唯一能支撑我的事物啊，可不单单只是玩玩而已。正因为有这个……

胃液在嘴里扩散开来，让绢江不禁呕出了声。

“玛尔格丽特太太？”被叫到名字的绢江抬起了眼。“这首歌是玛尔格丽特点的吧？您最喜欢的‘同棲时代’。”

加百列将麦克风递给了自己，一如既往的香味随之钻进鼻腔。只要看见那副笑脸，自己就……

悠然的前奏响起，玛尔格丽特忙握紧了麦克风。

——（歌词）爱情总是充斥着各种错误……

*

这实在是蠢到家了。虽然是蠢得要命的话，但是请听我说一下，我的母亲脑袋完全烧坏了。

冒昧打扰，真的非常抱歉。您好，我拜读了贵社的月刊《秘密探掘》之前的刊号（二〇〇七年十一月号）。

您是把那个称为宗教吗（笑）？或许的确是这样呢。某种程度上，那个什么“蓝眸的贞德”的俱乐部可以算是最强的宗教了吧？

我的母亲是那个什么“蓝色六人会”的会员，虽说她一直瞒着家里人，但因为经常外出聚餐什么的，所以很快就暴露了。恐怕父亲也已经知道了吧？她在家周围也非常有名（笑）。因为一直都穿着那种不伦不类的年轻人的衣服嘛，甚至被笑话说是不是穿了我的衣服呢。

因为她的缘故，我有时候也会遭到别人的嘲笑。

“那个家可真是不容易呀。丈夫被贬职，女儿中考失败，太太好像也变得奇怪起来了。”

该怎么说呢——

虽说我的确是因为落榜而不得不去排名更低的高中，但那个志愿校本来就不可能考得上，我自己也完全没有介怀。可母亲却当了真似的，真的消沉了起来。若只是消沉也就算了，但她像是因此患上了被害妄想症一样，越发从现实中逃离开来，只是一味地沉迷于粉丝俱乐部的活动。父亲也几乎因此得上抑郁症，整个家庭都分崩离析。我实在受不了继续待在那个家里，于是就报考了外地的大学，从那里离开了——是的，我逃去了外面。

但是从那以后，母亲却给自己起了奇怪的网名，终日沉溺于幻想的世界之中。自从母亲一门心思地操持起《蓝眸的贞德》的粉丝俱乐部活动以来，家里就再也没有过好事。她根本就是被洗脑了。

弘田里彩子在六月的时候向编辑部发去了这样一封邮件。

从家中离开已有两月。可母亲却还是隔三岔五地给自己打来电话，无论走到哪里，母亲都仿佛在用她那顽固的目光盯着自己。

……她究竟是从什么时候开始用那种眼光看别人的呢?

她越来越奇怪了。虽说自己也不是第一次这样想，真要究及起来的话，母亲的性格本来就很奇怪，所以之前的自己也没想着要管这些问题。但是这几年来，母亲的怪诞却越来越让人难以忽视了。

虽说很难以一言蔽之，但她的古怪却确凿无疑。

“说到原因的话，肯定离不开这个吧。”

里彩子仔细地翻阅着在大学图书馆发现的名为《秘密探掘》的杂志。

……贞德的诅咒。

或许的确是诅咒也说不定。但如果母亲真的被诅咒了的话，又该如何破解呢?

里彩子敲打起了键盘。

——拜《蓝眸的贞德》所赐，母亲成了无可救药的狂热粉丝。这也是所谓的“诅咒”吗?

如果是这样的话……又该怎么办才好呢?

电话响了起来。

肯定又是母亲打来的。今天已经是第几次了？快适可而止吧！

里彩子掏出手机，索性关闭了电源。

*

啊，又被挂断了。

绢江一手捂着胃，放下了电话的听筒。

胃又痛了起来。

啊……痛，好痛！为什么那个孩子会变得如此冷漠呢？明明以前那么黏着自己。妈妈、妈妈地，总是在自己身边撒着娇。结果现在却硬是要去上外地的大学。明明东京有那么多大学可以上，她还是去了外地！

为什么？里彩子，为什么？你不在的话，妈妈会很寂寞的。

时间的流逝慢得惊人。自觉过了差不多一个小时，抬起腕表一看，结果却发现只有十分钟不到。女儿不在的房子宽敞得惊人，根本不知该从何处开始打扫才好。甚至连自己该干些什么都想不明白。

里彩子，里彩子，到底为什么从家里离开了？

啊……胃好痛、好痛！

为什么会变成这样呢？到底是从哪里产生的分歧？

绢江翻起了自己常拿在手上的笔记本。可无论翻多少页，上面也都只写着平平无奇、近乎完全相同的内容。重要的事情却一件都没有写。

根本就派不上用场，这算什么呀，这个笔记本！无名的怒火涌上心头，绢江将笔记本高高举起，一把摔在了地上。

电话响了起来，手机屏幕上显示出住在自己楼下的太太的名字。对了，今天是举行生活协同联合会的日子。得去班长家里拿订购的东西才行。

但是……

电话还在嗡嗡作响。

算上上周，自己已经连续两周缺席了……那些太太们肯定一直在背后指点着自己吧。

“那个人以前明明那么热心的。”“还会抢着当班长。”“现在却根本不参加废品回收和除草了，甚至连自治会也不露面。”“听说她的女儿不是去了差劲的公立高中吗？是因为这个吧？”“当时还以为一定能考上K高中，连制服都买好了呢。”“所以现在才羞得不敢见人了吧？”“听说她的老公也被贬职了。之前本来是负责业务的，现在却被调去做原料采购了。”“哎呀，真可怜。那工资肯定也没法和原先比了吧？这下子，恐怕一辈子都别想从这里搬出去了。”“他们已经住了有二十年左右了吧？其他住户基本只要十年就能买房子搬走的。”“听说是因为太太铺张浪费的缘故呀，似乎还在外面借了钱呢。”

停下来，停下来，停下来！

即使绢江捂着耳朵蹲在了地上，电话还是响个没完。

吵死了，吵死了，吵死了！

地板上爬过一只蟑螂。等它藏进柜子后面的时候，来电的铃声才终于结束。

绢江松了一口气，整个身子伏在了地上。好痛，好痛，好痛，胃真的好痛！就不能想想办法吗？

就在这时候，又换成是手机响了起来。

显示的名字是那个女人。绢江在按着胃部的手上加劲，让锐痛集中在指尖。

铃声已经响了六遍了，绢江无奈只能接起电话。

“是我呀。”

手机里传出了矫揉造作的声音，是艾米丽打来的。绢江不自觉地绷紧了身体，胃部传来一阵阵尖利的疼痛。

“怎么了？”绢江用尽可能平和的声音问道。

“下周六能出来一趟吗？”

“还没有到开例会的时候呀。”

“不方便吗？”

绢江翻看起笔记本上的日历，却发现那一天上正标注着“医院”两个字。

“抱歉，我预约了医院。”

“医院？”

“是的。胃的状态一直不是太好，偶尔还会反胃。”

“反胃吗？”

“最近很严重呢。”

“这样呀……可是加百列也会来哦。”

“加百列也？”

“是。”

“我知道了。我会过去的。下周六是吗？几点钟？”

“四点，还是在那个惯常的地点。”

*

最近的母亲真的非常古怪。里彩子一边一条一条地删除着手机上来自母亲的来电记录，一边轻轻叹着气。

“请问……是弘田里彩子小姐吗？”

被叫到名字的里彩子恍然回神，她急忙抬起头来，六月的暖风轻轻掀起了她前额的刘海。

自己是约了人在这里见面的。

地点是JR川崎车站。但是，约自己出来的那位却和自己还从未相识。

上周末，自己突然收到了这样一封邮件。

“我是在《秘密探掘》上写下那篇专访的自由撰稿人，名字叫作渡濑。如果可以的话，能够接受我的采访吗？拜托了！”

说起自由撰稿人，应该是留着小胡子，穿着脏兮兮的衣服，微微发胖的形象吧。以前在电视上看到的自称为“自由撰稿人”的家伙都是那么一副模样。

可是……

“是弘田里彩子小姐，对吗？”

随着对方的脸逐渐靠近自己，里彩子的双颊上不自禁地透出了些许红晕。

“……渡濑先生吗？”

“是的，就是我。”

对方递出的名片上，确实写着“自由攥稿人 渡濑晃”的字样。

里彩子抬起眼，仔细看了看那个男人。

什么呀……不是很平凡吗。年龄……三十岁上下？身高……一米七八左右吧。虽说看上去有些文弱，但这种气质却相当不错呢。似乎和谁长得很像，是谁来着？啊……对了，那个戏剧演员，昨天的电视访谈节目上的。名字、名字是叫作……

“怎么了吗？”

“啊……”发现自己又犯起了自顾自地沉浸在自己的世界里的老毛病，里彩子的脸倏地变得通红。

“今天真是麻烦你了，特地让你从静冈赶到这种地方来。之后我会把交通费付给你的。”

“不，请不用在意。我也正想着来川崎见一见过去的朋友的。”

“不回家吗？”

“……是的。”

自己完全没想过要回家。根据自己的计划，今天先在玲子的家中借宿一晚，明天上午就赶回静冈去。

或许是从里彩子移开视线的模样中捕捉到了什么讯息吧，渡濑转移了话题。

“午饭要怎么解决？”

“暂时没有考虑……”

“我认识一家很不错的酒吧，现在正好是那里的午餐供应时间。要一起去吗？”

当里彩子轻轻地点了点头后，渡濑便像是要带路似的走到了前面。

里彩子拼命地追赶着他的身影。自己的身高是一百五十五厘米，虽说不高，但也没矮到要自卑的程度。可现在的里彩子却痛恨起自己短小的双腿来。

路过的商店橱窗反射出两人的身影。里彩子只觉得罩在身上的这件长衫完全不适合自己。是颜色的问题呢，还是上面的佩斯利旋涡纹样的问题？也许是因为设计吧？看上去简直像是孕妇穿的衣裳呀……如果能选一件更漂亮的衣裳就好了。还有发型也是，今天就仅仅是用黑色的皮筋将头发简简单单地绾起来了而已，简直像是大妈一样嘛。如果用发卡和发簪把头发扎起来就好了，至少也该戴个发圈的……光是为了搭上新干线而赶时间，就那么急匆匆地出了门。

“马上就到了。”

“啊……”渡濑的话语拉回了里彩子的视线。抬眼瞧去，却只见窄窄的道路延展向三个方向。三个路口前，还各自摆放着像是“饮兵卫路”“下酒菜街”这样的招牌。旁边甚至还垦出了一方花坛，上面胡乱种了些像是金盏花、洋甘菊之类的植株。或许是抱着改换下头脸的意思种下的吧，但无论再怎么用花卉装缀，这条被上个时代遗留下的小巷也还是一副肮脏、杂乱又古旧的风貌。

“还在拍摄吗？”

渡濑轻声细语。环目四顾，却只见旁边正停着拍外景用的巴士。

“是怎么回事？”

“啊，这个呀。熟悉的剧组正在拍再现电视剧，于是就来问我知不知道哪里有风格别致的酒吧，我便把这里推荐给他们了。”

“再现电视剧？”

“我的本职是剧本作家。但是光靠写剧本可填不饱肚子，于是顺带干起了自由撰稿人的工作。”

“是吗……剧本作家是连饭都吃不饱的职业吗？”

“毕竟是个分级严明的行业。像我这种，仅仅是个九流剧作家罢了。”

连这种行业都是等级社会呀。“剧作家不好干的话，干脆自己上台不就好了？”里彩子小声嘟囔，可她马上又后悔地想：这不和玛丽皇后那句“没有面包吃就吃蛋糕吧”是一回事吗？

“演员吗？其实我以前也在剧团里当过演员呢，但实在不合我的性子，随后便辞去了。”

什么嘛，果然是演员呀。自己本就觉得他散发着演员一般的气质。容貌也和之前见到的那个演员一模一样……虽说名字还是想不起来就是了。

正当两人谈话的时候，一群人慌慌张张地乘上了外景巴士，巴士旋即开去了其他地方。

“啊……拍摄好像已经结束了呢，那我们也进去吧。”

言语的同时，渡濑踏进了夹在“饮兵卫路”与“下酒菜街”之间的羊肠小道。

胡同的宽度约莫可以勉强通过一辆轻型卡车，虽说杂乱无章，但也没让人觉得肮脏。但是，巷子中的味道却很独特。香料、油脂、酒、泔水等味道全部掺杂在一起，刺激着里彩子的鼻子。

运酒的车子勉勉强强地挤进胡同，用猛烈的势头将里彩子两人驱赶进了一条窄巷，视界一下子变得黑暗。

那大约是一个勉强能让两个人并肩通过的胡同。向前前进十米，便会被一栋不知是什么的建筑物堵住前路。

恐怕这个建筑一天到晚都不会被阳光照射到吧。生着一层苔藓的地面上，正放着几乎快要交叠在一起的五个小酒馆的看板。

在那之中，只有其中一家的霓虹灯还闪烁着。

那个酒吧该怎么读？加、加百……

*

“胃痛是从什么时候开始的？”

初现老态的医生向自己问道。虽说年纪已经不小了，但他的脸色却像是涂了胭脂般，泛着不自然的鲜亮色泽。

“还是学生的时候就已经有了……到现在已经三十年了。”绢江回答道。

“一般什么时候会感到疼痛？”

“还是会感受到压力的时候吧。”

“你的工作是？”

“家庭主妇。”

“主妇吗？的确会操劳很多事情呢。像是处理邻里关系之类的。”

“是呀，就连今天也得和不喜欢的人见面。”

“恐怕平日要受不少累吧？”

“是的，光是处理人际关系中的各项事宜，就要花费一整天的时间。因为是住在公司分配的公寓里，仿佛无时无刻不被监视着似的。”

“公家的住宅吗？那恐怕是要加倍辛劳了。”

“是呀，恐怕那就是胃病的原因吧。”

直到刚才为止还一边微笑，一边问诊的大夫突然绷住了脸。

“自我诊断是一件非常危险的事情。”

“是的，对不起。”

胃袋轻轻抽搐了一下。

仿佛是察觉到了绢江的不安吧，医生的脸上再次露出微笑。

“不过，的确大部分的胃病都是由压力引起的。”

“果然是压力吗？果然呀，我有头绪了。”绢江探出身体，那个女人的脸不断地在脑袋里闪过。

“话说回来，今天吃饭了吗？”

“不，别说食物了，连水也——”

因为要做胃镜的缘故，所以自己从早上开始就没有吃饭和喝水。

“已经准备好了呢。”

“那个，我之前在网上查了插入胃镜时的注意事项。”

察觉到医生的表情又变得有些僵硬，绢江急忙闭上了嘴。

医生先是在病历上写了些什么，接着又利落地将笔插回了笔架，而后叫来了护士，用简直不像是日语的专业词汇下达了指示。

然后，绢江拿上写有数字的牌子被带去了另一间房。数字是“44”。虽然不知道是干什么用的数字，但绢江只觉得晦气得很。

“那么，请用这个漱口吧。”

穿着粉色护士裙的年轻护士一边微笑，一边拿出了两个小小的容器。装在透明的器皿中的，是如同积存在烟灰缸底部的污水一般的棕色药水。

简直像是尼古丁的颜色一样——真讨厌。

应该是麻醉药吧。才这么一丁点的量，到底能起到多大的效力呢？怀着半信半疑的心态，绢江接过器皿，用双手把玩起来。

“请分别在口中漱一分钟。越是漱到喉咙的深处，之后也会越轻松。”

跟随护士的指引，绢江来到了诊疗台旁的盥洗台处，旋即吞进了第一瓶溶液。

那瓶药苦得要命，才刚一入口，自己的嘴便开始微微痉挛起来。在护士的注目下，绢江只得岔开脚仰起脖颈，老老实实地用药水漱起喉咙。

时钟正好摆在眼睛能看见的位置，绢江一边计时，一边开始漱口。

咕嘟咕嘟咕嘟咕嘟……

这一分钟相当漫长，还没过去十五秒，脖子便酸痛起来。

咕嘟咕嘟咕嘟咕嘟……

不行了。

才刚过去三十秒，绢江便将喉咙中的药水吐了出来。

哈啊……哈啊……哈啊……

怎么回事？这种疲劳感……

回过头去，却只见护士笑着摇起了头。

只过了三十秒就吐出来果然不太好吗？

这次得坚持住才行。一边这样想着，绢江一边将另一瓶药水一股脑地灌进喉咙里。

咕嘟咕嘟……呜……

可是，这次却连五秒都没坚持住。

这不会很糟糕吗？绢江担心地想着。可护士却依然挂着那副微笑，平静地对自己说道：“那就请在诊疗台上稍微等待一会儿吧。”接着，她便把空瓶子收拾走了。

说是要分别漱一分钟的，可自己加起来也只坚持了三十几秒，这种程度的药效，真的能够麻醉自己吗？绢江一边躺在诊疗台上，一边担心地想着。可没过多久，一股苦涩的味道便在嘴里扩散开来，逐渐剥夺了自己的感觉。

好厉害，竟然真的起效果了。才漱了那么一小会儿，竟然就会有这么强的效果——正当绢江兀自赞叹药水的奇效时，却发现有什么东西滴到了自己的裙子上，旋即晕染开来。绢江将手指放到嘴边，却发现那是自己的口水。才一眨眼的工夫，手上便沾满了口水。

眼见大量的口水正从口中流出，绢江急忙掏起了手帕，可就在她慌慌张张地掏手帕的时候，口水已经飞溅得到处都是。

正在这当口，一位不同于问诊时的老医生的另一名医生走了进来。虽说不知道他到底有多大，但大抵应该比自己年轻一些。虽说头发多少夹杂了些许白发，却也仅仅是少白头而已。他的皮肤富有弹性，眼睛也充满了生命力，只是脸色有点差。

“我是负责为你做检查的……”

他好像报上了自己的名字，可自己却没能听清楚。

“请多关照……”

绢江回礼道。可她的声音却含混到了令人含羞的地步，看来舌头和嘴巴都已经被彻底麻醉了。

“接着还需要再打一针，以此来停止胃的活动。”拿过护士准备好的注射器后，医生这么说道，“会稍微痛一下。”

的确，只是很轻微的刺痛。但那却不过只是前场而已。医生已经将胃镜拿在了手里。

“没关系，请尽量放松。不疼的，不会痛的。”他一边这么说着，一边将胃镜塞到了自己口中。

“要插进去了哦，准备好……好的，很顺利呢。”

“好的，已经插进去了。没关系的，请放心。”

“已经进到喉咙里面了，这是你的食道，能看清吗？”

绢江勉强将眼睛睁开一条细缝，她看见显示屏上映射出了什么红彤彤、滑溜溜的东西。那副景象实在让人有些难受。

比起那些，自己快要吐出来了，不知道可以呕一下吗？

不行，已经忍不住了——

“这样可不行呀，不要乱动。请忍耐一下。”听到医生的话后，绢江只得紧紧地攥住双拳，甚至连腿脚都用力地抻了起来。“请放松一些，不能像这样攒着力气呀。”

就算你这么说……绢江的眼角连眼泪都流了出来。

好难受。比想象中还要痛苦。异物不断地朝着胃袋挺进。停下来，已经不想再继续了……

果然，漱口的时候再认真一些就好了。只漱到那种程度到底还是不足够。啊啊，不行了……要呕出来了——索性就把那些异物全部吐出来好了。

“好了好了，已经到达胃里了。”

仿佛全然没有觉察到绢江的痛苦似的，医生依然我行我素地汇报着进况。绢江费力地看着屏幕，但是仅凭自己被泪水模糊的双眼却根本看不清什么。

“哎呀，这是……嗯，看起来已经……可能得……”

医生的声音变得越来越远，最终只剩下咯吱咯吱的机械音。真是让人心情平和的声音。绢江应和着那个声音，轻轻点起了脚尖。

咯吱、咯吱、咯吱、咯吱……

咯吱、咯吱、咯吱……

远处传来了谁的声音？

那是谁的声音？乱糟糟的，真让人不愉快……真是烦死了。停下来，快安静下来，快点安静下来啊！

——安静！

然后，请听一下我的话吧！

……老师，您是什么意思？

您真的爱着《蓝眸的贞德》吗？莫不是把我们读者当成白痴了吗？

我们可是比任何人都爱着《蓝眸的贞德》。我们所倾注的热情甚至比您还要多十倍百倍。

贞德不是您一个人的东西，而是我们的！

您的独断专行简直就是独裁者的行径！

请不要再侮辱《蓝眸的贞德》了！

我们才是真正爱着《蓝眸的贞德》的人，您必须得好好反省自身的错误！

请反省吧，请彻底认清自己的错误吧！

*

“啊，欢迎光临。”

酒吧中迎出来一名女性。她身材挺拔匀称，给人以宝冢剧团[1]的反

1 知名歌舞剧团。团员全部为未婚女性，男角亦由女性演员反串。——译者注

串演员般的印象。染成亚麻色的头发被梳成背头，修身的长裤完美地贴合着她的身材。

真是个漂亮的人，却不知是什么年纪？既像是二十岁，又像是五十岁。是灯光微弱的缘故，还是她化着浓妆的原因？总觉得那张脸和能面[1]很相似。

她是这个酒馆的女主人——渡濑向里彩子悄声说道。一股迷蒙的香味从他的身上传了过来。是花露水之类的吗？

“刚才刚刚拍完。”老板娘笑了起来，眼角上浮现出浅浅的几道皱纹。

“为您平添出许多麻烦，真是非常抱歉。”

“别这么说。我也对拍摄剧目的过程很感兴趣呢。别在那种地方站着了，快进来吧？”在老板娘的招呼下，里彩子和渡濑一同进了店内。“因为你说是要来这儿拍电视剧什么的，我本以为声势会更大一些呢。”

老年娘递来了湿毛巾。里彩子一边将之接下，一边环顾着店内。

西式的装潢与日式居酒屋的风骨被掺搅在一起，催生出无国籍的混沌。或许西洋风格还是要更胜一筹吧，彩绘玻璃和烛台，十字架和耶稣的画像，简直就像是教会一般。连老板娘的轻声细语，听来也仿佛是圣职者的传教一样。

1　能面是日本传统演出项目“能乐”中演员所佩戴的面具，通常以面具样式彰显剧中角色特征。——译者注

“发型师呀，造型师呀，经纪人呀，各种各样的人混在一起。我本以为是像这种锣鼓喧天的大部队呢。”

“哎呀，连造型师都说出来了。”渡濑露出自嘲的笑容，“像这种再现电视剧，大部分情况下，衣服和造型都会直接取用演员本来的面貌。还有，能被经纪人鞍前马后地照料的演员，可都是些不得了的大牌。”

“是吗？和我的想象简直是天壤之别呢。”

一边这么说着，老板娘一边小心翼翼地窥探起信封的内里，接着，她那张端正的脸稍微扭曲了些许。

信封里装的是支付给她的场地使用费吗？虽说不知道具体的金额，但从她的表情来判断，肯定是与期待不相符吧。谈及电视台的酬金，“报酬优厚”或许是相对比较普遍的印象。但实际上，大部分情况都只会收到一锱一铢的酬劳而已。更甚于此，有时还会拿印着电视台标识的圆珠笔敷衍了事。

“怪不得我会对那个演员没有半点印象，甚至还找他要了签名呢。”这样说着，老板娘又看向身后的架子。循着她的视线望去，倒的确能看见装饰在那儿的崭新签名纸。确实是自己不知道的名字。

签名纸在旁边还有一张，但那也是个自己不认识的名字。倒不如说因为签名太过花哨，根本就没法辨认是写了什么。连旁边标注着的“赠保子小姐”的字样，自己都费了好大功夫才分辨出来。

“那是上月光顾的职业棒球选手留下的。说是非得留下个落款什么的，缠着我要我告诉他我的名字。偏偏我的本名还那么难于启齿。”

不知是因为什么，渡濑突然露出了笑容。

“‘保子’不是个很棒的名字吗？”

“是吗？不是很不起眼吗？该说是不够华丽还是怎么……话说回来，这位年轻的小姐是？”

老板娘的视线飘到里彩子的脸上，这使得她不由得蜷起了身体。

“是我采访的对象。”

“噢，是这样。得搭给你点什么才行呢。”一边这么说着，老板娘一边从货柜上取下了一只酒瓶。酒瓶的商标上画了一个穿红色制服的伦敦塔卫兵[1]。“能喝吧？”

“啊，不……”从白天开始就喝酒吗？

“哎呀，还没成年吗？”

虽说里彩子也知道自己有些显老相，但被这么敞亮地认错，到底还是会有些受伤。

“那就来点姜汁汽水怎么样？”

“可以，拜托您了。”

当姜汁汽水的瓶子与玻璃杯一并被端上吧台时，渡濑也将录音机拿了出来。

1　名酒BEEFEATER的商标。——译者注

“你有逐期订阅《秘密探掘》吗？”采访马上就开始了。

“不，只是在大学的图书馆里偶然看到了而已。因为封面上画着《蓝眸的贞德》的图画，就稍微读了一下。”

“你向我们的编辑部投邮件的意图是什么？”

“只是一时兴起。虽然并没有什么复杂的理由……但我对‘贞德的诅咒’稍微有些兴趣。”

“原来如此。记得你说自己的母亲是‘蓝色六人会’的成员之一，对吗？”

“是的，尽管她一直都在拼命地隐藏这件事，但她和网友交流的记录却留在了家庭共用的电脑里，实际上她已经完全暴露了。”

随后，里彩子便简明扼要地介绍起了家中的情况。在这期间，料理被一道接着一道地摆上了吧台。

料理也同样是古怪的混搭风格。先是法式面包和芝士的组合被端上桌；接着当意式生鲣鱼被端上来的时候，旁边却摆了一碟煮羊栖菜；香草煎鸭胸之后是烤花鲫鱼……但是，无论哪一道料理都特别美味，用刀叉吃烤花鲫鱼也是非常新奇的一件事。

正当里彩子用叉子叉起意式生鲣鱼的时候，渡濑却突然从一册记录文档中撕下了一页纸张。接着，他又用三色笔在那张纸上依序写上玛尔格丽特、米蕾尤、吉赛尔、希尔维娅、艾米丽几个名字。

“这就是‘蓝色六人会’所有成员的网名，你的母亲是哪一个？”

里彩子仔细看着那几个名字。

啊——找到了。

“是这个。”这样说着，里彩子指向了“玛尔格丽特”这个名字。

“是吗，玛尔格丽特吗？”

不知为何，渡濑若有所思地点起头来。接着，他又朝柜台后的老板娘投去了微妙的视线。之后的一段时间内，渡濑一直望着半空思索什么。过了一会儿，他却突然在那张纸上写上了“连续杀人事件”几个字眼。

“连续杀人事件？”

“没有错。希尔维娅、米蕾尤、吉赛尔——这三人已经被相继杀害了。在社会上，三起事件分别被命名为‘板桥区主妇惨杀事件’‘小田原山中奇异女尸事件’‘吉祥寺车站孕妇死亡事件’。虽说以世人的角度来看是毫无干系的三起事件，但实际上，它们之间却有着共同点。”

“被害者都是《蓝眸的贞德》的粉丝吗？”

“正是如此。因为三名死者均是《蓝眸的贞德》粉丝，‘贞德的诅咒’也随之变得声名更著，事件的本质反而变得模糊，藏匿在了‘诅咒’的阴影之中。”

“本质是？”

“在强调她们的粉丝身份之前，尚有一个更为关键的将三人联系在一起的纽结——她们是相互熟识的。这样的三人同时被害，将之想定为‘在明确的意志下进行的连续杀人事件’，不是更合乎道理吗？”

“但是，警察为什么不顺着这条线，把这些案子当作连续杀人事件进行调查呢？”

“因为‘板桥区主妇惨杀事件’被早早地解决了。”

“是这样吗？”

“是的。最初的杀人作为单独的案件被草草结案了。”

“那凶手是？”

“‘蓝色六人会’之一的村上枝美子向警察报案说凶手是自己的丈夫。那个男人有酒精依赖症，平时的行径就不太正常。他的妻子枝美子似乎也是从他身边逃走的。”

“那个村上枝美子是？”

渡濑在三色笔中选择了红色的一端，而后在“艾米丽”的下面打上横线。

“艾米丽？被杀的是希尔维娅，杀了她的是艾米丽吗？”

“不对不对，所以说——”

渡濑又另撕下了一张纸，在纸上画了简要的关系图。

“也就是说，粉丝俱乐部的负责人，‘蓝色六人会’就是这些人——”

玛尔格丽特、米蕾尤、吉赛尔、希尔维娅、艾米丽。

“知道名字的是这四人。”

米蕾尤（酒井稻子）、吉赛尔（保科早苗）、希尔维娅（咲野诗织）、艾米丽（村上枝美子）。

“然后，在‘板桥区主妇惨杀事件’中被杀害的是希尔维娅（咲野诗织），被认定为凶手的是艾米丽（村上枝美子）的丈夫村上久志。”

说着，渡濑又在“村上久志”这个名字上画上了红色的消除线。

“但是，村上久志在被逮捕之前便自杀了。”

“这个人也去世了吗？”

里彩子的叉子于半空中停顿，悬挂在上面的鲣鱼片“啪嗒”一声滑脱下来，弄脏了里彩子的罩衫。但是里彩子却全然不顾，反倒进一步提问道：“那他的那位叫作‘艾米丽’的妻子呢？现在怎么样了？”

“现在还依然参加着‘蓝色六人会’的活动。”

“是吗？明明自己的丈夫把其中一名成员给杀掉了，却还在参加吗？”

“她本人似乎不怎么在意呢。”

“那些阿姨们，这种时候总是会那么粗神经。真不敢相信，如果是我的话绝对会逃跑的。那种地方怎么可能待得下去啊？艾米丽的丈夫可是杀了其中一名成员啊！”

“那才是正常的选择吧。”

“啊，难道那个叫艾米丽的人就是真凶吗？”

“嗯，虽说我一开始也是这样想的。所以也特地去寻找过希尔维娅——也就是咲野诗织的儿子。”

“为什么要去找她的儿子？”

渡濑从文档中抽出一张剪报，标题为“板桥区主妇惨杀事件”。

——根据和咲野同住的长子的证词，咲野在中午一点半左右时曾被人从家中叫出，现警察署正在针对将咲野叫出的人物进行搜查。

“也就是说，咲野诗织的儿子有可能知道凶手是谁吗？那个孩子现在到哪儿去了？”

“虽说被九州的亲戚收养了，”渡濑手中的三色笔轻轻颤抖起来。接着，他又在纸上另添了一行字迹。“但据说在去年死于交通事故。”

“连那个人都去世了吗？”里彩子再次停下了手中的叉子。

“是的。然后，在那之后被害的是……”渡濑在米蕾尤（酒井稻子）的名字上画上消除线，“她从二〇〇八年七月下旬开始变得行踪不明，随后在五个月后的十二月被发现在小田原的山里。这是在那一个月后——也就是二〇〇九年一月的报道。”

这样说着，渡濑将另一张剪报放在了吧台上。

从上个月的七号在小田原市的山中发现埼玉县川口市的无职业者酒井稻子（四十八岁）的遗体开始算起，已经过了一个月的时间。小田原足柄警署目前已经将该案件作为杀人及尸体遗弃案件立案，并持续展开对现场周边及酒井女士行踪的调查，但依然还未能得到有关凶手的有力情报。

根据警方的消息：十二月七号的上午十一时，为回收山中被非法遗弃的垃圾而进行回收作业的清扫员发现了散发恶臭的垃圾袋，遂发现尸体并报案；八日上午，根据司法解剖及现场鉴定的结果判断，死者为埼玉县川口市的酒井稻子。据足柄署警方所言：死者死于五个月前，因腐败严重，无法判断死亡原因。

“然后是下一位被害者——”渡濑的笔尖悬停在“吉赛尔（保科早苗）”这一名字上，“这是当时的报道。”

关于在东京都JR吉祥寺车站发生的女性与电车接触死亡的事故，根据井之头警署的调查：该女性有很大的可能性是被恶意推下站台，才导致了事故的发生。警方将该案定为伤害致死案件，目前正展开调查。

根据该警署的消息，死者为东京都杉并区的主妇保科早苗（四十二岁），事发时怀有五个月的身孕。事故发生于九号傍晚七点三十分左右的中央线上行站台。据井之头警署透露：保科女士乘坐由高尾驶向东京的快速电车到达吉祥寺站，当从另一侧驶来的反向快速电车经过时，保科女士跌下站台，遂与电车发生接触。接触发生时，保科女士的双腿被切断，将其送往医院后的第二天，保科女士因出血过多被宣布死亡。

据JR东日本称：事故发生时电车的时速约为六十千米每小时，驾驶员在发现异常后马上紧急停止了电车。虽然当时有一名站务员被配置在站台的中央部，但距事发现场仍有一百米的距离，再加上楼梯阻隔了视野，致使该站务员未能及时发现事故的发生。

“把她推下去的人……找到了吗？”

“不，还没有。但是根据现场的目击情报，将吉赛尔……将保科早苗推下站台的是一个女人。”

“女人……”

“话说回来，你有没有从你的母亲那里听到些什么？”

“欸？”

“比如说粉丝俱乐部的事情。她有跟你说过艾米丽这个人吗？”

“并没有，我的母亲根本不会和家人讲粉丝俱乐部的事情。”

“是这样呀。”

“难道渡濑先生在怀疑粉丝俱乐部中的成员吗？”

“有一点吧。”用叉子将鸭肉送进嘴里，渡濑又啜了一口杜松子酒。随后，他的目光又落到了吧台上。

一边吃着蒜香吐司，里彩子也随之看向吧台上的笔记。

希尔维娅（咲野诗织）被利器刺杀，米蕾尤（酒井稻子）的尸体被在山中发现，吉赛尔（保科早苗）死于电车事故。

剩下的是艾米丽及……玛尔格丽特。里彩子突然觉得有些口干舌燥。

“难道……凶手就在这两个人之中吗？”

“或许吧。”渡濑的太阳穴异样地隆了起来。

“不、不会吧……”

里彩子扯开嘴角，露出了一个干巴巴的笑容。

是说母亲有可能是凶手吗？虽说最近的她的确有些古怪，但那也不是从现在才开始的，只是现在要甚于从前罢了。但即便如此……话说起来，不是还有个叫艾米丽的人吗？如果她是凶手的话，那下一个目标……是母亲吗？

里彩子心不在焉地将蒜香吐司塞进了嘴里，可其中大半都撒在了吧台上。

耳边突然传来了音乐。抬眼一看，是老板娘正在鼓捣老旧的收音机。

呜哇……完全是昭和风格的歌谣。却不知是叫什么名字呢？

“Jun & Nene，不知道吗？”老板娘一边打着节拍，一边小声嘀咕道，“你也不会知道吧，毕竟是老歌了。但是，这是我最喜欢的歌曲。卡拉OK的时候，我一直都会扮演Jun呢。”

老板娘开心地指着装饰在墙上的唱片封套。封套上有着两位浑身散发着七十年代风格女性。其中一人甚至还穿着男装，简直就像是宝冢的舞台剧演员一样。

“老板娘总是在放这首歌。托她的福，连我都学会了。”渡濑露出像是魅惑的微笑，但不过片刻工夫，就又变回了撰稿人的表情。

“其实——去世的还不只这三人。”渡濑重新拾起了笔。被写下的名字是“苏菲（吉村淑子）”。

“这位名叫‘苏菲’的人，在二〇〇六年的十二月失踪了。”

“她是？”

“曾经是粉丝俱乐部的代表。自从她失踪以后，玛尔格丽特就成了新的代表。”

“啊……说起来——”啜饮着姜汁汽水，里彩子又再度开了口，“关于《秘密探掘》上的内容，‘秋月美有里’有两个人是怎么回事？”

虽说自己对这个话题完全不感兴趣，但现在的里彩子只想赶快换一个话题。

“真的有代笔漫画家吗？”

“是这样呢。”渡濑用叉子叉起烟熏鲑鱼，“我最初也设想过是否真的存在代笔作家，但看来实际的情况却似乎不太一样。”

“不是吗？但是不是说，上半部分和下半部分的作画风格完全不一样吗？”

“你看了吗？”

“是的，过去曾借阅过母亲的漫画。”

“全部吗？”

“是的，全部都读过了。但从中途开始，画风就变得和之前不一样了。”

“老板娘，能借一下你的《蓝眸的贞德》的单行本吗？”

这样打了声招呼后，“请便。”老板娘朝着摆放在店铺一角的书柜努了努嘴。书柜上塞满了乱七八糟的旧书。在酒吧里，只有那一角独自散发出像是神保町旧书店一样的气氛，《蓝眸的贞德》又在其中显得极其惹眼。

“啊，全卷都集齐了。”里彩子发出一声小小的惊叹，“这可真巧。”

“这可不是巧合呀。我正是在这里看到了《蓝眸的贞德》，然后才对它产生了兴趣，所以才会在《秘密探掘》上发表了那篇文章。”渡濑伸出他修长的手指，用优雅的动作将漫画一本本地抽了出来，“在这家酒吧看到《蓝眸的贞德》之前，我可是对‘秋月美有里’‘贞德’什么的一无所知呢。”

说到这里，渡濑朝老板娘投去了目光。仿佛是为了回应那个眼神似的，老板娘往两人的餐篮里加进了满满当当的面包。

“除了《蓝眸的贞德》以外，老板娘还教给了我好些事情。从法式礼节到昭和歌曲再到心理学，实在是个博学多识的人。”一边这么说着，渡濑一边将单行本并排摆在了里彩子面前，“我之所以会对‘秋月美有里’的代笔作家抱有疑问，也是因为被老板娘点了出来。就是这里——第八卷，从第八卷中间开始，画风就突然发生了变化。”渡濑将单行本拿在手里，翻到了他认为画风开始改变的一页。

记得的确是这样。从第八卷的中间开始，画风便有了极其明显的变化。尽管能看出来执笔者想要尽量模仿之前的作画风格，但给人的印象却完全不同。很容易就能看出是出自不同的人的手笔。

“就是这里——从这一页开始，画风就发生了变化。但请看这里，请看背景里的那些人物。无论什么时候，在背景的人群里一定会出现这个人物。就是这个——这个长头发的女人。”渡濑指向女主角背后的背景人物之一，“唯独只有这个黑发的女性，每一次都会固定出现在背景人物之中。我想，这或许是作者的替身吧。之所会这么说——”渡濑又取出第三卷，而后翻开其中一页，“就是这里。”他指着漫画上的其中一个位置。

那是处在页面边缘的附加栏目。

“听说在杂志上连载时这里会用来刊载广告。但作为单行版出版的话，作者就会在那上面写下给读者的留言，又或是未能出场的角色的废案之类。”

接着，渡濑又指向更明确的位置——原作者秋月美有里亲笔写下的留言和自画像。

“这张自画像，和刚才的那名黑发的背景角色一模一样。”这样说着，渡濑又翻起了刚才说的“画风改变了”的第八卷，“就是这个。”他旋即伸出手指，指向刚才的那名黑发背景角色。

“但是，不也可能是因为那个背景角色从头到尾都是由同一名助手画的吗？”

“虽然也有这个可能。但我还是认为秋月美有里仅仅只有一人，并没有代笔作家的存在。”

“那么，现在秋月美有里怎么样了呢？”

“或许是舍弃掉秋月美有里这个名字，过上了平凡的生活吧。”

这么说着，渡濑又向吧台的方向投去了视线。他微启双唇露出别有深意的微笑。

“其实呀。”渡濑转过头，直勾勾地盯住了里彩子的脸。“悄悄告诉你，秋月美有里好像要复出了。听说《蓝眸的贞德》也有了重启的计划。”

“真的吗？”

“这可是个秘密呀。因为是小里彩子，我才特地告诉你的。”

为、为什么突然用“小里彩子”这种称呼叫起了自己？里彩子的耳根子一下子红了个通透。

“擅自告诉我这种秘密，我会很难办的。一定会一不小心就向别人抖出去了。”

“就算说出去也没关系，但至少还请忍耐到这个月底。本月发售的《秘密探掘》中将会说到这个话题，在这之前，请一定要保密呀。”

一语堪毕，渡濑将自己的食指贴在了里彩子的唇上。

……这个人，根本就是个天生的情圣。若是让一般人来做的话，完全就是性骚扰了。他这副做派，想必会把那些大妈们迷得神魂颠倒吧。

“哎呀，已经这么晚了吗？”

渡濑瞥了一眼手表，已经是下午两点半了。用餐巾擦了擦嘴后，他又随手将其团成一团，“谢谢你的帮助，帮大忙了。”这么说着，渡濑掏出了一个信封放在桌上。

“我这边才是，谢谢您的招待。”

“之后或许还会再联系你，没关系吗？”

“欸？”渡濑的脸庞朝自己靠过来，里彩子不禁缩起了身体，“是的，没关系。”她只得无奈地应承下来。

“谢谢你。”

“小姑娘，记得再来光顾呀。”

这么说着，老板娘将一盒火柴放在了桌子上。

——不是说了自己还没成年吗？里彩子叹着气将火柴收进了包里。

*

“没事吧？”

醒过来以后，绢江发现自己睡在了陌生房间的床上。她隐约觉得胳膊有些沉重，搭眼瞧去，却发现胳膊上正挂着点滴。

“是止血剂。之前用内镜在您的胃里看到了大量出血的痕迹。血液检查的结果也表明您的血红蛋白值下降了很多，已经是重度贫血了。”

已经有了些岁数的护士一边看着病历一边说道。她的语调有些冷淡。虽说刚才的护士老是笑个没完，实在让人有些不舒坦，但现在的护士却又有些过于冷淡了。说起来，她们的护士服的颜色也不一样。这次换成是浅绿色的护士服了，胸前的铭牌上还写着“护士长”的字样。

……总觉得和苏菲有些相像呢。

“胃镜已经结束了吗？”

“是的。”

“虽然到中途为止还有印象，但在那之后却完全没有记忆了……”

“因为麻醉效力太强的缘故，让您睡着了。不是很好吗？正好在睡着的时候结束了检查，也不会感到难受吧？”

“嗯，是呀。”实际上简直像接受拷问一样难受。但就算现在向她抱怨也起不了什么作用。

“有些患者的麻醉效果不好，检查时一直干呕，难受得不得了。”

那完全就是自己的情况。但绢江还是决定不再谈论此事，反而换过了话题。

“检查的结果怎么样？”

“等一会儿医生会详细地给您说明情况。就目前来说——发现了大面积的溃疡。”

“就目前来说？”

“在您体内提取的细胞还没有检测出结果，具体的结果还得到时候再说。”

不知为何，护士突然微微一笑。尽管绢江也想要回一个微笑，但无论自己再怎么牵动脸颊的肌肉也笑不出来。绢江又试着活动着面颊的各个位置，却怎也不灵便。

以前是怎样笑出来的呢？

正当绢江努力尝试着操控脸颊肌肉的时候，又一个穿着完全不同样式制服的女性走了进来。是在接待窗口负责杂项事务的女性吧。护士一边听她说话一边点头，脸上的笑容也在不知不觉间消失了。

“不好意思，您的医保卡已经到期了。”护士对自己说道。

“什么？”

说起来，丈夫公司的总务好像发了什么通知过来……那个人，难道被解雇了吗？骗人的吧？应该只是哪里弄错了吧？对呀，肯定是这样，只是出了点差池而已。

心想着要和护士解释清楚，绢江习惯性地抬起手臂，但刚一动弹，她就发现了连在自己手臂上的点滴。话说回来，这药水的颜色简直黄得刺眼。一想到自己的体内正被注入这样的液体，绢江不禁有些泛起恶心。

“以后请把烟戒了。”

初现老态的医生拿着病历，刚一进到病房里便这样说道。

“不，我不吸烟。”

“那就好。”

尽管嘴上这么说着，但医生的眸子里仍透着怀疑的色彩。

——自己明明从未吸过烟的。

“酒也不能喝了。”

“酒我也基本不喝的。”

这却是假话。自己的胃本就不能沾酒，可绢江最近却为了排遣压力而偷偷喝起了廉价的酒。这无疑是使胃病加剧的主要原因。

“不管怎么说，您现在需要静养一段时间。在最终的检查结果出来之前，会先给您开一些能缓解胃酸和修复胃黏膜的药，记得一定要吃。多少可以缓解您现在的胃痛症状。”

“……那个，最终的检查结果什么时候能够出来？”

“先等个一周左右吧。”

“也就是说，下周再来就可以了吗？”

“是啊，一周后……”医生歪着头，看向贴在墙上的日历。绢江也伸长脖颈去看日历，但到底还是离得太远，看不真切。

“那就一周后的今天好了，到时还请到医院来。”

“是的，我明白了。”

“那就等下次再说吧。”

医生向外面走去，虽说自己想要抬起头来好向他致下意，可却连一厘米都抬不起来。点滴的量也几乎没见减少。

真是扎眼的颜色。真的不是毒药吗？但就算是毒药，现在的自己也无法抵抗。现在的自己就像是坐在电椅上等待死亡的死刑犯般，根本无法从床上下来。是因为麻醉的效力还在吗？身体一动也不能动。

我会就这样死去吗？会就这样死去吗？

是呀，你会死的。就像苏菲那样，像希尔维娅那样，像米蕾尤那样，像吉赛尔那样——你终究也会死的。

“不要！”

被自己的叫声所惊吓，绢江猛然睁开了眼。抬眼望去，只见黄色的点滴正摇晃着，似乎比之前稍微少了一些。

“您还好吗？”

穿着粉色制服的年轻护士偷偷瞧着绢江，她的脖子上悬挂着计时器。

“您刚才发出了很大的声音呢。是做了噩梦吗？”

护士莞尔一笑。到底是从哪儿学来的这副笑容呢，像酒吧的女招待一样，真让人不安。

“做了什么梦？”对于护士的提问，绢江回答道：“关于一个甩也甩不掉的女人的梦。”

“就是所谓的孽缘呢。”

“孽缘吗？”确实如此。绢江不禁露出苦笑。

“梦是会根据情绪变化的。只要转换心情的话，连梦境也可以操控。”

“是这样吗？”

“做梦的时候，‘这是在做梦，这是在做梦’——只要努力让自己意识到这一点的话，之后就好说了。凭借自己的意志，便能随心所欲地改变梦境了。”

“噩梦也能改变吗？”

“是的。即使是噩梦，只要从中间开始向好的结局发展就可以了呀。”

“是吗，那就让我试一下吧。”

点滴看起来还得一会儿，应该还可以再睡上一觉吧。

有什么声音在响。

对了，是计时器的声音。

护士把挂在脖子上的计时器关掉后，转头对自己说道：“那我先失陪了。请好好休息吧。”说完便急匆匆地跑去了其他患者身边。

接上了输液管的手臂失去力气，耷拉在床边上。

这是梦，这是梦。

绢江一边喃喃自语，一边闭上了眼眸。

叮、叮、叮、叮、叮。叮、叮、叮、叮、叮。

计时器的声音？护士小姐，到时间了吗？

不、不对，你是……苏菲。你回来了吗？太好了，我很担心你哦。快过来，大家都在等着你呢。米蕾尤、吉赛尔、希尔维娅，还有加百列。快看呀，大家都还是以前的模样。让我们以最初的状态从头开始吧。没错，将发生的事情全部抹去，让我们再从头开始。

怎么了，苏菲？为什么不说话？苏菲、苏菲、苏菲！为什么会铁青着脸色？

一醒过来，绢江便发现穿粉色制服的护士正将针头从绢江的手臂上拔下来。

“您还好吗？”护士瞧着绢江的脸，“刚才又叫出声了哦。”

“又做了个讨厌的梦。”

“‘这是梦，这是梦’——有这样去想吗？”

“是的，我试过了。”

“效果怎么样？”

“到底有没有效果，自己也不太清楚。”

“是吗？但是多练习几次的话，一定就能够控制住梦境了。”

之后，护士又给了绢江几张A4复印纸。上面罗列着做完检查后的注意事项，那其中又以预防因麻醉造成的事故为主。

“在麻醉彻底消解前，请再等上两个小时。在那之前请不要进食。还有，这个给您。”

递过来一张卡片后，护士让绢江拿着那个去结账。但是，她摇晃的腿脚还是不足以支撑身体，根本走不了路。

“没关系吗？您的脸色很难看。”

“没关系，我很好。”

尽管想尽可能地扮出个笑脸，但反而扭曲成一副哭丧的模样。

“真的没关系吗？再稍微休息一会儿吧。”护士的眸中透着同情的神色。

“没关系吧？”

不知为何，接待的女孩子也对自己尤其亲切。但她的表情却微妙地有些僵硬。

“没事吧？”

连医生也赶过来了。

为什么？

为什么大家都对我这么温柔？

之前去的那家医院，无论医生还是大夫都对自己那么冷淡。

难道……

绢江战战兢兢地看向自己平展开的右手。

骗人的吧……

生命线……断了？

癌症！我……得了癌症吗？

是这样啊，自己得了癌症啊，所以大家才会那么亲切的。是这样啊……

……我患上了癌症，恐怕马上就要死了吧？

绢江握起了拳头，同时朝挂在墙上的钟表递去了目光。

时针正指着午后三点。

要走了，得快点赶去才行。因为加百列也会来呀。

——得快点赶去才行。

*

“咦？”刚刚来到玲子的房间，里彩子就马上屈起了手指。

玛尔格丽特、米蕾尤、吉赛尔、希尔维娅、艾米丽……

“里彩子，你又开始自说自话起来了。”玲子的脸突然凑了过来，“里彩子的这一点，简直和伯母一模一样。得把这坏习惯改正才行。”

“什么？伯母？”

“里彩子的妈妈。”

“讨厌，不要提她。”

里彩子总算把肩上的包卸了下来。

“啊，里彩子，你身上有股味道。”

“不会吧？”里彩子急忙扯起衣袖确认起来，“啊，是鲣鱼片的味道吗。”

“不、不对。像是化妆水的味道。你去见男人了吗？”

友人的说法里好像隐藏着什么粗俗的意味，使得里彩子的脸一下子红了起来。

“才不是呢，只是采访而已。”

“采访？什么采访？”

“所以说……”

“我说，点个比萨怎么样？”

玲子不知从什么时候起已经翻开了比萨的外卖菜单。

还是老样子。一和别人说起话，感兴趣的话题就会一个接一个地向对方抛去。虽说开始的时候还觉得疲于应付，但现在的自己却已经完全习惯了她的节奏。

青梅竹马的友人是住在同一处分配住宅的邻居。但是，六年前玲子的家人却带着她离开了分配住宅。虽说之后疏远了一段时间，但以玲子开始一个人生活为契机，两人又再度熟稔起来。

“要点哪个？”一说起比萨，饥饿感突然涌了上来。刚才在酒吧里的时候光顾着聊天，结果却没怎么吃东西。

“随你喜欢吧。”

“是嘛。那就罐头金枪鱼和玉米蛋黄酱比萨吧。意式薄脆饼底比较好还是厚饼底比较好？”

“那就厚一点。”

“收到。”

点完比萨后，玲子又突然开了口：“话说回来，是什么？”

“什么？”

“采访。”

“那个呀。”当自己差不多忘记的时候，又突然拐回之前的话题。玲子还真是一点都没有变。

“今天接受了一个杂志的采访。”

“采访？”玲子好奇地睁圆了眼睛。

“嗯，一本叫作《秘密探掘》的情报杂志。”

“啊，我知道那个。是那个专门介绍小众戏剧和电影的杂志，对吧？是关于什么的采访？”

“关于《蓝眸的贞德》这部漫画。”

“那是什么？”

“不知道吗？”

“嗯。”

“我的母亲是那部漫画的狂热粉丝。”

“是这样呀。那部漫画很有名吗？”

“与其说是有名，不如说是有些名堂吧。”

“有什么名堂？”

“比如说，很难买到单行本之类的。”

“市面上没有卖吗？你看，现在不是把昭和时代的漫画全部以文库本的形式再版了吗？”

“但那个却完全没有再版，好像在二十五年前就彻底绝版了。所以，那个漫画好像在发烧友中被炒到了非常夸张的价格。一共十二卷，你觉得能卖多少钱？”

“多少？”

“一百二十万日元。”

“呜哇……”玲子发出了与她端正的脸完全不相称的怪声。

“这已经是最便宜的了。如果是初版的话，恐怕一本都不止二十万日元了吧，如果是最终卷的话——”

“那，里彩子的妈妈有那部漫画吗？”

“嗯。”

“这不是藏着不得了的宝物吗！怎么来的？从过去留下来的吗？”

“嗯，连载时她还是中学生。”

“那么，还有什么出奇的地方吗？不光只有入手困难这一点吧？”

“连载的时候好像被停刊了。”

“为什么？”

“连载的内容里出现了极其严重的情节。发售日的第二天，马上就引起了巨大的轰动。平时被班上的女生津津乐道的《蓝眸的贞德》，那一日却没有任何一个人提起。有的学生没去上学，有的学生在课上突然哭了起来，在整整一天的时间里，学校都笼罩在阴郁之中。听说还有因此而自杀的读者。”

“哦……是吗？”

“不过是部漫画而已，真是小题大做。”

“虽说不过是漫画，但它的意义却远远大于漫画。”

“什么意思？”

“你得多去想一想粉丝的心情呀。”

“……就算这么说，我还是无法理解。当然，我也会有沉浸到故事中的时候；若是看到了难以接受的发展情节呀，生离死别的场景呀之类的，虽说也会感受到愤怒或者伤心难过的情绪，但说到底也不过是一时半会儿的……”

“那一时半会儿就是最重要的时候呀。即便是事后再看时觉得无聊透顶的情节，但在那瞬间所催生出的情感，却是世界上最沉重、最有价值的情感。那个什么贞德……是吗？对于粉丝来说，那个情节不就是需要承担如此之大的责任吗？恐怕真的是非常可怕的情节，没准会留下心理阴影吧？”

“心理阴影？”

“与其说是心理阴影，应该说是那个吧——那个……叫什么来着？那个……PT——”

“PTSD（创伤后应激障碍）？”

“对，就是那个。创伤后……应激障碍吗？”

“那也太夸张了吧？不过是区区一部漫画。”

“所以说，那可不是分量那么轻的东西哦。”玲子带着严肃的表情朝自己靠了过来，“里彩子的妈妈也受到了那部漫画的影响吗？”

“唉——”里彩子轻轻叹出一口气，“相当严重呢。”

“比如说？”

“就好像中了邪一样。”

“应该也有年龄上的问题吧，她多大了？”

“今年四十六岁吧。”

“你看，是因为那个呀——更年期障碍。”

“虽说应该也有这方面的原因……”

“我的母亲也像是患上了更年期障碍似的，每天都闹腾得要死要活的。”

“虽说我也觉得她身上出现了更年期障碍的前兆，但她也不是从最近才开始变得奇怪的。”

里彩子露出了自嘲般的微笑，一旁的玲子也困扰地赔着笑脸。

“话说回来，到底是什么样的问题情节？”玲子跳过了这个话题。

“我也不清楚。那个情节只刊载在了当期的杂志上，收录单行本时却被删去了。单行本的话我倒是读过，那上面只有一个生搬硬套的喜剧收尾。”

“那个单行本中是怎么收尾的？”

“让人大跌眼镜的‘做梦结局’。长大的少女贞德从法国远渡美国，在那里历经苦难，度过了二十年的光阴……可结果，那二十年却全部都是病床上的少女贞德在梦中的想象。早上起来后，她发现在昨晚枯萎的白玫瑰又重新盛开了，差不多就是这样。”

“完全就是狗尾续貂嘛。”

“对吧？之前埋下的伏笔也完全没能回收，这种结局可没办法糊弄在两年的光阴里为《蓝眸的贞德》心驰神迷的读者呀。”

“因为生出太多枝蔓而无法收拾，最终只能草草地完结了事，像这样的漫画不是很多吗？倒不如说，这类漫画才占了大多数吧？”

“倒也不是没有道理，但即便如此，那个结局也太……”

“不是常有的事情吗？对狂热粉丝们莫名其妙的期待感到烦恶，干脆就在作品里发泄起来的例子也很多。‘夏洛克·福尔摩斯’的创作者道尔、‘亚森·罗宾’的创作者勒布朗，还有《绿山墙的安妮》不是也那样吗？反正不管怎么说——”

“什么？”

“现在还当着粉丝的里彩子的母亲，还是一如既往地充满活力呢。”不知是有意还是无意，玲子在说“一如既往”这个字眼的时候特地加重了语气。“当时开展社区自治会的时候，记得阿姨她非常卖力呢，还用‘女斗士’什么的喊着我的妈妈。”

里彩子的脸不禁微微一僵。

“现在已经和那时不一样了。”

“是吗？”

“她已经从自治会里退出了，现在已经不怎么表现自己了。”

“真的吗？真是难以置信，那个活力旺盛的阿姨竟然……”

“嗯，现在她只会把精力倾注到粉丝俱乐部的活动当中。”

一股带着湿气的热风吹进窗户，里彩子把玩起了放在桌子上的比萨菜单。

“话说回来，比萨要点哪一种？”

“刚才不是点过了吗？”

“是这样吗？啊……”

响起了手机的铃音，里彩子从牛仔裤的口袋里将其拿了出来。

是母亲打来的，里彩子握紧了拳头。眼见玲子正偷偷瞧着自己，里彩子忙躲到了门口处。

“里彩子，你现在在哪儿？”母亲尖锐的声音让里彩子十分不快。

“问这个干什么？”

“明天是星期天吧，我可以去找你吗？”

“来静冈吗？”

“从升入大学以来，你不是从来没有回过家吗？”

“抱歉，我现在在朋友这里。明天的安排也排满了。”

“是吗？是什么样的朋友呢？”

“大学里的朋友。”里彩子看着玲子小声说。

“男朋友吗？”

“不是啦，是女性朋友。”

“啊，这样啊。”

“没事了吧？我挂断了。”

“那个啊。”

“怎么了？”

“我今天去了医院。妈妈的胃不是不好吗？最近胃痛越来越严重了，所以就去检查了一下。”

“结果呢？”

“可能是癌症。”

“欸？”

“我快要死了吧。”

“……什么？”

“我说我快要死了。”

手机突然被挂断了，里彩子的背后冒起冷汗。

“怎么了，里彩子？”

“我打算回家去。”

“啊？世田谷的分配住宅吗？可是比萨……”

“抱歉，让我付钱吧。”说着里彩子从渡濑给她的信封里抽出了一张万元纸钞。

“我没有零钱呀。”

“下次再给我吧，现在我得赶快回去了。”

到底是怎么回事？突然说起癌症呀，死呀这种事，这不是必须得回去了吗？吓唬人？开玩笑？是为了引起自己的注意吗？啊啊……真讨厌，自己的生活总是被她的意志左右着。

回想起来，从记事时开始就已经是这样了。那个人总是擅自对自己抱持着期待，期待落空的时候又擅自消沉下去。小学时上的芭蕾舞课也是这样，她一心觉得自己能被选为主角，擅自就去买了奥杰塔的服装，可自己实际获得的角色却是大群天鹅的其中一只。明明自己完全没有在意，那个人却跑到教室里大闹起来。儿童选举的时候也是，她为了能让自己当选会长，私底下为孩子们赠送了好多玩具以收买他们；但结果当选的人却是玲子，从那以后，她就再也没和玲子一家亲近过。高中考试的时候就更加过分了，自己明明就不可能考上K高中，她却一门心思认为自己能够被录取，跑去社区里大肆吹嘘。因为落榜而上了其他高中之后也是如此。她说一定能作为插班生被编入K高中，所以得提前做准备什么的，擅自替自己买了K高中的制服，还强迫自己穿在身上。

回想起来，全是些这样的事情。

真是受够了！我可是你的女儿啊，我的器量也可想而知吧？人类的才能天生注定，之后的成就也可见一斑。不审度自身的能力而一味好高骛远的话，是根本无法攫取幸福的；不如说反而只会酿成悲剧。为什么这么简单的道理都不明白啊？

——妈妈！

“你母亲的话，她出门去了。”

打开自家的房门后，父亲便这样冲自己说道。才一段时间没见，他就好像瘦了一圈，白发似乎又增加了，脸颊上也泛着青白的颜色。

“什么时候出去的？”

“上午的时候吧，等我注意到的时候，她就已经不在了。”

“但她刚刚还给我打了电话，我明明是因为这个才回来的。”

“大约几点？”

“差不多一个小时前。”

“一小时前？你跑去哪儿了？你不应该在静冈吗？”

“我的事情怎样都好吧？问题是妈妈啊。”

“嗯，是啊。”父亲用像是念台词似的冷硬口气说道。

……莫不是抑郁症复发了吗？

“爸爸，工作都认真做好了吗？没有再怠工吧？”

“我的事情怎么样都无所谓吧，问题是你的妈妈。”

父亲将里彩子的话原原本本地还了回去。看他那如石像般冷淡僵硬的表情，想来工作一定不顺利吧。

“我口渴得厉害，先去喝点东西。”进到房间之后，里彩子马上打开了冰箱门，可里面却几乎什么也没有。放在平时，里面本应像是在强调“饱食”二字一般塞得满满当当的。

“妈妈是从什么时候开始身体不舒服的？”

“她根本就没什么毛病吧。”

“但是她打电话给我说今天去医院了。”

“她是哪里生了病？”

“说是胃病。还说得了癌症，要死了什么的。”

“怎么可能？”

“妈妈她，最近是不是有些古怪？”

“那家伙的古怪不是从现在才开始的吧。”

父亲的脸终于松缓下来，露出了睽违许久的微笑。但是那笑容仿佛是假的一样，又马上从他的脸上消失，恢复成了那副面无表情的模样。

不行，现在的父亲完全靠不住。

取出手机后，里彩子输入了母亲的电话号码。但是电话却没接通。

“一定是关机了吧。常有的事，不用那么担心。”

“常有的事……最近妈妈她经常跑去外面吗？”

“嗯，自从里彩子去上学了以后，你妈妈也很少在家了，总是突然跑去外面；应该是讨厌和我独处吧……我也不是不明白她的心情。”

抬眼看去，只见父亲把饼干罐抱在怀里，嘴里也塞满了饼干。现在正用臼齿不停地咀嚼着。本来血糖就高，真的没事吗？可父亲却似乎已经不再在乎自己的健康，一块接一块地将饼干扔进嘴里。

“单独一个人要比两个人好多了，可以由着自己的性子。喜欢的东西也能想吃多少就吃多少。”

他虽然这么说着，但是咀嚼的动作却停了下来——因为里彩子坐在了他的面前。

“啊……”父亲的视线游离开来，而后抽动起了鼻子。

“怎么了？”

“你身上的味道……”

“什么？”

“……不，什么也没有。”父亲的视线再次落回了饼干罐上。

吃饼干的声音穿过了墙壁，想必一定被隔壁听见了吧。毕竟这所分配住宅的墙壁实在薄得惊人，连邻居打喷嚏的声音都能够听见。冲厕所的声音简直响得像是有处溪流一样。或许是被谁说了什么吧，母亲曾经甚至告诉自己要尽量少上厕所。

母亲是个在意面子和他人对自己看法的人。但与之相对，她却完全无法客观地评价自己。因为始终保持着这种不平衡的视角，她不知伤心痛苦了多少次。既然从她口中听见了“死”这个字，那就不能置之不理。

连续杀人事件。

自由撰稿人的言语溯回脑海。“蓝色六人会”的成员被接连杀害，剩下的只有艾米丽和玛尔格丽特，说不定其中就有着凶手——那个男人这样告诉了自己。

汗水浸湿了里彩子的腋下。

虽说母亲的确很容易得罪别人，但她的本性并不坏。她只是用情太深罢了，只是向自己的思维模式中注入了太过强烈的感情罢了，只是因此毒害了自己罢了。

连环杀人事件。

这个词语再次浮现在脑海中，里彩子的身体变得僵硬起来。

难道……下个被杀的是母亲吗？

“她可能被卷进什么纠纷当中了。”里彩子说，“我说，爸爸，你有什么头绪吗？比如母亲经常去的地方之类的。”

“看一下电脑怎样？那家伙只要一闲下来就会玩电脑。或许留下了一些线索也说不定。”

餐厅的角落摆了小小的一方办公桌。那个阴暗狭小的角落，是母亲唯一的私人空间。

母亲蜷缩着身体，入迷地敲打着键盘的模样映现在脑海里，一股迷蒙的感情涌向了里彩子的胸口。若那里就是她逃避现实的场所的话……没错，就像自己逃去了外面一样，她也只是想逃到什么地方去而已。

“啊，对了，那家伙最近给自己的账号设置了密码，应该已经登不进去了吧。”

真的……得输入密码才行。自己看了母亲邮箱的事情败露了吗？没想到母亲意外地在意自己的秘密呢。

“看吧，设了密码吧？”

父亲仿佛在谈论外人的事情一般轻描淡写地说着。实际上，他也完全把自己当成是外人了吧。不知从什么时候开始，两人之间仿佛完全没了感情。但对自己来说，无论走到了哪里，母亲都还是母亲。

里彩子在脑袋的角落里搜索起朋友曾经教过她的解除密码的方法。当自己因为忘记了电脑的密码而无法登录时，她曾哭着找去了大学朋友那里。那大概是一个月之前的事。

那种时候只要用管理员Administrator的账号，就能暂时登入自己的电脑了——那时朋友这样告诉自己。

“嗯……记得是要先关上电脑……”关闭电源后，里彩子又将其重新打开，“在密码输入界面出现前按下功能键……这样吗？”

电脑随即进入安全模式。选择安全模式下的网络管理员后，便顺利登入了管理员模式。但仅仅如此的话，还是无法看见母亲残留在电脑上的痕迹。

“在这个状态下点击控制面板，用户账号。H-kinue，没错，这是妈妈的账户名。接着只要选择这个账号，然后点击变更密码的选项……好，这样就能强制更换密码了。总之……先随便输上几个字母和数字……St125897。嗯，这样就给妈妈的账号设置好新密码了。啊，对了，得把新密码记在笔记本上才行——”

但在这个节骨眼上，里彩子的手指却停了下来。如果在这里按下确定键，那么母亲设定的密码将永远消失，取而代之的，是自己随便输入的新密码St125897。若是自己用这个密码登录的话，母亲藏起来的内容将会全部暴露出来。

里彩子蜘蹰起来。这样真的是正确的吗？看了母亲的秘密后，自己会感到后悔吗？

但是，里彩子最终还是按下了确认键。已经不能回头了。里彩子重新启动电脑，随后跳转到登录界面。里彩子找到了账户栏里的“H-kinue”后，在密码栏里输入了“St125897”这个新密码。

——然后按下“确定”。

母亲桌面上的壁纸毫无保留地敞露出来。

那是一幅天使的画，里彩子的手指停了下来。

自己在哪里见过这幅画。到底是在哪儿呢？是在哪儿呢……

“啊……”里彩子走到门口，将手伸进被自己丢在一旁的提包里，“没错，这个火柴。”

里彩子仔细地看向火柴盒。那个叫作渡濑的自由撰稿人带自己去的酒吧，画着和母亲的电脑壁纸一样的天使的画。

“这是有名的画作吗？说起来，这个到底该怎么念？”

里彩子试着将火柴盒上的酒吧名字——“Gabriel”输入了电脑中的搜索引擎，一转眼的工夫便出现了数万条结果。

“加百列……天使的名字……”

——传达神谕的大天使，曾告知圣母玛利亚怀孕的消息。此外，还是在最后的审判之日吹响“末日的号角”的天使之一……

桌面和火柴盒上的画作似乎是埃尔·格列柯的名作《受胎告知》。

只是偶然吗？

里彩子再次拿起了鼠标。

*

——（歌词）若是能够，我将杀死你，并随你而去……

池袋的卡拉OK包厢，唱完一曲之后，用尽力气的绢江深陷进了沙发里。“玛尔格丽特总是在唱这首歌呢，您真是很喜欢它呀。”一边用餐叉卷着意面，艾米丽一边这样说道，“什么杀呀，死呀……听起来可真吓人。”

“你不知道《同棲时代》这部电影吗？是那个的主题曲哦。我小的时候流行了很久呢。”

“因为我是乡下人呀……和流行这个词无缘嘛。”

这么说着，艾米丽又用抹布擦去了飞溅到衬衫褶边领上的番茄酱。

这是最近流行的款式。虽说不想承认，但这个人比过去漂亮了不少。以前她总会穿着仿佛是在超市的大甩卖中捡来的朴素裁缝上衣，搭配上色彩鲜艳的印着奇怪花纹的土气裙子，看上去显得呆头呆脑。现在，她连头发都染成了栗色，并换成了自然滑顺的鲍勃式短发。

“玛尔格丽特今天是去看医生了吗？结果怎样？”艾米丽咧开黏着番茄酱的嘴向自己轻轻一笑。

“嗯，是的。结果得下周才能出来……”

“欸？不是马上就能知道的吗？”

“毕竟没那么简单呀……好像要进行各项检查的样子。”

“那个，您去的是什么医院？”

“肠胃医院呀。我的胃一直都不太好。或许有遗传的因素吧，亲戚里有好几个都是因为胃癌去世的。”

“哎呀，我本以为肯定是去妇产科呢。”

“为什么会这样想？”

“我还以为您是怀孕了，像吉赛尔一样……”

艾米丽偷偷看向吃着干果的加百列。

“话说回来，今天为什么要聚在一起？又没到开例会的时候，不会打扰加百列吗？”

绢江也瞥了一眼加百列。不知是心理作用还是怎么，总觉得加百列的表情里透着些许疲态。

“没事，请不用在意我。工作也刚好告一段落。”

加百列露出一如既往的温和笑容，可是脸颊却有些僵硬。

“所以今天到底是有什么事呢？”

“那个呀，我想起来了。”艾米丽用煞有介事的语气说道，“希尔维娅被杀的那一晚，其实我和她通了电话。时间差不多是深夜一点多的时候。”

加百列的眼里闪过一丝凝重，继而无声地嘟囔了些什么。但是，艾米丽的声音却盖过了那轻声细语。

“我们正聊着的时候，她那边却突然又来了一通电话。说是从‘那个人’那里打来的。”

“那、那个人是？”加百列猛地挺起了身体，声音也抬高了许多，“你听见那个人的名字了吗？”

“是的。”艾米丽高高抬起下巴，脸上挂着像女王般傲慢的笑容，“那个人的名字，我听得分外真切。”

“为、为什么到现在才……”

加百列的声音越抬越高。

“之前我完全没考虑过那个人会做出这种事。但是，直到最近重读了当时的报道后……因为不是很吓人吗？被说是‘贞德的诅咒’什么的，想着下一个如果是我就不妙了，便把那些报道翻了个遍。结果，我注意到希尔维娅的儿子做出的‘母亲当时被谁叫了出去’的证言——”艾米丽稍作停顿，同时将杯中的橙子汁一饮而尽。轻轻打了个嗝之后，她又继续说道，“我本以为那一定是我的丈夫做的，所以马上向警方报了警。但直到现在我才注意到，我丈夫未必知道希尔维娅的电话号码。或许他的确是事前做了调查，由此得知了电话号码；但如果真是我丈夫犯下了凶行的话，比起打电话叫她出来，直接冲进房间里才比较符合他的性格。

“于是我便想到，真正的凶手或许不是我的丈夫。虽然因为刚好在希尔维娅死后自杀，便将罪名安插在了他的头上，但越想疑点就越多。因为——连希尔维娅的儿子都去世了啊，难道不正是为了封口吗？于是，我便联想到了那天晚上打给希尔维娅的那通电话。”

“那个人的名字是什么？”看着远比平时急躁的加百列的反应，玛尔格丽特不禁缩紧了身体。

“那个人的名字到底是什么？”加百列用像是吼叫一般的语气问道。

“我想那个人应该也被希尔维娅的谎言愚弄了吧。”可是，艾米丽却没有正面回应加百列，“因为希尔维娅说谎的本事实在是令人钦佩嘛，让我那么轻易地就上钩了。恐怕那个人也一定是被希尔维娅拿捏住了弱点，并被勒索了金钱吧。说起来，那个人到底有什么弱点呢？是过去的事情，还是最近一段时间撒下的那些谎话？无论如何，那个人一定是在希尔维娅接连不断的勒索下被逼得走投无路了吧。所以，那个人才杀了希尔维娅。那可是被乱刀刺死的呀，如果不是因为真是恨之入骨，是不会做到那种程度的吧？”

“所以那个人的名字到底是什么？”加百列的声音可怕得让人难以置信。形状漂亮的唇上也迸开了丝丝裂纹。

“于是，我便想到那个人是不是也同样杀害了米蕾尤和吉赛尔。结果正如我预想——全都是那个人干的。去西伊豆旅行的时候，那时的米蕾尤可真是不得了。她对旁人又是踢又是打，根本无法让她冷静下来，那个人会因一时冲动而涌现杀意也不奇怪。毕竟可是要集中精力开车的呀。被人在车里那般胡闹，想必很难忍受吧。但米蕾尤却对旁人的愤怒丝毫不以为意，自顾地吵闹踢蹬。为了让她闭上嘴，没准就拿靠垫什么的……对了，加百列，当时我们是按照什么组合回去的？记得加百列是和……”

“不要说了！”绢江终于忍不住开了口，“什么啊！为什么你总是做出一副高人一等的架势啊！为什么总是不知羞耻地靠过去啊！像你这种人……像你这种人，不过是个新人，不过是刚刚开始加入俱乐部活动……我可是已经在这里待了三十多年了，可是将人生的一半……不，将绝大部分人生都奉献给了俱乐部啊！可结果……你不过是画画稍微好一点而已，不过是被提上了这个‘蓝色六人会’而已……啊，没错，说要让你加入的时候我是反对了。我早就预感到了，如果让你加入进来就绝对不会有好事发生！”

“请不要把我说得像瘟神一样！”艾米丽用沾着番茄酱的叉子指向绢江，“再怎么说，我可是既没有杀人，也不会杀人！我可不会把人乱刀刺死，把人抛尸在小田原的山中，又或是在吉祥寺车站把人推向疾驰的电车——我可没有做那些事情呀！”

“所以……那个人的名字是什么？那个凶手的名字是什么？”加百列用力摇晃着艾米丽的肩膀，可她却不为所动，仅仅是带着一脸欢愉的微笑，在嘴角挂起了昭示胜利的笑容。

加百列、加百列……不能听信那个女人的话！她是在骗你呀！加百列、加百列……没事的，我会保护你的，我会……

*

电脑的显示屏上显示的是网名为“妮娜”的人发送的回复邮件。根据母亲的邮箱中留下的地址，里彩子向数名看起来像是粉丝俱乐部成员的人物发去了邮件。而最先回复过来的邮件便是这一封。

——情况我已经知道了。如果你想要知道《蓝眸的贞德》以及“蓝色六人会”的具体情况，我会尽可能地提供帮助。离我最近的车站是田无车站，若是能到这里来的话，我可以在两个小时后与您会面。不知您意下如何？

两个小时后的话，是晚上七点钟，田无车站在西武新宿线上。嗯，到那里应该用不上一个小时，里彩子回复了邮件。

——当然，我也希望能见到您。七点在田无站检票口前碰面可以吗？我有很多事情想要问您，希望您能帮助我。

“啊，对了，我把照片带来了。”

田无站前的甜甜圈店。两人刚一碰面，妮娜就从手提包里拿出了一个信封。

“这是茶会时拍的照片，时间是二〇〇七年的三月份。”

粗略数一下，信封中照片的数量约有二十张。与其说是茶会，倒不如说更像是女大学生毕业时的谢恩会。不，更像是化装舞会也说不定。

“真是华丽呀。”

“对吧？每年都会在东京的饭店举办一次茶会。会员们过去都非常期待呢。”

“过去都……是现在已经不举办了吗？”

“是啊，真讨厌呀。”妮娜一边咬着甜甜圈，一边皱起了脸，“会员一个接一个退会，干事会的‘蓝色六人会’也形同解散。粉丝俱乐部基本已经像是一具尸体了。明明好不容易有了粉丝网站，现在也几乎无人问津。但话虽如此，基本也只是回到了之前的状态而已。”

“之前的状态是？”

“一开始并没有网站哦，只有粉丝俱乐部而已。一年一次的茶会，一年两次的会报发行……活动基本也只有这些，俱乐部便这样以徒具形式的方式运营着。但是，有一天网上却突然出现了粉丝网站，以此为契机，俱乐部也被注入了新的活力。”

“那个网站是什么时候建成的？”

“嗯……约莫二〇〇五年的时候吧。是加百列建成的网站。”

“那么，一开始是那个叫加百列的人的个人网站吗？”

“没错。但在不知不觉间，那个网站就变成了公认的俱乐部官方网站了。”

“契机是？”

“当时，地位相当于俱乐部代表的苏菲将加百列吸纳进了俱乐部。加百列的个人网站也就顺势变成了俱乐部的官方网站了。”

“那位苏菲是？”

“欸？”

“那位苏菲现在怎么样了？”

“噢，这个呀。”妮娜将橙汁的吸管含在嘴里，故意戳弄冰块，发出“喀啦喀啦”的声响。“不是结婚了吗？”原本到处乱转的妮娜的瞳眸，此刻却突然停了下来。“对，没错。她是结婚了的。结婚后就去了南美——记得有谁这么说过。总之，她以结婚为契机辞去了‘蓝色六人会’的职务并退了会。取代她的则是艾米丽。”一边说着，妮娜抽出了一张照片，“这就是‘蓝色六人会’的成员。”妮娜用手指依序指着照片上的人物，“吉赛尔、米蕾尤、希尔维娅、玛尔格丽特以及艾米丽。”

“为什么只有五个人？”

“照这张照片的时候，加百列因为工作的缘故缺席了。”

“那么，那位加百列也是‘蓝色六人会’成员之一吧？”

“是的。但是，幸好那时候加百列没有来。如果来了的话，肯定又会演变成一场争斗的。”

“这是什么意思？”

“自从加百列入会以来，俱乐部里发生了不少事情。”

“‘不少事情’是指？”

“说得简单些的话，就是‘争抢’吧。”

“争抢？”

“是的。加百列成为干部是在二〇〇六年，算是资历相当浅的新人了。但是自从那个人入会以来，俱乐部里便纠纷不断。”

“为什么？”

“所以说，是为了争抢呀。那个人一直在网站和会报上刊载着小说。因为加百列写作的本事实在是令人惊异，而且又尤其以描写甜蜜的情爱浪漫故事见长，对会员来说，正好是投其所好呀。”

“那些小说，是说所谓的‘二次创作’吗？刊载在同人志上的那种。”

“是的。总之，因为加百列的缘故，粉丝的数量飞速增长起来。其中甚至出现了仅仅为了加百列而成为会员的人。而且，加百列是一位既年轻又姿容出众的人物，像我们这种上了年纪的大妈都被迷得神魂颠倒。‘加百列大人、加百列大人’地在留言板上有好些这样的发言呢。”妮娜用右手拿着甜甜圈，右半张脸夸张地拧了起来，“特别是‘蓝色六人会’，那些人争抢得非常激烈。希尔维娅在其中也显得尤其狂热。”

“希尔维娅就是咲野诗织吧？”

“没错，就是这个人。”

妮娜用手指指向照片上的人物。她留着法国娃娃似的直卷头发，身穿银色的礼服，看上去简直像是运输物品的铁皮桶一样。

“这个人其实是最近才成为干部的，但她却时常摆出一副已经当了几十年干部的架子。面对普通会员时更是神气十足的模样。不仅如此，她还是个自大狂，并有着说谎癖。”

“说谎癖？”

“没错。她凭着各种各样的谎话，从许多人的身上骗走了钱。像什么儿子得病啦，外甥欠了债啦，诸如此类。开始时还仅仅是用无关紧要的细琐原因向大家借了些小额的金钱，但到了后来，她的谎言却逐渐升级。而且呀，就因为她是单身母亲就发保障金给她，政府也太娇惯她了吧？她的身体又没有疾病，完全可以工作。可她却凭着政府的保障金住进了奢华的公寓里。倒是去工作呀，真是的。设法骗到了生活保障，在此之上又从朋友那里骗取钱财，根本就是个坏到了骨子里的家伙。只是，她的孩子也真是可怜呀。有这样的父母，孩子也……”

“记得是一名独生子吧？”

“对。”妮娜用力吸着吸管，发出不雅的“刺啦刺啦”的声音，“这是二〇〇五年茶会时的照片，那时希尔维娅把儿子也带去了。”

抽出的照片上有一名少年，穿着十八世纪贵族风格的服装。

“听说那件衣服是特别定做的，花了二十万日元呢。”

“二十万日元？！”

“不可思议对吧？在这种地方花这么多钱，连他的儿子都会因此而感到苦恼吧。大家说着‘哇，好可爱’‘让我摸一摸，让我摸一摸’什么的，以玩弄宠物的方式对待那孩子。结果，那孩子都差点为此哭了出来。”

“话说如此，还真是个可爱的孩子呢。”

“他要当艺人呢，J事务所还向他抛了橄榄枝，不管怎么说，他可是有着优秀的血统——听说似乎是和某个著名的帅哥演员生下的孩子呢。”妮娜轻蔑地笑了起来，“当然，那些话都是骗人的。对希尔维娅来说，撒谎就像呼吸一样自如。”

“此外她还撒过哪些谎？”

“仅仅是我所知道的，她说自己是某剧团女演员的私生子，父亲是一位大政治家，被知晓了这个秘密的黑暗组织勒索金钱什么的……”

“这可真是个夸张的谎言呢。”

“是吧？一般人不会相信吧？可是，那位艾米丽却轻易地相信了她的话。”

妮娜又将二〇〇七年拍摄的茶会时的照片再次放在了桌子上。

“这是艾米丽参加‘蓝色六人会’后马上召开的茶会。”妮娜的手指放在了左侧的女性身上。

身上的衣服怎么看都像是借来的。不知是不是因为不合身的缘故，礼服到处都有些松垮和间隙，眼镜也和礼服完全不搭。

“这位艾米丽被她骗了吗？”

“对于希尔维娅来说，艾米丽就像是眼中钉一样呢。毕竟艾米丽画的漫画非常出色，《蓝眸的贞德》的临摹也很完美。所以虽说艾米丽不过是个新人，但在粉丝俱乐部里却很有人气。希尔维娅便因此产生了强烈的嫉妒心。还不仅如此，艾米丽之所以能加入‘蓝色六人会’，其实是受了加百列的推荐。因为这个缘故，希尔维娅的嫉妒心愈发膨胀起来。后来也不知她用了什么方法，但总算是迫使艾米丽从俱乐部中退会了。多半是靠着她平日里说的那些蠢得要命的谎话骗了她吧。不仅如此，听说还骗到了很多钱的样子。”

“杀害咲野诗织——也就是希尔维娅的人听说是艾米丽的丈夫，虽说事件已经解决了，但能问一下您的看法吗？”

“嗯，是啊。关于那个，我也不太清楚。只是，艾米丽的丈夫好像有相当严重的酒精依赖症，醉酒后时常会变得暴跳如雷；一时冲动杀了希尔维娅的可能性也确实存在，只是……”

“什么？”

“希尔维娅去世后，艾米丽的丈夫也自杀了，从中得利的却是艾米丽呢。”

“您的意思是？”

“虽说艾米丽回归了俱乐部，但却性格大变，比以前开朗了许多。之前总让人觉得有些阴沉，但自从那起事件之后，她却突然变得活泼起来，卡拉OK时也会主动开口了——这都是从玛尔格丽特那里听来的。”

玛尔格丽特——那是母亲的网名。

“那位艾米丽是因为从丈夫的暴力下解放，所以重获新生了吗？”

“是怎样呢……对了，她好像还拿到了一大笔保险金哦。”

“丈夫的死亡保险吗？”

“是的。听说艾米丽一脸喜色地对其他人说：‘在别人的推荐下买入的保险终于派上用场了。’”

“大概多少钱？”

“不知道，我也没听人说过呢。应该是相当巨额的钱款吧。她的衣服呀，包呀，突然就换成了名牌货，简直像成了暴发户一样，让人看着扎眼——玛尔格丽特是这样说的。或许玛尔格丽特认为艾米丽是杀了希尔维娅的凶手也说不定，不仅是希尔维娅，连米蕾尤也——”

“米蕾尤……酒井稻子吗？”

“是的。米蕾尤在去西伊豆旅行后就马上失踪了，她腐烂的尸体被发现于几个月后。听说是被装进垃圾袋里了呢，哎呀哎呀，可真吓死人了。”妮娜夸张地颤抖起来，“实际上，去西伊豆旅行的时候，艾米丽也跟着呢。”

“不过，如果是这样的话，警察不会没有动作吧……”

“应该是接受了警察的调查。但是，尸体不是已经被放置了好几个月了吗？因为腐坏过于严重，似乎杀人的手法和犯人留下的痕迹已经完全无法辨明了。所以最终还是因为证据不足而把她放了回去。对了，玛尔格丽特也被警察传唤过呢。”

“什么？我母亲也？”

“没听说吗？”

“是的。”

“她应该不想让你担心吧。反正不过是随便审问了几句，就马上让她回去了。”妮娜将甜甜圈抓在手里啃咬起来，“对了，还有吉赛尔的那起事件。”

“吉赛尔……保科早苗是吗？”

“是的。那位吉赛尔，虽说长得是很漂亮，但我却不太喜欢她，觉得她总是一副高人一等的模样呢。因为是高级公务员的妻子，所以仿佛看不起别人似的。因为那个人的缘故，我到底没能加入‘蓝色六人会’。听玛尔格丽特说，她态度强硬地反对让我加入。真是气人呀……啊，但那可不是我做的，不是我杀的她，我可不会做那种事。”一边将甜甜圈往嘴里塞着，妮娜一遍遍重复着“不是我杀的”这句话，“不一样的。虽说讨厌，但我对那个人可没有怨气。真正的凶手一定是对她怀揣着相当深沉的怨怼，恐怕已经恨到了病态的程度。或许说是嫉妒会比较妥当吧。”

“嫉妒？”

“是的，那时候吉赛尔正好怀了孕。是不是艾米丽在嫉妒呢——玛尔格丽特是这样说的。”

“怀孕这种事有什么好嫉妒的吗？”

“因为你还年轻，所以可能会不明白，对女人来说，怀孕这件事可是会像波纹一样在同伴间引起震荡。尤其是生不了孩子的女人，可是会因为羡慕而对怀孕的同伴产生怨念呢。”

“那位艾米丽没能产下孩子吗？”

“好像是这样，那个人以前似乎遭遇了不少事。对于吉赛尔的怀孕，她似乎很不高兴。也许就在一时间横生恶念，将她推了下去。记得在某个杂志上看过，说是在现场目击到了奇怪的女人……”

妮娜拿起了最后一个甜甜圈，而里彩子也终于在自己的那份上咬下了第一口。

好甜。实在是甜过头，连眼泪都要出来了。里彩子不动声色地将甜甜圈放了回去。

“那个……请问，妈妈……玛尔格丽特和您是什么关系？关系很好吗？”

“与其说是关系好，不如说是老交情吧。在中学的时候我们就已经认识了。虽说是在粉丝俱乐部的茶会上见了面，但你的妈妈可能已经不记得了吧。”妮娜露出了一个含义复杂的微笑，“她那个时候性格积极，已经被擢拔为副会长，而我却只是平凡的普通会员。我生来就没有那种参加干部会呀，成为管理者之类的那些天赋。对了，当时的《蓝眸的贞德》依然在连载，秋月美有里老师也曾一度在茶会上露面了哦。能见到她那种平时根本无法得见的人物，大家一下子就骚动了起来。”

“您见过秋月美有里吗？”

“是的，那可真是个漂亮的人呀，可是……”

妮娜突然噤了声。

“怎么了吗？在茶会上发生了什么吗？”

“不……没什么大不了的。毕竟那时候的粉丝还都是一群小鬼头嘛。”

“发生了什么？”

妮娜轻轻地咳嗽了一声，接着又叼住吸管。过了一会儿，她松开吸管，吐出一口气来。

“对于《蓝眸的贞德》的发展方向，秋月老师的构思与我们的预想完全不同。粉丝们的意见也因此分为了两派，反应较为强烈的，也就是以玛尔格丽特为主的过激派，对秋月美有里老师进行了激烈的声讨。”

“但是，妈妈当时是中学生吧？中学生粉丝声讨原作者吗？”

“也许现在无法想象，但当时就是这样的时代。暴走族呀，校园暴力呀，那些十几岁的孩子们实在有些精力过剩。原本就是《蓝眸的贞德》的狂热粉丝的玛尔格丽特也是热血上脑，激烈地批判起了秋月美有里老师。受了她的影响，其他的粉丝们聚集在一起，对秋月美有里老师进行了攻击。”

“聚集起来了吗？”

“是的。过激派所要求的，是秋月美有里老师的道歉和反省。”

“过激派……”

“虽说开始的时候秋月美有里老师以成熟大人的姿态小心地做出了回应，但却实在架不住那些得势不饶人的粉丝们。”

“可是，粉丝也只是一群孩子吧？”

“虽说是孩子，但毕竟声势浩大。再加上十几岁年纪时那没来由的暴躁，总之是变成了非常可怕的声讨会。胆小怕事的编辑不敢出头，放任了那政变一般的暴乱的发生。秋月美有里老师只得无奈地逃了出去。在那之后，《蓝眸的贞德》的故事和画风便开始急遽改变，之后又以那种方式中断了连载。想起连载中断时的情景，到了现在我的身体还是会不住颤抖，眼泪不受控制地流下来。”妮娜捂着眼睛，脸上真的滑过了泪水，“真是抱歉，只要想到当时的情景我就会变成这样。真难为情呀，都这么一把年纪了。”

妮娜拿起饮料瓶，将里面的冰块全部倒进了嘴里。记得母亲也做过同样的事。这个人……也和母亲一样为疾病所苦吗？也有更年期障碍吗？会病态地渴求冰块，是贫血或者精神不稳定的体现，里彩子记得曾在某本书里看到过。

“怎么了吗？”

妮娜的动作突然停了下来。注意到对方仿佛在用看珍奇动物般的视线盯着自己，她马上发问道。

“啊，不，只是觉得您知道的真清楚呀……”

“哎呀，是这样吗？和那些会员们多说上几句话，这种程度的情报很容易就能够得到了。现在不是还有网络这种东西吗？不过，最强力的情报源果然还是靠打听呀。找个时间，约上几个人一起喝个茶，谈话的过程中就自然可以收获到情报了。而且，情报的真实性也可以得到保证。果然比起网络信息来，还是要靠口头打听呀。网络什么的，上面全是些没谱的谎话。”

一边说着，妮娜一边瞥了一眼自己的手表。

“啊，已经到时间了吗？”

“我得去补习班接女儿了。她现在正忙着复习考试呢，抱歉了。”

“我才是，您能抽出空来和我见面，真的非常感谢。”

“帮上你的忙了吗？”

“是的。听了您的话，我大抵知道母亲应该是和那位叫艾米丽的人一起出去了。我打算现在去找她们。”

“你知道她的联络方式吗？”

“知道，母亲的电脑里留下了资料。我现在就试着给她打一下电话。”

“是吗？那就加油吧。话说回来，有你这种能为母亲着想的女儿真让人羡慕呀。像我家的孩子，恐怕就算我一周不回去，她也不知道为我担心吧。没准还会觉得正好落得自由呢……照片要带走吗？”

“可以吗？”

“请便就是，我只是把数码照片打印出来而已。啊……”妮娜突然缄住了口，视线落在桌上的一张照片上，“找到了找到了——加百列的照片在里面了呢，还有苏菲也是。”这么说着，她将那一张照片摆在了里彩子的面前，“这是二〇〇六年茶会时的照片。差不多是加百列刚刚入会的时候。这位则是刚才说过的苏菲。”妮娜指着其中一名女性，“她是粉丝俱乐部曾经的代表，记得好像是市立医院的护士长吧。怎么样？一看就是护士长的派头，对吧？这么一副吓人的表情。别看她这样，那可是在努力扮着笑脸呢。实际上她也的确是个严厉的人，丝毫不懂变通。”

“那么，加百列是哪一位呢？”

“是这位。”

妮娜的手指指向另一个人。

“这个人……就是加百列？”里彩子的头脑一下子陷入混乱，“这个人吗？”

正当里彩子做着深呼吸，准备整理思路的时候，手机却突然震动起来。是母亲打来的。

“妈妈！”连周围的视线也顾及不上，里彩子大声地喊了出来，“你现在哪儿？妈妈！”

——救救我。

“妈妈！怎么了？妈妈！”

眼见里彩子慌张地冲着手机叫喊的模样，妮娜惊异地眨起了眼。

——救救我，求你救救我！加百列、加百列……

“冷静一点，妈妈。你现在在哪儿？妈妈！”

——池袋……池袋的……

*

在意识逐渐变得模糊的过程中，绢江似乎听见了什么声音。是什么声音来着？这种规则的声音……自己曾经听到过。好像是有什么东西在滴落着的声音……啊，对了，是点滴的声音。

也就是说，这里是医院吗？是呀，是医院呀。肯定是被打上了大剂量的麻醉吧。身体软绵绵的，使不上力。眼睛都快要睁不开了。

滴答，滴答，滴答。

受着那声音牵引似的，绢江缓缓地闭上了双眼。

有谁在向自己说话，是谁？那是谁的声音？啊……那个声音……是苏菲的呀。

——苏菲，这是怎么回事？你把别人撇在一旁，私底下和加百列见了面吧？你们到底说了什么？什么！要把我踢出去？为什么？我知道了，是想让那个新人代替我对吧——那个画画很好的新人。为什么要让那种没有资历的新人入会？虽然我最近的确是有些懈怠，但那是有原因的。我家里出了事情，女儿的考试落榜，丈夫被贬职似乎还患上了抑郁症。但没关系，只要女儿能进入K高中就一切都迎刃而解了。K高中有插班名额，只要能合格的话就没问题了，丈夫肯定也会重新拾起工作的劲头。没关系，我的女儿一定会考上K高中的。所以在那之前，我想多帮衬下家里的事情。所以说，只有这一段时间呀。她的考试一结束我就会马上回到干部会的活动里来……我不是说我会回来了吗？我可不会退出的，绝对不会退出的。你根本什么都不懂，只会做出一副高高在上的代表的样子，但背地里全都是我在支撑俱乐部的运营。这三十年来，全都是我的功劳！这个俱乐部可不是你的东西，支撑起俱乐部的不是你，而是我啊，一直都是我在支撑着啊！

这次，是谁？这个声音是……希尔维娅？

——希尔维娅，我说，希尔维娅，到底是怎么回事？你不是认识K高中的理事长吗？还说会给那边打招呼，安排好我女儿的插班的。所以我才给了你那一百万日元啊。可是，可是……

我想打个电话跟理事长说声谢谢，可对方却说完全没听说过这码事。而且还说今年根本就没有插班的名额。这到底是怎么回事？快说清楚啊，你骗了我吗？全都是骗我的吗？难以置信！难以置信！你这个没有人性的骗子！还给我，快把那一百万日元还给我！

啊？米蕾尤？是米蕾尤呀。和以前一样，还是有些烦人呢。能安静下来吗？

——安分一点，米蕾尤。现在可正在开车啊。我说，米蕾尤！

艾米丽，想办法让那家伙安静下来，不然我可没办法开车了。如果再出什么差池，我的驾照就要被吊销了，所以得集中注意力才行。

什么？你要坐电车回去在沼津站下车？那就把米蕾尤也一起带走啊。那个人脑袋一定有问题，她根本就不正常啊，我一秒也不想在和她待在一起了。等、等等，艾米丽！你要把米蕾尤退给我吗？喂——

快点闭嘴，米蕾尤！都因为你的缘故，我完全无法集中注意力了！吵死了，吵死了，吵死了，吵死了！闭嘴，闭嘴！

吉赛尔，你也在这儿吗？什么呀，你那个眼神。为什么总是像这样用下巴看人？你才没有这种资格呢。我可是知道得一清二楚——关于你的秘密。

——吉赛尔，你索性就承认了吧，我不会告诉任何人的。肚子里的孩子其实是那个人的吧？时间不是刚刚好对得上吗。去西伊豆旅行的时候，那个人坐你的车回去了，对吧？两人一起回去了，对吧？那个时候发生了什么，对吧？为什么不说话？这个反应，不就是最好的回答了吗？放心吧，我不会告诉任何人的。但至少请告诉我，是谁主动接近的对方？

是你诱惑他了呀，是这样呀。真不敢相信，明明已经有着丈夫，却在外面做出这种事，真是难以置信！你这个轻浮的女人！这个妓女！脏死了！脏死了！脏死了！给我认错，给我认错，给我认错！

“给我认错！”

被自己的声音惊醒后，绢江发现穿粉色制服的护士正将针头从绢江的手臂上拔下来。

“点滴已经打完了……您还好吗？”护士瞧着绢江的脸，“刚才又叫出声了哦。”

“又做了个讨厌的梦。”

“‘这是梦，这是梦’——有这样去想吗？”

“是的，我试过了。”

“效果怎么样？”

“到底有没有效果，我自己也不太清楚。”

“是吗？但是多练习几次的话，一定就能够控制住梦境了。”

是这样吗？我会尝试的。

对呀，这是梦呀。既然是梦的话，我就可以按照自己的意志控制事态的发展了。到底要改成什么样子，才能变成圆满的结局呢？

……不对，爱要在泪水中结束才行。没错，正是这样。正因如此，“爱”才会那么美丽呀。对吧，加百列？

来吧，加百列也来唱吧，和我一起唱歌呀，唱我最喜欢的这首歌。我一直都想要和你唱歌呢，想要一直、一直这样唱着……

——（歌词）若是能够，我将杀死你，并随你而去。相信着这就是相信爱的我，因喜悦而颤抖……

泪水流淌过绢江的面颊，刀子从她的手中滑落。

*

妈妈！

池袋站东出口，阳光城附近的卡拉OK。但是，那里却被看热闹的人群和警方人员围堵得水泄不通。伴随着紧促的鸣笛声，救护车也赶到了这里。

——妈妈，妈妈！

里彩子想要冲进楼内，结果却被带着警察肩章的人按住。

请放我进去，我是相关人员！请让我看看里面的……妈妈！

抬着什么人的担架出现在了门口，看热闹的人们一拥而上，按起了手机的快门。

在闪烁的快门之下，一个满脸是血的人被抬了出来。

——妈妈！

里彩子确认了那张脸。

……不对，不是母亲。那个人应该……是艾米丽。通过妮娜给自己的照片，里彩子认清了她的身份。

接着，又一个人被抬了出来。

——妈妈！

……不，这个人不是。这个人……是渡濑，是自由撰稿人的渡濑晃。

——加百列！

听闻了这么一声叫喊。接着，两个警察便架着一个女人出来了。

……妈妈？

“加百列，加百列——我爱你！我爱着你啊，我会永远爱着你的！那就是我爱的形式啊，等一等，我也马上就会过去的！马上就会过去了！所以，等着我……等着我呀！”

看着对抬着渡濑的担架嘶喊的母亲，里彩子浑懵地杵在了原地。

*

因意图杀害想要介入自己与另一名女性争吵的男性，警视厅东池袋警署于十三日将东京都世田谷区松原七丁目的主妇弘田绢江（四十六岁）紧急逮捕。

当晚八点半左右，嫌疑人在丰岛区东池袋的卡拉OK“歌声邻巷”内，意图杀害埼玉县朝霞市兼职社员村上枝美子（四十二岁）、神奈川县川崎市幸区自由撰稿人渡濑晃（三十二岁），用餐刀将两人头部刺伤。据警方透露：嫌疑人对自己的罪行供认不讳。目前两名伤者已被送往医院，依然处于重伤昏迷的状态。

*

十四日，警视厅东池袋警署宣称嫌疑人弘田绢江（四十六岁）曾杀害了另一名名为吉村淑子（当时四十七岁）的女性。

据该警署透露，二〇〇六年十二月十三日，吉村在自家附近驾驶车辆行驶时，埋伏于此的嫌疑人弘田将其拦住并拖进车内。嫌疑人弘田在接受调查时称："她让我离开干部会，一时脑热我就掐住了她的脖子。我带着尸体开车去了秩父市，然后埋在了山里。车也扔在了那里。"

吉村淑子女士生前为埼玉县市立医院的护士，从二〇〇六年十二月中旬左右开始下落不明，此前已由警方开出失踪证明。

*

十三日，在东京都丰岛区的卡拉OK包厢内，发生了住在神奈川县的男性自由撰稿人（三十二岁）被一名女性用餐刀刺伤的杀人未遂事件。十五日，警视厅东池袋警署发布消息，该男性已在十五日上午五时因伤重去世。

以杀人未遂嫌疑逮捕的现行犯，住东京都世田谷区的主妇弘田绢江（四十六岁），已改为杀人嫌疑，目前正对其进行调查。

加百列

S："听说有个大新闻，是这样吗？"

W："没错，那个秋月美有里竟然要复出了！"

S："这可真是惊人。而且，听说还将继续绘制《蓝眸的贞德》的后续。是在时尚杂志《Frenzy》上连载，对吗？"

W："听说要作为新一代的当家作品进行连载。"

S："但是，虽说这也不是我能够指摘的问题，可昭和时代的少女漫画放到时尚杂志上连载不会有些怪诞吗？"

W："这也是少子化、高龄化的影响吧？若是不进入昭和时代女性的视野的话，就没办法维持现在的发行量——恐怕杂志社是这样考虑的吧。毕竟那个世代的人追捧《蓝眸的贞德》的人要更多呢。"

S："而且，经历了经济高速增长和泡沫时期，这一世代的人们也的确最具消费力。以她们作为目标，说不定是个更好的选择呢。"

W："对，对。而且，那个世代的女性现在还正好处于更年期。一心想要重拾逝去的少女时代。或许平成年代的《蓝眸的贞德》会掀起新一轮的热潮也说不定，就像是那些受追捧的恋爱影视剧一样。”

S：“话说回来，秋月美有里到现在为止究竟消失去了哪里？”

W：“她在川崎站附近经营起了一家小酒吧，酒吧的名字叫作‘加百列’。”

S：“‘加百列’吗？记得《蓝眸的贞德》中也有一个叫这个名字的男爵呢。”

W：“没错。表面上是男爵，但实际上是反政府组织的幕后黑手，又被称作‘红蔷薇君’。最后被亲手栽培的反政府党监禁并杀害了。”

S：“话说回来，秋月美有里究竟为什么画出了那种残酷的情节呢？”

W：“那似乎是因为和粉丝之间的争执引发的结果。狂热的粉丝纠缠不休，强迫她按照粉丝的意愿设计之后的情节。一开始还只是写信威胁，但之后事态却渐渐升级，比如打去电话甚至直接找上门来，又或是把污物扔到家中的信箱里。况且做这种事的粉丝不是一个两个，而是几百人。”

S：“几百人吗？那可真严重。”

W：“最严重的是在一次粉丝俱乐部举行的茶会上。当时秋月美有里被编辑强行拖了过去，结果却遭到了狂热粉丝们的集体声讨。”

S：“是吗？真是难以置信。”

W：“那个时候，《蓝眸的贞德》正好连载到了紧要关头，可是秋月美有里却提出了与粉丝的预想截然不同的剧情发展。粉丝间由此出现了赞成与反对的两种声音。那部分反对的粉丝，便在茶会上对秋月美有里提出了激烈的问诘。”

S：“简直像是过激政治团体开批斗会一样呢。”

W：“对，对，就是那样。结果因为那次茶会的缘故，秋月美有里患上了神经衰弱，甚至还数次去精神科看过病。为了能尽早地使漫画完结，她才画出了那种情节。或许是怀着‘如果使女主角受到不忍卒读的凌辱，怎么说也一定会遭到腰斩’这种想法画出来的吧。”

S：“原来如此。因此才画出了那种情节呀。那么，漫画停刊是秋月美有里的本意吗？”

W：“好像事前就已经做好了引退的觉悟。在那之后，她也的确是暂时退出了业界。但随着时光流逝，她却又逐渐为此而后悔起来。再怎么说因为精神受到了打击，以那种方式使作品结束也依然是错误的。不能就那么结束了，要让作品以正确的方式迎来终结——恐怕她是这样想的吧。”

S：“原来如此。所以她才决定从现在重新开始连载吗？不，等一下——关于秋月美有里的代笔作家的传闻呢？”

W：“关于那个问题，秋月美有里本人有作出回答。大约二十年前的时候，曾有个出版社提出了让《蓝眸的贞德》复刊的计划。当时的编辑为了制造话题而特意放出了代笔作家的谣言，也就是‘捏造传说’这么一回事。但之后那家出版社倒闭了，复刊计划也付诸东流。”

S：“也就是说，‘秋月美有里只有一人’已经成了定论了吗？那为什么画风会出现前后差别？”

W：“好像是受当时精神状态的影响，似乎她在工作时服用了某些药物。虽然没从她的口中听到药物的名字，但大概是会对神经产生作用的药物吧。拜此所赐，画技也变得时高时低，甚至产生了风格的差异。”

S：“原来如此。服用致幻剂后，绘画时的风格会忽而变得细致忽而变得抽象——是和这种现象类似的情况吗？”

W：“正是这样。”

S：“话说回来，您知道得很清楚呢。”

W：“其实，酒吧‘Gabriel’是我经常光顾的店铺。”

S：“是因为巧合吗？”

W：“没错，只是巧合。我一开始也完全不知道老板娘就是秋月美有里。”

S：“什么时候知道的？”

W：“最近才刚刚知道，在签名板上找到了提示呢。”

S：“签名板？”

W：“要说起来就没完没了了，这次就先不提了。话归正题，因为那个酒吧里搁着全套的《蓝眸的贞德》，我便试着读了一下，结果却觉得相当有趣。在网络上搜索了一下之后，发现竟然还有粉丝俱乐部，不由得被勾起了兴趣。正好那个时候，本职的剧作家那边也被要求写一篇关于‘网络依存和疯狂’的剧本，我心想那个粉丝俱乐部或许能提供很不错的素材。”

S：“原来如此。”

W：“于是我便开始观察起了那个粉丝俱乐部。怎么说呢，就像是幼稚到令人发笑的过家家。心想着‘一群一把年纪的人，在那里干什么呢’，之后又想‘干脆试着撰写一个追踪这个粉丝俱乐部生态的系列吧’。但若只是拍摄也写不成稿子，得切实记录下那些女人们心理状态的变化才行。”

S：“所以才加入了粉丝俱乐部吗？”

W：“是的。我先是试着使用‘加百列’这个网名建立了网站。至于这个网名，自然是那家酒吧的名字。因为实在想不出合适的网名，于是就借用了一下。”

S：“加百列这个名字，男女都可以使用吧。所以，当时俱乐部的人有什么反应？”

W：“刚开始的时候到底是对我有些戒备，毕竟是禁止男性进入的秘密花园呀。但是我一公布出‘祖父是俄罗斯裔法国人，以前是剧团演员却因身体原因退团，现在正在演艺圈内从事剧本创作’的私人信息，那些女人就马上接受了我。”

S：“俄罗斯裔法国人是真的吗？”

W：“怎么可能，我是纯正的日本人。虽说我的确在剧团待过，但那只是个籍籍无名的小剧团罢了。可她们却擅自认定了我是某个声名远扬的大剧团出身的名演员。”

S：“真是个恰到好处的误解呢。”

W：“于是便到了正式开始的时候。首先第一步，我攻陷了她们的领袖苏菲。”

S：“攻陷吗……真是魅力十足啊！”

W：“在那之后便畅通无阻了。我立刻就成为受人追捧的偶像，那些大妈们简直是拼了命地在取悦我。到此为止姑且还在预料之中，但之后的事态却超乎了我的预想。那些大妈们开始失去控制，那个年纪的女人的思维始终是无法预测的，我实在没想到真的会出现死者。我只是想要观察记录一下热衷于粉丝俱乐部活动的大妈们的生态而已，却没想到会变成这种情况。”

S：“有关于凶手的线索吗？”

W：“眼下有两个怀疑对象——‘蓝色六人会’仅存的两人。这两人中肯定有一个是犯下诸多罪行的杀人狂魔。我会在这几日内把真凶查清楚。”

S：“如果真的查到了，还请在报警之后，在这个座谈会上揭露出来哦。”

W：“那是当然了！”

（摘自月刊《秘密探掘》二〇〇九年七月号样本）

《秘密探掘》编辑部人员S——筱崎用复杂的心情看着刚刚完成的样本。

就在刚才，他接到了自由撰稿人W——渡濑晃不幸死亡的消息。

“这就是‘善泳者溺’吗？”筱崎小声嘟囔道。

也不能一直沉浸在感伤里。某种意义上，他的死反倒能为这个话题更添一把火。筱崎打开了名片盒，自由撰稿人的名片在里面堆砌得整整齐齐。

“下次该把工作交给谁呢？”他取出一张名片，又把听筒拿在了手上，“喂？您好。我这有一桩很有意思的工作，要试试看吗？那个《蓝眸的贞德》您知道吗？关于原作者秋月美有里……”

蓝色六人会

“那么，为祝愿新生‘蓝色六人会’的繁盛及成员永远的健康平安……干杯！”

妮娜带头做出干杯动作之后，六只酒杯齐齐在桌上漫舞起来。

年轻的侍者偷偷向这边投来了视线。

“那么，接着就请‘蓝色六人会’的新代表——艾米丽来说几句话。”

被叫到名字的枝美子轻轻推了推眼镜。

“竟然推举这样的我作为代表……虽然我不知道自己能否胜任，但我会尽最大可能去努力的。”

简单的车轱辘话之后，众人一齐鼓起了掌。枝美子一个个瞧起了新成员的面孔。桌子上已经摆好了头盘。

“现在开始也不要有什么顾忌。直到尽兴为止，让我们好好享受午餐吧？”

听到副代表妮娜这么一说，席上众人立刻开始七嘴八舌地说起话来。但其中最主要的话题，则是关于审判。

“玛尔格丽特应该免不了被判死刑了吧？”

“那当然了，毕竟是杀了五个人呀。不被判死刑才奇怪呢。”

“被害人可不只是那五个人，连艾米丽也……”十只眼眸齐刷刷地集中在了枝美子的额头上。

枝美子轻轻地向前额伸出了手。直到现在，伤痕的感触也尤其鲜明。

“我说艾米丽，你得认真地要求赔偿才行呀。”

“是呀。”

“但是，听说玛尔格丽特的丈夫被迫辞去了工作，时下正是艰苦的时候呀。好像还被赶出了公家的住宅，现在住进了医院里。”

“哎呀，您不知道吗？刚入院不久，那位丈夫就自杀了呀。”

“不是吧，是真的吗？”

“都已经是两周前的事情了。”

“那可真是可怜。”

“最可怜的还是他们家的女儿啊。”用勺子挖着法式派的同时，妮娜这样说道，“我曾经和她见过一面，那可真是个可爱的女孩。不知道她现在怎么样了呢……”说完这句话后，妮娜将派的一角送进嘴里，“总之，为了防止那种悲惨的事件再度发生，俱乐部将从现在开始禁止男性的加入。”

对呀，对呀，有男人掺和肯定没什么好事。我们就继续当纯粹的《蓝眸的贞德》的粉丝吧，正好连载也再开了呢。为了能让《蓝眸的贞德》圆满地迎接最终回，我们也要不遗余力地支持秋月美有里老师才行。当大家正讨论得热火朝天时，两个月前才刚刚入会的新人却一边用餐巾擦着嘴，一边说道："听说有这样的传闻……"

——什么？

"现在画着《蓝眸的贞德》的人不是真正的秋月老师哦。"

欸？怎么回事？快再说得详细一些。果然，秋月美有里有两个人吗？难道"代笔作家说"是真的吗？我就觉得重新连载后的《蓝眸的贞德》有些古怪，和以前的感觉完全不同，一股假货的味道呢。

仿佛把餐厅当成了办公室的茶水间似的，女人们叽叽喳喳地聊了起来。

不知这些喧闹的女人们，是如何被年轻的侍者看进眼中的呢？虽说想要看穿他的想法，但他的扑克脸却没有丝毫崩解的迹象，不愧是一顿正餐需要花费五千日元的餐厅，服务生的举止相当得体。记得之后要去的茶室也是，连最便宜的红茶也需要花费一千五百日元。

但是，没有问题。玛尔格丽特的律师向自己汇入了一大笔抚慰金，好像是从自杀的丈夫的保险金里支出来的。虽说原意是让自己在法庭上说些好话，以减轻量刑的……但无论怎么说，玛尔格丽特都逃不过死刑了吧。真是可怜。

枝美子轻轻地推了推刚刚更换的眼镜。

二〇一一年十二月

献给所有的更年期少女

北京市版权局著作合同登记号：图字 01-2022-0552

图书在版编目（CIP）数据

不要阻挡我 /（日）真梨幸子著；梁之栋译 . -- 北京：台海出版社，2022.5
ISBN 978-7-5168-3256-1

Ⅰ . ①不… Ⅱ . ①真… ②梁… Ⅲ . ①长篇小说 – 日本 – 现代 Ⅳ . ① I313.45

中国版本图书馆 CIP 数据核字 (2022) 第 051406 号

不要阻挡我

著　　者：［日］真梨幸子　　　　译　　者：梁之栋

出 版 人：蔡　旭　　　　封面绘制：李宗男
责任编辑：员晓博　　　　封面设计：李宗男

出版发行：台海出版社
地　　址：北京市东城区景山东街 20 号　　　　邮政编码：100009
电　　话：010-64041652（发行、邮购）
传　　真：010-84045799（总编室）
网　　址：www.taimeng.org.cn/thcbs/default.htm
E – mail：thcbs@126.com

经　　销：全国各地新华书店
印　　刷：北京盛通印刷股份有限公司
本书如有破损、缺页、装订错误，请与本社联系调换

开　　本：880 毫米 ×1230 毫米　　1/32
字　　数：264 千字　　　　印　　张：12
版　　次：2022 年 5 月第 1 版　　　　印　　次：2022 年 5 月第 1 次印刷
书　　号：ISBN 978-7-5168-3256-1

定　　价：56.00 元